U0932985

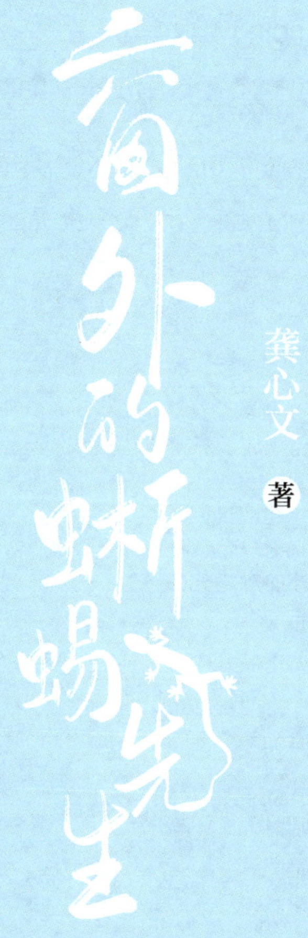

龚心文 著

青岛出版集团 | 青岛出版社

图书在版编目（CIP）数据

窗外的蜥蜴先生/龚心文著. —青岛:青岛出版社,2023.2
ISBN 978-7-5736-0074-5

Ⅰ.①窗… Ⅱ.①龚… Ⅲ.①言情小说—中国—当代 Ⅳ.①I247.5

中国版本图书馆CIP数据核字（2022）第202374号

CHUANGWAI DE XIYI XIANSHENG

书　　名　窗外的蜥蜴先生
作　　者　龚心文
出版发行　青岛出版社（青岛市崂山区海尔路182号）
本社网址　http://www.qdpub.com
邮购电话　18613853563
责任编辑　郭红霞
特约编辑　孙昭月
校　　对　李晓晓
装帧设计　蒋　晴
照　　排　梁　霞
印　　刷　三河市良远印务有限公司
出版日期　2023年2月第1版　2023年2月第1次印刷
开　　本　32开（880mm×1230mm）
印　　张　9.5
字　　数　213千
书　　号　ISBN 978-7-5736-0074-5
定　　价　45.00元
编校印装质量、盗版监督服务电话 4006532017 0532-68068050

“勇者”半夏曾对漂亮的小“公主”许诺：

“你在这里等着，我很快打败恶龙，就来娶你回家。”

目录

窗外的

蜥蜴先生

第一章　下雨的冬季

下雨的冬季，冰冷的雨珠打在龙眼树的树叶上，发出噼里啪啦的声响。

龙眼树林的边缘有一栋当地人自行翻建的多层出租房。在瓢泼的大雨中，小楼的一扇窗户内亮着灯，里面传出小提琴悠扬的声响。琴声透过雨帘，在连绵不绝的树林间飘荡，又飘荡进寒冷而阴郁的暗夜中。那扇窗内的屋子很小，房门左边有几块石板被支起来，充作厨房的台面，屋内的一张单人床和一个旧衣柜占据了绝大部分的空间。

一个少女正赤着双脚站在床边，闭着双目拉琴拉得忘乎所以。明明现在是寒冷得令人发抖的严冬，她偏偏要演奏维瓦尔第的《春》。三月的暖阳般的琴音和窗外冰冷的雨声形成鲜明的对比，连在一楼搓麻将的几位大婶都忍不住抬头看了一眼。

“是谁啊？拉得还怪好听的！”

“一个音乐学院的小姑娘，住三楼最靠边的那间。幺鸡。”

“英姐把房子都租给这些搞音乐的娃娃，平时吵得很吧？红中，碰一张。”

“吵你个鬼，你摸麻将不吵？这是高雅艺术，晓得不？我天天听这些娃娃的琴声，睡得不要太好。哎呀，游金了。真是不好意思，不小心又和了。”

房东英姐是从江南区域嫁到这里来的，话里夹杂了吴侬软语和本地方言。她的老公几年前跟别的女人跑了，如今剩她带着小女儿守着这栋房子过日子。

“在这样的季节里，不用出工，坐在家里收房租搓麻将才是最大的美事。”英姐美滋滋地摊开手掌收钱，“什么男人不男人的算个屁。”

对租住在三楼的半夏来说，在这样又湿又冷的时候可以不用出门，待在自己的屋里肆无忌惮地拉琴，就是人生最大的快乐。

琴弓每一次擦过琴弦都有着相似的美妙感，又有着细腻的不同之处。与她相伴多年的琴是她灵魂的出口，她的身躯被这样的旋律包裹，她的灵魂似乎也可以飞向远方，大地在脚下无限延展，在寒冬中开出春之花来。

“半夏。”在春暖花开的乐声中，一道低沉而诡异的声响突兀地插进来。

琴声戛然而止。

半夏的琴弓顿住了，她眨了眨眼。

她怀疑自己听错了。

那低沉的声音来自窗外，诡异而喑哑，叫的是她的名字。

半夏扭头看向窗外。

冬季的雨夜里，窗外生锈了的防盗网正被滴滴答答的雨水打湿，再远一些是浓黑的世界，高低起伏的龙眼树林在雨中发出沙沙的细响。

在这样的夜里，三楼的窗外绝不应该出现人类的声音才对。

半夏自小有一种与他人不同的地方，就是对声音特别敏感。身边任何一种声响，她都能够清晰地分辨，轻易地捕捉和记住。她从小到大，指导她音乐的老师都时时称赞她。

她极少听错过什么声音。

“半夏，帮帮我。”漆黑的窗外，那声音又响起了。

这一次，半夏清晰地捕捉到了它。

那声音就在窗外，三楼，雨夜，低沉而诡异的声音叫着她的名字向她求助。

半夏首先想要拿点儿什么东西作为防身的武器，但立刻想起手里拿着的是自己的小提琴，于是飞快地将琴背到了身后。大部分音乐生都有这样的习惯，如果拿着乐器的时候摔一跤，就算是脸着地，也不能让乐器着地。

一道闪电划过黑夜，惨淡的白光照亮了湿答答的窗口。

窗户敞开了一小半，一只通体漆黑的小小的生物正在那里。“他”看起来像是一只黑色的蜥蜴，正用细直的小爪子扒着窗沿。在闪电的光亮中，“他”的双瞳变成两条竖线。

半夏在闪电转瞬即逝的光芒中和那双眸对视了片刻。

“刚刚……是……是你在喊我的名字？”她不太确定地问了一声。

蜥蜴只比半夏的手掌略长一些，黑得像用浓墨画出的一笔，比冬季的雨夜还要暗淡。半夏不知道“他”从什么地方一路爬到这么高的地方来，也不知道“他”在窗外待了多久，“他”浑身滚满了泥污，狼狈又肮脏。要不是闪电在窗外亮了一下，半夏只怕还没能注意到“他”。

听半夏说话的时候，墨黑的小东西绷紧了身体，竖起脖颈，仿佛在犹豫着是否要立刻逃跑。

闪电的光暗淡下去，雨下得更大了，雨水噼里啪啦地淋在细小漆黑的身躯上，那扒着窗台的小爪子在水中打了一个滑，“他”似乎随时都能被雨水冲刷下去。

“要不……你先进来吧？”半夏迟疑了片刻后，向着窗台伸出

了自己的手，带着琴茧的白皙的手掌平摊在那只脏兮兮的爬行动物身前。

如果换一个人，应该不太可能在这样电闪雷鸣的夜晚，让这样诡异的生物进入自己的屋子里。

但半夏恰巧是一个除了音乐，在其他方面不拘小节的女孩儿。从小生活在农村里，以抓毛毛虫吓唬男生为乐的她，不但不畏惧蜥蜴这样的小动物，甚至还觉得在这样下大雨的夜晚里，趴在窗口淋雨的小东西有些可怜、可爱，哪怕这是一只会说人话的诡异的蜥蜴。

“他”好像是童话书里上门来求助的青蛙王子呢。半夏有些莫名其妙地兴奋起来。

或许“他”应该被称为蜥蜴王子。

小小的蜥蜴盯着她的手，绷紧身躯一动不动。

半夏左右看了看，顺手拿起桌子上的小方巾垫在了手上，再往窗前伸了伸。

“来，上来吧。”她的手很稳，方巾毛茸茸的，她的语调中充满了耐心。

蜥蜴迟疑了很久，试探着伸出五根小小的笔直细长的指头。

毛巾是柔软的、干燥的，透着手心的温度，和窗户外冰冷的世界有着天壤之别。

最终，小小的黑色蜥蜴摇动快要被冻僵的尾巴，从窗外爬了进来，踩在“公主”的方巾上，被她接进了温暖的小屋内。

最初，半夏的心中充满新奇和兴奋，她在床上翻来覆去怎么也睡不着，时不时睁开眼睛偷看，看看那只被安置在屋里的小蜥蜴有没有什么动静。

她在床铺对面的墙边用厚实的毛巾给“他”垫了一个舒舒服服的小窝，将那个被冻得够呛的客人安置在柔软的小窝里。

然而在哗啦的雨声中，那只小小的脏兮兮的东西趴在厚厚的毛巾上，蜷缩成小小的一团，始终一动不动，安静得像一块黑漆漆的石头。

这真是一个好特别的夜晚，也不知道我是不是在做梦呢？迷迷糊糊中，半夏慢慢地睡着了。

夜半时分，她在迷迷糊糊中睁开眼，发现窗外的大雨不知什么时候停了，夜空中挂着一轮明晃晃的圆月。

那圆月仿佛被雨水洗过一般，亮得吓人。月光透过窗子照进狭小的屋内，洒在地面上。

在朦胧的月色里，她依稀可以看见屋子的地面上躺着一个人。那人肌肤苍白，脊背消瘦，正一动不动地蜷缩在月光里，用瘦骨嶙峋的后背对着半夏。

窗栏横竖交错的影子打在那突起的肩胛骨上，呈现出囚笼般的黑色栅格。栅格间露出的苍白的肌肤上有着一道明晃晃的赤红的伤口。

半夏努力地掀动了一下过于沉重的眼皮，没能够彻底清醒，在浑浑噩噩间又睡了过去。

直到清晨她猛然惊醒，从床上一下子坐了起来，举目四顾，只见屋内一片明亮。

狭小的屋子里只有一张床、一张小方桌和一个简易衣柜。

明亮的天光和清新的空气从敞开的窗户处涌进来，床边靠着墙的地面上有用厚厚的毛巾垫成的一个小窝，一只巴掌大的黑色蜥蜴蜷在毛巾中一动不动。

哪里有什么月光和赤裸的男人?

冬季南方的城市比起北方的城市更为难熬，既湿又冷，取暖全靠抖。

榕城音乐学院（榕音）管弦系大二的学生坐在四面透风的教室中，缩在厚厚的羽绒服里瑟瑟发抖，却又不得不全神贯注地上郁安国的视唱练耳课。

郁安国是全系出了名的严厉的教授，将学生的课堂表现全记入成绩中，平时分和期末分各占总分的百分之五十，学生差一分他也不给过，因此基本没人敢逃他的课。

被点到名字的同学愁眉苦脸地站了起来。郁安国的手在琴键上稳稳地按下。

“do，mi，升 sol，增三。

“do，降 mi，sol，不不不，降 sol，减三和弦。

“do，mi，sol，la，好像是小……小七五六？”

郁安国的节奏很快，每组和弦间隔不到三秒，被点名站起来回答问题的同学都快哭了。

“班长。”乔欣捅了捅坐在身边的班长，做了一个“救命”的口型。

班长尚小月瞟了她一眼：“叫我做什么？我听音高也不算好。”

乔欣掐了她一把：“太谦虚了啊，你不好谁好？”

尚小月半笑不笑地把头发别到耳后，视线却有意无意地从坐在前排的那个背影上扫过。坐在她前侧方的半夏用一只手转着笔，用另一只手支着下颌正看着窗外发愣，似乎根本没在听教授的课。

这家伙根本连课都不认真听，偏偏教授还特别喜欢她。

尚小月出身于音乐世家，父亲任省交响乐团团长，母亲在某文工团任职。尚小月家庭优越，本身也优秀，从小拿遍了国内各种少儿小提琴大赛的奖项，她在哪里都是鹤立鸡群一般的佼佼者。

偏偏进了榕音之后，她总隐隐地感觉被从普通中学考进来的半夏压了一头，心情就免不了有些复杂。

半夏不住校，从大一开始就自己在外面租房子住，不太和大家来往，也很少参与集体活动，显得分外冷漠。这就让尚小月越看她越不顺眼，暗暗地将半夏当成自己的劲敌，不论在哪方面都要和半夏比较一番。

“这么基本的三和弦，就是读小学的琴童都不会听错。”郁安国脸色阴沉，皱着眉头敲讲台，“你们真是我带过的最差的一届学生。下一个，谁来？”

班上的同学你看我我看你，没人愿意上去。郁安国的节奏太快，他的要求又高，上去的人没准就要出丑。

尚小月左右看看，举起了手。

琴声响起，少女挺直脊背站在教室的中央，脖颈白皙，声音清亮而自信。

“do，mi，sol，si，大七。

“do，降mi，降sol，降si，半减七。

“do，mi，sol，si，fa，la，do，mi。

“mi，sol，si，re，sol，si，re，fa。”

郁安国的脸色随着尚小月流畅且完全正确的回答总算略微缓和。

她下台的时候，同学们报以热烈的掌声。

“一个都没错，厉害，班长就是班长。”

“就是，还是班长厉害。”

“这下老郁不至于骂人了吧？”

尚小月的嘴角勾起了矜持的笑，她从容不迫地在同学们的掌声中坐下，向着同桌乔欣悄悄地挑了一下眉，但当她的视线貌似无意地从半夏脸上掠过的时候，嘴角的弧一下子就垮掉了。

昨夜下了一场大雨，窗外的树叶上现在还挂着雨滴。坐在窗边的半夏正盯着窗外树叶上的雨滴发愣，仿佛那是什么难得的景致，她根本没有注意到尚小月刚刚完美的表演。

尚小月愤愤不平地想：她就是这样看不起人，最多就是和我一样全对而已，还能上天吗？

“半夏，你来。”郁安国正好在这个时候点到了半夏的名字。

半夏的听力极佳，几乎每一节视唱练耳课，教授都要点她站起来回答问题，并喜欢以她为标准为其他同学示范。

半夏完全没注意到身后同学百转千回的心理活动。她整节课都在埋头想着昨夜的事，被点到名的时候，多亏和她坐在一起的潘雪梅推了她一把，她才回过神来，恍恍惚惚地站了起来。

郁安国的标准音出来的时候，半夏下意识地说道：“高了。”

“什么高了？”郁安国皱眉。

“琴不准。老师，音高了一点点，”半夏捏着两根手指比画了一下，“高了一两个音分。”

这一下别说班上的同学，就连郁安国都露出了吃惊的神色。

郁安国看了她半晌，从抽屉里取出定音器，测了一会儿音准，最终点点头：“是高了那么一点点，该叫人来调一下音了。好吧，今天的练耳就到这里，下面开始模唱。”

这一下，全班同学都发出了吃惊的赞叹声。

吃午饭的时候，主修长笛的潘雪梅还在对这件事念念不忘："夏啊，你到底是怎么听出来的？你真的能一下子就记住所有听过的声音吗？"

"啊，"半夏埋头吃饭，口中含含糊糊地道，"就那么听出来了。"

"对你来说真的很轻松吗？"潘雪梅用她的不锈钢勺子敲了敲装菜的盆子，"听得出来这是什么调吗？"

"降A吧。"半夏心不在焉地回答，此刻她满脑子都是那只半夜被自己收留到屋子里的黑色蜥蜴。

直到这个时候，半夏才有点儿回过味来，察觉到自己昨夜经历了一桩了不得的事件。

对当时那个在窗外叫她名字的声音，她不知为什么有一种熟悉感。

半夏咬着勺子想：自己好像曾经在什么地方听到过那个声音。

具体是在哪里听过，她却怎么也想不起来。

因为不知道蜥蜴吃什么，早上出门上学前，她找出几个盛调料的小碟子，将屋子里能吃的食物各装上一点儿，一溜儿摆在墙边。

碟子里依次装有清水、蔬菜、一小片面包和半个苹果。

"我要去上学了。家里只有这些东西，你喜欢吃吗？"她蹲在那小小的身躯边上问道。

当时，那个浑身墨黑的家伙有气无力地睁开眼，将斑纹诡异的眼眸转过来看了一眼，抿着嘴回避了那些小碟子。

事实上，除了最初听他叫过两声自己的名字，半夏再没听他说过别的话。

他明明特意爬到这么高的地方向她求助，却为什么什么也不说呢？

坐在半夏对面的潘雪梅还在试着拿汤勺敲盆子。

半夏突然握住了她的手：“雪梅，你知道蜥蜴吃什么吗？”

“蜥……蜥蜴？”潘雪梅莫名抖了一下——她比较害怕这种爬行动物，“大概是虫子或者水果一类的东西吧。”

“虫子吗？”半夏大吃一惊。

“我哥就喜欢养蜥蜴。”潘雪梅似乎回忆起了一些不太好的往事，“我看到他好像用一些蟋蟀、蟑螂之类的虫子喂它，太……太恐怖了。你问这个干什么？”

原来他是想要吃虫子吗？

半夏低下头，开始扒拉自己碗里的菜叶。

“你……你翻食堂的菜叶有什么用？”潘雪梅的脸色变青了，“你该不会想养蜥蜴吧？为什么突然想养那么可怕的东西？你现在可是连自己都养不好啊。”

午休时间，校园的广播正播放着钢琴曲，是榕音某位学生去年拿下拉赫玛尼诺夫国际音乐大赛（俗称“拉赛”）金奖时的现场录音。

获得拉赛这样世界级的音乐比赛金奖并非普通人努努力就够得着的成就。即便放眼全国，取得过拉赛优秀名次的钢琴家也屈指可数。获奖者不仅仅能得到名誉，更能获得无数知名音乐会的签约合同，可以算是一曲成名天下知。

此事曾在国内古典音乐领域轰动一时，也给榕音的荣誉墙添上了光鲜亮丽的一笔。榕音学子无不与有荣焉，对此津津乐道。

即便如今，电台里的播音员解说这件事的时候依旧充满兴奋和崇拜之情。

广播里钢琴优美的音色和连绵的泛音形成了节奏强劲的鸣响，生动地模拟了乡野林间欢快的钟声。这是一首炫技作品，演奏者高超的技巧令人折服。

“凌学长那种对音色的绝对掌控力太令人震撼了。天哪，哪怕是李斯特的这种炫技的作品，他都能做到音色上的完美无缺，简直像神一样！”走在小道上的潘雪梅受琴声影响，连脚步都变得轻快起来，“夏啊，你见过凌学长吗？我可是他的忠实粉丝。可惜他今年已经不怎么来学校了，我一直没机会见到他。”

走在她身边的半夏背着琴盒和书包，拿着一截儿枯枝，正边走边埋头拨弄路边的灌木。

听到这句话后，半夏随口回了一句：“去年在学校的新年音乐年会上见过一面，这位学长好像不怎么爱搭理人，我就没说上话。”

半夏对校园中的各路人物不太感兴趣，记得这位学长的名字还是因为他在学校内实在过于出名。

“啊，你居然见过他！他怎么样？他的琴声在现场听起来是不是特别震撼？”潘雪梅兴奋起来，羊绒小短裙的裙摆在原地打了个转。

“技巧确实无与伦比，”半夏丢掉了手中的枯枝，“可是我总觉得……好像少点儿什么。”

大冬天的，她想要找到一只活的虫子好像也不太容易啊。

“能少什么？”潘雪梅差点儿跳起来，“他可是拉赛的一等奖。拉赛！你知不知道什么是拉赛？”

“没有，没有，这是我胡扯的。”半夏眼看自己的好友生气了，连连摆手，听着广播中的琴声想了想，“他的技巧几乎像教科书一样完美。可是说真的，我听他的琴声，总觉得没有那种……就是那种像烟火一样五颜六色的东西。”

潘雪梅不满地白了她一眼：“你那都是什么破比喻？什么叫像烟火一样的东西？”

但潘雪梅在潜意识中又对自己好朋友的耳朵十分信服，于是最终还是推了推半夏：“那你说说看，你在谁的琴声里听到过那种东西？我也好去膜拜一下。”

“那些钢琴大师就不提了。现实中呢，我在小的时候确实听过一次。”半夏用一根手指点着下巴，“隔壁院子的慕爷爷家里就有过一个弹钢琴的孩子。怎么说呢，他的琴声里就有五彩斑斓的东西，到今天我都忘不了那个声音。”

“小……小时候？那时候你是几岁？”

“不记得了，我六七岁的时候吧。”

“六七岁？什么啊，你居然拿一个小屁孩儿和凌学长比较。”

“对对对，凌学长最牛。”半夏不想再刺激她，顺着她的话说，“可是那孩子真的弹得很好。小时候，每一个暑假他都会从城里过来，在慕爷爷家里弹琴，那时候我们还经常一起玩呢。”

他好像是一个总穿得干干净净，长得比小姑娘还要漂亮的男孩子。

他叫什么名字来着？

半夏发现自己想不起来了。她已经记不起那位童年玩伴的名字和面貌。如今深深地留在她的记忆中的，只有当年那虽然稚嫩，但令人迷醉的钢琴声。

榕城音乐学院地处榕城郊区的大学城。自从大学城在这里落地，周边许多当地的居民翻新了自己的住宅，以收租为生。

这种类型的自建房往往盖得密集，每一层楼都尽可能多地隔出小套间，专门用来出租给学生和周边文创园的员工。英姐便是房东中的一员。

午后，打了一晚上麻将刚刚起床的英姐穿着睡衣，正在水池前刷牙，看见住在三楼最里间的那个小姑娘难得大中午回来，连忙吐了口里的泡泡喊住了她："小夏，该交房租了啊。"

半夏租的房子位于三楼楼道拐角处，面积很小，一个月房租只要三百元，算是附近最便宜的。屋内的条件当然十分简陋，房子离学校相对也有些远。往日午休时间，她一般待在学校的琴房里或者图书馆里，很少特意回来一趟。

"知道啦，英姐，很快就给你转啊。"半夏背着琴盒和书包，口里答应着，人飞快地上了楼道。

她携带着一股新鲜的冷风推开门，小小的出租屋内和往常一样静悄悄的。

一溜儿摆在墙边的几个碟子整整齐齐，里面的食物也没有任何被碰过的迹象。

毛巾里的蜥蜴保持着半夏离开时的姿势，蜷成一团，毫无反应。

"嘿，我回来了。你什么都没吃，是吃不习惯这些东西吗？"

蜷在毛巾里的墨黑的身躯一动不动，死气沉沉。

"那个……你睡着了吗？喂，嘿，听得到我说话吗？"

半夏的心里涌起一股不太妙的预感。

她伸出手，小心翼翼地戳了那只蜥蜴一下。这只昨夜带着一身雨水闯入屋内，踩上她的手心的家伙，软绵绵地随着她手指的力道倒向一边。

昨夜大风大雨，她没看清楚。如今正午时分，光线明亮，半夏这才发现，蜥蜴的身上不仅满是泥污，更有不少伤口，后背肩胛骨上还有一道明显的口子。

他是不是死了？

这个可怕的念头不受控制地在半夏的心中涌现出来。

这一瞬间，昨夜她似梦非梦之间看到的那个苍白消瘦、后背带着伤口的身躯和眼前的蜥蜴重叠了。

难不成一只会说人话的神奇蜥蜴就这样死在了她的家里？

不对，他或许不只是会说话，没准还能在半夜里变成一个成年男人。

说不准一个不着片缕的成年男性的尸体会突然出现在她狭窄的出租屋内！

这个令人惊悚的念头闪过之后，半夏觉得一颗心顿时被剖成了两半，一半为这条生命可怜的结局难过，另一半为自己有可能遭遇恐怖事件纠结。

第二章 黏人

榕城的出租车上，拥有十几年驾龄的司机师傅透过后视镜看了刚刚上车的乘客一眼。

这位从大学城附近上车的小姑娘小心翼翼地把一条被冻僵了的四脚蛇捂在手心里，一脸紧张的模样，嘴里嘀嘀咕咕，正要赶去什么宠物医院。

唉，这世界变化得真是太快，出租车司机在心里嘀咕起来，普通人养猫养狗已经不算稀罕了，从前在地头上乱窜的四脚蛇也有人当宝贝给养上了，这病了还得送医院。

坐在车里的半夏顾不上考虑司机的想法，一只手捧着那只不知是死是活的蜥蜴，另一只手飞快地刷着手机里临时找到的关于蜥蜴的论坛。

她刚刚在上面发了一个帖子："求各位大佬帮忙看看。这是怎么了？"她发了两张图片。

论坛上很快有了回复。

"楼主这只是守宫（蜥蜴的一种），颜色这么深，应该是黑夜吧？今年的黑夜可不便宜，怎么养得脏兮兮的，还搞了一身伤？"

"守宫属于蜥蜴亚目，冷血动物，适宜的生活环境是28～32℃。楼主只怕是新手，从图片中看，连个加热垫都没有，这样的天气只用毛巾能养活守宫吗？"

"都散了散了，她不仅没加热垫，连个最普通的盒子都没买。还有啥好来问的？这守宫就是活活给冻死了呗。新人就是不负责任。品相这么好的黑夜，还是纯黑的，真可惜。"

车中的半夏被这铺天盖地的批评骂傻眼了，被冻……冻死的？

她也是大意了，见昨天那么冷的天气，他都能从窗外爬进来，她就以为他肯定能适应室内的温度，根本没想到蜥蜴是变温动物，在这种天气下是会被冻死的。

“请教大家一下，那现在怎么办？”

“办法只有一个。”

“大佬教我！”

“埋花盆。”

“埋花盆。”

“埋花盆。”

“埋花盆？它还没死！它在我手里，我感觉它的身体还是热的！”

“妹子别听他们的，如果你真心想救它，就带它去宠物医院看看。”

“楼主要想好，爬宠医院可不是随便进的，去一次花的钱没准够买你手上这样的好几只。”

“而且十有八九救不活。”

“救不活。”

“救不活。”

“救不活。”

“用这钱再买一只好好养吧。这只可以掐死了当花肥，别折腾了。”

半夏：“我去医院试试……我已经在出租车上了。”

“妹子的地址是哪里？必须去专门的爬宠医院。你报坐标，让当地爬友给推荐一家靠谱点儿的吧。”

网络上众人七嘴八舌，说得半夏心里火急火燎。就在她恨不能一下飞到医院里的时候，手心里却传来一点儿痒痒的感觉。

半夏低头一看，那只被下定论可以埋在花盆里的蜥蜴居然微微地睁开了眼睛，耷拉着眼皮勉强地看了她一眼。

半夏大喜过望，一把捧起了他，话都说不顺畅了。

“太好了，你醒啦，他们说你是被冻僵了才晕过去的。

“抱歉，我不知道你需要加热垫。

“现在温度怎么样？还有哪里不舒服？

“你想不想吃点儿什么？要不要喝点儿热水？”

正午的阳光透过玻璃在车内流动，半夏手中那只墨黑的蜥蜴却像是吸收了一切光明的永夜，黑得越发浓郁。他有气无力地趴在半夏的手心里，只在半夏问他是否需要喝水的时候，微不可见地点了点尖尖的下颌。

半夏从随身的书包里拿出保温杯，取下盖子，给他倒了浅浅半盖的水。

“水是我早上出门的时候装的，已经不怎么热了，凑合喝一点吧。”

黑色的蜥蜴抬起头，用纹理斑斓的眼睛盯着眼前的杯盖。

在他的视野里，不论是眼前半盖微微摇晃的清水，还是拿捏着杯盖的人类的手指，都十分巨大。杯盖很旧了，到处都是磨损的痕迹，显然是女孩儿自己日常使用的器具。端着杯盖的手指肤色白皙，指甲平整，上面有着常年练琴留下的老茧。

记忆中一些零碎的画面在他的脑海中晃过：紧紧地拉着窗帘的昏暗的屋子，角落里多日没人更换的脏水，产生了气味的食物

残羹；偶尔一双手从门缝里小心翼翼地伸进来，在放下食物之后如避蛇蝎一般飞快地缩了回去；还有屋外那些时不时传进来的窃窃私语。

“快拿走，拿进来做什么？这可是‘它’用过的碗，快整个丢了。”

“我不想去送吃的，我也害怕啊。”

“天啊，为什么我要遭遇这样的事？家里出了这种怪物，如果被人知道了，让我的面子往哪里放？”

“我们到底是造了什么孽？为什么我们要忍受这样的事？”

墨黑的守宫盯着水面沉默了许久，直到半夏忍不住要开始询问的时候，他才慢慢地凑过脑袋，吐出颜色浅淡的舌头，就着她的手舔起杯盖里的水来。

或许是被水波倒映，那低垂下去的黯淡眼眸里带上了一点儿细碎的光。

萌宠宠物医院是一家榕城爬圈内公认的比较专业的宠物医院。院内装潢气派，环境整洁，设备齐全，治疗费用也绝不低，因而来这里的顾客带的爬宠多半是一些身价不菲的名品。

一个个顾客提着精致小巧的专业爬盒，互相说着半夏根本听不懂的各种词。

“看我这只新入手的恶魔白酒怎么样？”

“哇，可以的。大眼睛，高鼻梁，皮肤还这么白，太美貌了，比我家那只幽灵雪花白骑士漂亮。”

“我家的超级铂金绝食好几天了，我不放心，带来找医生看看。我最近看中了一只橘无，无奈卖家开价太狠了，我正犹豫着要不要买。”

“橘无的价格降下来了，目前正火的是幽无。黑夜价格居高不下。不过我喜欢上了橘白奶牛。”

半夏也无暇听他们说啥，捧着手里的守宫直奔诊疗室找医生看诊，引来不少人的注意力。

“什么啊？哪里来的妹子，直接把守宫抓手上就来了？”

“她那是什么品种？脏兮兮的都看不太清楚。”

“全黑的，是黑夜吧？还挺特别。我过去看一眼。”

诊室内的医生手法娴熟地接过半夏递来的患者，也不多话，一下子捏住了他的尾巴和腰椎，把他翻了过来，看了他的肚皮一眼。

“已经是成体了，公的。”医生推了推鼻梁上的眼镜，“怎么搞得这么脏？背部还有抓伤，不会是和猫混在一起养的吧？这样，先上个气体麻醉，清一下创口，再拍个片子看一下子什么情况吧。”

黑色的小守宫紧张地绷紧了四肢趾爪，在医生手中拼命地挣扎，趁着医生低头写病历的间隙，一溜烟挣脱了，迅速地蹿回半夏的手上，就想要往半夏的袖子里钻。

半夏按住他慌张的脑袋：“看病呢，这是给你看病。你忍耐一下啊。”

仿佛听得懂她的话一样，惊慌失措的蜥蜴勉强定住了身体，慢慢地趴在她的手心里不动了。

“哎哟，你这只守宫居然会亲近主人，倒是少见。”医生笑了起来，取来了棉球和生理盐水，边给他清理皮肤上的污泥边解释道，“一般来说，守宫养得再久，也很少有主动亲近人的。我这么

多年来还没见过这样乖巧的。”

“我家这只很听话，就是胆子比较小，”半夏试探着问道，“由我来抓着他行吗？”

“那好吧，你戴着手套，先把它抓好了。小心别被它咬到。”

沾了生理盐水的棉球洗去细细鳞片上的污渍，黑宝石一般的色泽一点点地露出来。

医生推了推眼镜，轻轻地咦了一下。

一个刚刚进入诊室里的顾客惊呼一声，回首就把他的同伴都拉了进来。

“快来看，这是什么品种？”

“好漂亮啊，黑色本来就难得，我第一次看见这么纯粹的黑色，一点儿杂色也没有。”

“这应该是黑夜吧？”

“瞎扯，黑夜的眼睛是这样的吗？黑夜也没有黑成这样的。”

“可能是黑珍珠或者午夜暴风雪什么的？”

“都不太像。这大概是国外新培育的品种。我听说国外新培育出了一个叫幽莲的全黑的品种。”

“好美，黑得又浓又烈，简直像是黑色的宝石。我有点儿心动了。”

黑宝石一般的守宫任凭半夏的手指抓住自己，在一片嗡嗡的议论声中，没有做出任何抵抗，将黑色的脑袋搭在半夏的手腕上一动不动。

直到医生给他套上氧气管，准备将他从半夏的手中接过来做气体麻醉的时候，他突然伸出细长的爪子扒紧了半夏的袖子不肯松手。

“没事，没事，我就在边上，又没跑，很快的。”半夏出声安慰。

在麻药的作用下，那被强制按在手术台上的守宫挣扎了许久，才认命似的闭上双眼，紧拽着半夏衣袖的爪子无可奈何地脱了力。

诊疗室外围观的爬友都是些五大三粗的汉子，开始集体发出抱怨声。

“啊，太可爱了，这样美貌还黏人，我的心都要化了。”

“小家伙好像通人性一样，那眼神看得我心酸。”

“真的没见过这么亲近人的守宫，我家那只祖宗现在还不让我上手呢。”

“呜呜，她到底从哪里收的？我也好想要一只。”

“不知道妹子愿不愿意转让，一会儿我想去问一问。”

“不转让愿意借出来配一下种也是可以的。”

一系列检查和治疗持续到了傍晚时分，又是清创又是肌肉注射又是B超的，看得半夏心惊肉跳。这一切结束之后，医生递给半夏的一张账单差点儿让她犯了心绞痛。

“两千多块？”半夏的小脸垮了，这几乎是她卡上所有的积蓄了，“不能再优惠点儿吗？”

“清创、B超、麻醉，还做了抽取腹部积水的微创手术。已经给你最低折扣了。”医生这样说道，“另外你的蜥蜴有些营养不良，加上刚刚做完手术，我的建议是住院继续观察一段时间。要住院的话，每天住院费三百块。”

半夏苦着脸，心里感到十分为难。她一个月的房租也才三百块呢。首先，她的经济能力实在有些支撑不起这里的住院费用。更为重要的是，她手里的这只会说人话，半夜时分还有可能化为

人形的特殊蜥蜴是什么情况，她也还没搞清楚，实在不敢贸然将其留在医院里。

医院的留观室里有无数个小巧的洁净透明的橱窗，里面居住着各种袖珍的爬宠。半夏不敢想象这样狭窄的小箱子里，如果在午夜时分突然出现了一个啥也没穿的人类，那场面会是什么样。

刚刚从麻醉中缓过来的黑色守宫叼住了她的袖子来回摇晃，接到明确信号的半夏做了决定。

“那个……我们还是不住院了，如果回去遇到什么情况，再来麻烦医生。”

医生并不强求，随手递给半夏一本《守宫饲养入门手册》。

拦住半夏的人反而是那群一直在附近围观的爬友。

“别啊，妹子。怎么能不住院呢？这么美貌又稀罕的品种，一定要格外小心地照料。守宫可都是很娇气的。”说话的人是一位肩宽体壮、大高个儿的汉子，偏偏用他蒲扇似的双手小心翼翼地捧着自己精巧的饲养盒。盒子里一只金黄色的守宫正倨傲地挺着它的小脖子。

“你看我的蜜橘，不过是蜕皮时卡到了眼睛，都让我紧张得不行。”

“如果是经济上的原因，它的住院费用我可以替你出，”有人从后面插话道，“嘿嘿，只要你愿意等它被治好以后把它借给我配几次种。”

“配什么？”半夏还没反应过来那人什么意思，手心里的黑色蜥蜴已经叼住她的袖子疯狂地甩头。

“你这只是公的吧？”那人挤上来，兴奋地搓手，“我家里有一只母的黑夜，是个极漂亮的小姐姐，肯定不会辱没你手里的这只。”

“我家里也有一只午夜暴风雪，它们有了后代以后还可以送你几个蛋。”

“哎，别走啊，妹子。你开个价，都是‘爬友’，一切都好商量的嘛。”

从医院里出来的半夏攥了攥随身背着的琴盒的带子，朝着天空呼了一口白雾，有些啼笑皆非。

她本该笑不出来，付完医药费之后，又买了必不可少的加热垫和控温器，几乎把存款花光了。

如今她的账户余额是十七块八毛八，她都不知道下个月的房租在哪里。

一贫如洗似乎没有打击到女孩儿，她背着琴盒走在热闹的街上，边走边笑吟吟地说：“扣掉回去的地铁费，还能剩十五元呢，好好地吃一顿没问题。”

她轻轻地拍了拍自己衣服上的口袋：“待在里面真的可以吗？会不会很闷？”

那身白色羽绒服的口袋的边缘露出一个墨石似的黑色脑袋，接着一道低沉的声音不知从何处响起。

“并没有，这里很好，谢谢！”

在榕城，即便是在冬季，街边的树木依旧长得郁郁葱葱，艳红的木棉花点缀枝头，开得热烈如火。半夏踩着细碎的落叶，穿行在街灯树影之下。

“对了，你是怎么认识我的？你有名字吗？我还不知道该怎么称呼你呢。”

露出口袋的那一点儿浓黑微微动了动，再度陷入了沉默中。

“没有名字吗？刚刚在医院里，他们的守宫都有很炫酷的名字，有的叫白骑士，有的叫暴风雪什么的，还有的叫什么幽莲。我也给你取个名字吧。”

半夏看着枝头鲜艳如火的花，脑海中莫名闪过一个名字，她张口便说了出来。

“就叫小莲好了。”

浓似暗夜的生物，却被她起了个纯洁剔透的小名。

微微鼓起的口袋动了一下，黑色的脑袋冒了出来，默默地仰起。那人携带着他行走在人间，在花枝树荫下毫无所觉地自说自话。

“小莲啊，你看这里的冬天，从来不下雪，树木甚至还能开出花来。夏季也没有池塘，看不见莲花和青蛙。在我的老家，冬天放眼所见全是纷纷扬扬的白雪。等到了夏日，池塘里会开满成片成片的莲花，可漂亮了。

“这样想想，好想吃奶奶做的藕粉。

“对了，小莲，你饿不饿？想吃点儿什么？”

地铁口外的广场上人流密集，四面高楼林立，城市里的霓虹灯在黄昏中逐一亮起。

全身只剩十五元的半夏兴致勃勃地买了两个包子当作晚餐，坐在花坛边的台阶上，呼呼地吹着吃。

“这家的玉米鲜肉包特别好吃，皮薄馅多，肉汁鲜美，最主要的是买两个还能送一杯热豆浆。

“小莲，你真的不吃吗？我可以把肉馅都分给你。”

羽绒服的口袋里传出小莲闷闷的声响：“我不饿，谢谢。”

“这么好吃的包子也不吃，”半夏叹了口气，“真的是只吃虫子吗？”

这一次，口袋里的小莲回答得很快：“不，我不吃虫子。”

随后他的声音又变得有些低沉沮丧：“我不用吃什么。”

“别不好意思啊，如果想吃什么就说。你既然来到我家，别的没有，至少不会让你饿着。”账户余额个位数的半夏财大气粗地招呼着口袋里的客人，边说着大话边顶着寒风咬了一口肉包子，“啊，好烫。”

半夏租住着三百元一个月的农村自建房，坐在路边吃晚饭，脸上却不见半分焦虑、窘迫。

她晃悠着长腿，仿佛得了什么人间至美一般，高高兴兴地将手里廉价的包子全部吃光，才拍了拍手站起身来，弯腰打开了随身背着的小提琴盒。

她取出小提琴，熟练地在琴盒里放了几枚硬币和一张收款二维码，随后将小提琴架上了肩头，调了调音，甚至还有闲暇在调音的过程中解释这预放钱币的技巧：“既不能多，也不能一点儿没有。少了的话，显得你没市场；多了，别人又嫉妒你，就不愿意再给了。咱们剩下的这点儿钱刚刚好。”

火红的木棉花树下，一身雪白的少女扣着一顶黑绒线帽，在人来人往的街边摆摊卖艺，抬手拉起了她的小提琴。

半夏其人，虽生就一副细腰长腿的好身量，却活得很随便，懒梳妆，淡眉淡眼的，头发也不过在脑后随手一扎，放在美女如云的艺术学院里，她一点儿也不出挑。

只有在她驾琴扬弓的这一刹那，她整个人的气质才突然间变得浓烈。眉还是那眉，眼也还是那眼，但在花树下扬琴，人便像

那凛冬中肆意盛放的花，瞬间张扬灼目起来。

她仿佛惯于在街边卖艺，毫无羞怯，白皙的手指扬起琴弓，嘴角便勾起了一抹浅笑。她的笑也不妩媚，反倒带着狂意。骤响的音符紧密地奏鸣而起。

极快的节奏她却拉得轻松写意，收放自如。琴弓在纤细的手指间高频振动，音色精准又轻盈，琴声丝滑而迅捷地流淌开来，宛如有那么一只蜂从琴弦的间隙中飞出。

很快，两只蜂、三只蜂……成群结队的野蜂从小小的琴箱中飞出。

薄翼嗡嗡地舞动，汹涌澎湃的生机瞬间飞跃出琴弦，在花树下扩散，穿过霓虹交织、车水马龙的都市，朝着繁花盛开的远方奔去。

这是这样抓人的盛景乐音。

“看那儿，有人在拉小提琴。”几个小姑娘停下脚步。

“好酷的小姐姐啊！她拉的是什么曲子？动作快得我都看不清。”

“虽然不懂，但感觉好厉害啊！”

下班归途中的行人三三两两地驻足观看，捧着麻辣烫的学生也在路边驻足。

“嗡嗡嗡的，这拉的是什么啊？感觉像一群蜜蜂在飞，一点儿意思都没有。”有些对古典音乐一窍不通的人不太感兴趣。

“哈哈，像蜜蜂就对了，这首曲子就叫《野蜂飞舞》，是一首炫技曲，超难的，能拉的人都很厉害。”也有略知一二的人开口解惑，顺便炫耀一下自己的学识。

很快，半夏口袋里的手机就传来了收款的振动声，琴盒里也多了几张小额纸币。

两位衣着考究的男子路过，其中一个人听了片刻后，便摇着头对自己的同伴说道："并不算什么高难度的曲子，这样的曲目不过是用来唬一唬外行而已。她拉得也太随便了，都没按着谱子走。没有接受过音乐教育的人总是如此，觉得快便是厉害，拉得快就是难，弹得快便是厉害极了，可笑得很。"

他的同伴是一位头发花白的老者，背着双手，慢悠悠地在琴声里停下了脚步。

"这不是很好吗？路人都被她唬住了，才能够慷慨解囊，她也就达到自己的目的了。"老者笑了起来，"何况小姑娘的琴声里有点儿自己的东西，她拉得并不只有快而已呢。"

擦身而过的时候，他取出怀中做工精致的钱包，弯腰在琴盒里放下一张大额纸币。

路人或褒或贬的评价没能进入半夏的耳中，花树下的演奏者已经完全沉浸在自己的世界里。

甚至连她外套的口袋动了动，一只漆黑的守宫爬出了口袋，也没引起她的注意。

不远处一个观看演奏的女孩儿突然拉了拉自己的伙伴。

"快看，从她的口袋里爬出来了一只什么东西？"

"啊，我的天，是蜥蜴。我好怕那种东西。"

"真少见，小姐姐居然养着蜥蜴做宠物啊。"

"那叫作守宫，好漂亮的一只，居然还有全黑的守宫。我以为守宫都是橘红色的呢。"

"黑色的蜥蜴、白衣的小姐姐，又美又酷，琴还拉得好，我好爱这个小姐姐啊！"

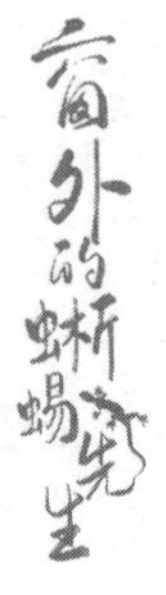

爬出口袋的守宫抬起头，从他的角度，可以透过飞扬的琴弓看见那些支离破碎的霓虹灯灯光。口袋里幽深而逼仄，一线天光之外是巨大而光怪陆离的世界。

口袋外面是高耸入云的楼房，尖锐刺耳的车鸣声，如同巨人一般来回行走的人类。

那个近在咫尺的演奏者手指有力，琴弓飞扬，弓弦之间流淌出来的曲子却让他想起熟悉的画面。

他盯着飞舞的弓弦，琴声带着他的记忆回到多年之前。

那时候的他还是一个七八岁的男孩儿，把自己藏在一片广袤的乡间原野里。

荒野中丛生的荆棘和生机勃勃的花丛间有着无数的野蜂飞舞穿行。

嗡嗡嗡，嗡嗡嗡，那里的野蜂就和这琴声一样，肆意张扬，舞动个不停。

小小的男孩儿抱着膝盖坐在比自己还高的野草丛中，不知道自己在这荒野间躲了多久。这里只有飞舞的野蜂、鸣叫的蟋蟀、瑟瑟爬动的虫蛇。仿佛躲在这里，他便可以远离那些让人难以忍耐的巨大悲伤，远离那个充满着成年人无休无止的争吵的世界。

脚下潮湿的泥土被某种生物拱开，冰冷的身躯从他的脚面上爬过，又钻回泥土间。

如果可以的话，他希望自己就在这一片嗡嗡的野蜂声中睡去，钻进这湿润的泥土中，从此归于这片荒原。

反正他已经没有可以回去的家，失去了等待自己回家的人。

可是，当晚霞的色泽越来越暗沉，浓郁的黑色慢慢地从山脚爬起覆盖住天空的时候，他又开始本能地感到害怕。

气温很快降下来，他又冷又饿。影影绰绰的草木阴影在嗡嗡作响的野蜂声里晃动，像那些恐怖故事中扭曲狰狞的怪物，随时就要扑出来，一把抓住他冰冷的脚踝。

或许我也要死了，和爸爸、妈妈一样。

男孩儿把自己的头埋进双膝之间。

有没有人？随便来一个人吧，把我带回去，带回那些有人声、有灯光的地方。

暗影错乱的野草在这个时候被一只小手拨开。一个戴着草帽的圆圆脸蛋的女孩儿从草丛中钻了出来，那张小脸因为她长时间奔跑变得红扑扑的，灵活的双眼在看到男孩儿的一瞬间亮了起来。

“哎呀，你果然躲在这里，害我找了好久。”六七岁的小女孩儿摘下自己头顶上的草帽，扇去四周的野蜂，握住男孩儿的手，一把将他用力地拉了起来，“快回去吧，村子里的人都出来找你了呢。”

现在回想起来，他不记得两个小小的孩子在逐渐暗下去的天色里是怎么从荒无人烟的田野里深一脚浅一脚地走回去的。

他只记得那个比他还小一些的女孩儿在他的前方一路不停地分开那些高高的草。那只一路牵着他的小手指头圆圆的，指甲剪得短短的，指腹因为练小提琴而起了一层薄薄的茧子。

薄薄的茧子一路刺得他手心难受，心里也难受。

“没事的啊。我妈妈说过，任何不开心的事都有过去的一天。只要你忍得过眼下这一阵，就没这么难受了。”不停地在他眼前晃动的小小的身影一路都在说话，“你别怕，我们很快就能长大。等我长大了，就去看你，还能找你玩。”

“真的吗？……你保证会来？”

小女孩儿笑嘻嘻的声音传来：“那当然，我还答应过要娶你做媳妇呢。”

“胡说，女生怎么能说娶媳妇？”男孩儿被这句话逗到了，有那么一瞬间忘记了自己失去父母的悲伤，“女生只能说嫁人，我才能说娶……娶什么的。”

“哈哈，都一样啦。不要介意那么点儿小事。”

墨黑的小莲昂着头，用双眸望着拉琴的少女。那双眼睛有着奇特而斑驳的纹理，诡异又神秘，非人类所有。

那些话都是骗人的，她已经一点儿都不记得我了。

第三章 谎言

半夏乘坐地铁回到家的时候，英姐依旧在一楼热火朝天地打着麻将。二楼拐角处的小屋门敞开着，英姐的小女儿正窝在门边一张老旧的沙发上，读手中的绘本。

半夏背着琴盒，提着趁超市关门前打折买的菜，蹑手蹑脚地经过，竖起手指冲小姑娘做了个噤声的动作。

她口袋里的钱被花光了，她不知道哪一日才能交房租，姑且能拖一天是一天。

她住在三楼拐角处的小房间里，和小姑娘乐乐楼上楼下，玩得最好。

乐乐眨了眨眼睛，冲她点点头，特意提高了读绘本的声音。

“公主得到了她的金球，径直跑回属于自己的城堡里，并很快把可怜的青蛙忘得一干二净。

“青蛙可真够愚蠢，一只青蛙又怎么可能和人类成为朋友呢？

“噢，我只是随口说说，根本没想到它能从泥潭里爬出来，爬这么远的路来找我，还想和我用一个小金碗吃饭，睡在一个屋子里。”

借着稚嫩童音的掩护，半夏一溜烟上了楼，钻进自己屋里，一把将那些童话故事关在了门外。

她侧耳听了听楼下的动静，取出口袋里的蜥蜴，托在手中笑嘻嘻地道：“嘿嘿，看吧，没被英姐发现。”

放下琴和书包，半夏翻出自己在医院里购买的加热垫和控温器，按照医生送的那本《守宫饲养入门手册》，给加热垫通上电，

设定好温度，再找来一个吃外卖留下的敞口塑料盒，擦洗干净，垫上两张厨房纸，将盒子底部的一半放在加热垫上，权且算是一个勉强合格的饲养盒了。

“等有钱了，再给你整个豪华的箱子。”半夏小心地将手里的小蜥蜴放进盒子里，“手册上说，饲养盒温度维持在28～33℃。嗯，还要设冷区和热区。你感觉温度怎么样？”

黑色的小莲甩着尾巴在盒子里转了一个圈，找到一个角落沉默地趴下。暖黄的灯光下，他像是一块在雪山中被冰封的黑玉，墨色浓郁，玲珑剔透，异瞳深沉，不类人间活物。

半夏一边读手册，一边取出医生开的药物给他清理身上的外伤。

沉默寡言的守宫不妨碍半夏自己念叨。

“这都是怎么弄的？被谁欺负了？

“话说，你到底是怎么到我家来的？这里是三楼呢，你这么小只，居然爬得上来。

“虽然手册上说，你们可以好几天不吃东西，但真的不饿吗？

“家里还有泡面。刚刚回来的时候，我还在超市里买了点儿瘦肉和鸡蛋。你想不想吃？”

处理完小莲的伤口之后，半夏才开始清点今天街边卖艺的收入。

“一百九十一、一百九十二……有一张百元大钞呢，今天运气真好，遇到了大方的人。也不知道这是谁给的，都没有好好谢谢他。”

她倒在床上伸开手脚，感觉一股困意袭来。

“再凑一凑，很快就可以交上房租了。等交完房租后，我多买点儿菜美美地吃上一顿。

“突然好想吃饺子啊……奶奶包的那种。”

…………

昨晚折腾了半夜，今天奔波了一天，疲困的半夏念着念着，很快歪在床上睡着了。

这一觉她睡得不太踏实，做了无数光怪陆离的梦。

梦里，她依稀回到了童年时期。

那时正值盛夏午后，院子里阳光灼目，蝉鸣聒噪。

奶奶在屋内咚咚咚地剁着饺子馅儿。妈妈端坐在窗边，绾起头发，持着笔，认认真真地给谁写着信。十分年幼的小半夏闭着眼，汗津津地躺在葡萄架下的竹椅上睡午觉。

不知从哪里传来了钢琴声。

琴声叮叮咚咚、叮叮咚咚的，在热得冒烟的大地上散开，像是载着浮冰的冬泉骤然流过酷热的盛夏。扑面的凉意冲开了空气中的黏腻烦躁，让人心怀舒畅，忍不住要道一声畅快来。

小小的半夏睁开眼，揉了揉眼睛，趿着小凉拖迷迷糊糊地爬上院子墙向隔壁看去。

四周到处都是明晃晃的日光，透过葡萄架的叶子，她可以看见隔壁慕爷爷的院子里，熟悉的红砖小屋的窗敞开着。斑驳老旧的窗户内，有一双属于孩童的小手正在临窗的钢琴上演奏着。

那白白嫩嫩的小手指灵巧异常地在琴键上跳跃，就好似故事书里的小精灵正欢快地踩着黑白相间的琴键舞蹈，踩出了无比动人的旋律来。

那琴声是湛蓝色的，有如澎湃的潮水扑面而来，一把将趴在墙头上的半夏卷入了海底。小小的半夏沉浸在潮水中，透过色彩斑斓的水面，在五颜六色的光芒中看着那演奏着钢琴的小小身影。

她努力地睁大眼睛，想看一看那人是谁。可钢琴前的演奏者的面容始终蒙着一层白光，模模糊糊的，她怎么看也看不清晰，怎么想也想不起来。

清晨六点，半夏被手机的闹铃吵醒。

学校的琴房不好抢，加上她住得又远，不早点起床的话基本是别指望抢到练习用的琴房的。

挣扎着起床的半夏勉强开了灯，几乎是闭着眼睛摸到洗手间里洗洗刷刷。突然她动了动鼻子，依稀闻到屋中有一股食物的香味。

一瞬间她的肠胃比她的大脑先一步清醒了。

清晨寒冷的空气里，屋子中唯一的那张小方桌上，静静地摆着两个碟子、两双筷子。其中的一副碟筷被人使用过了，碟子中余下一星半点儿残羹；另一副碟筷整整齐齐地摆着，碟子上倒扣着瓷碗。半夏打开那瓷碗，一股香味飘出，只见瓷白的碟子里躺着一碟黄澄澄、香喷喷的蛋饺。

半夏迟疑着夹起一个咬上一口，蛋皮焦香，肉馅儿鲜嫩，好吃得她差点儿把舌头一起吞下去。鲜美的汤汁熨帖地从口舌一溜儿抚慰到肠胃。

这正是她朝思暮想的小时候熟悉的味道！

难怪她一晚上做梦都听见剁饺子馅儿的声音，原来真的有人在包饺子。

到底是谁在大半夜给自己做了这样一碟故乡的美味早餐？

半夏一边往自己嘴里填食，一边茫然四顾，终于想起了家里如今并非只有自己一个活着的生物。

她移动视线，蹲下身，难以置信地在那小小的饲养盒前左看右看。在盒子里安静地睡觉的小莲睁开眼来看了她一眼。

那双眼睛有着大理石一般奇异的纹理，在光线明亮的地方，眼球中部能汇聚成奇特的竖线，既神秘又美丽。在半夏看过来的时候，他避开了视线眨眨眼，她看那眼神的意思，他应该是承认了。

半夏端着手中的碟子，口齿不清地说："这是你……你给我做的？"

墨黑的守宫微微张口，打了个嗝，终于吐了一句人言："我也吃的。"

他去了一趟医院，又吃了东西，他的声音听起来不再那么喑哑虚弱，带了一种很独特的喉音。

对声音十分敏感的半夏眼睛亮了起来。

半夜收留的小蜥蜴不仅声音好听，还能做饭，做完早餐后还记得体贴地给她也留了一份。半夏突然有了一种中大奖的感觉。

自从考上大学，半工半读之后，她就基本没有正正经经地吃过一顿早餐。

蛋饺可不是容易做出来的食物，不仅要剁肉调馅儿，更是要用蛋液在圆勺上做出卖相完美的饺子皮儿，非心灵手巧者不可得。

难得的是这蛋饺还和家乡的口味差不多。

半夏美滋滋地填饱了肚子。

她背着书包和琴盒下楼的时候，看见英姐的女儿乐乐已经醒了，窝在转角的沙发上看绘本。小姑娘醒得早，没人给她梳头，她就穿着睡衣，扎着睡成鸟窝的辫子，趴在一堆绘本中。

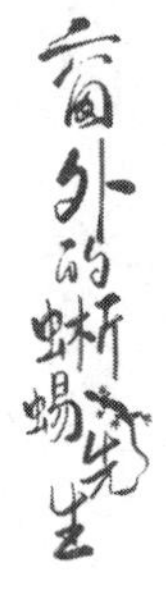

半夏停下脚步，伸手麻利地给乐乐编了两条整齐的麻花辫，顺手捏了一把她的小脸，哼着歌，一阵风似的从楼梯上卷下去了。

“半夏姐这是遇到什么好事了吗？开心成这个样子？”乐乐摇摇头，将视线从半夏的背影上收回来，重新落在自己手中的绘本上。

绘本的封面上画着一位美人和一个大大的田螺。

“从前有一个人，在路边顺手捡了一个田螺，并把田螺养在了水缸里，从此以后啊，每天半夜都有一个美人从水缸里爬出来，给这个人做美味的早餐。这世上居然还有这种好事吗？”小姑娘读着绘本，不相信地摇摇头，“童话故事果然都是骗人的。”

稚嫩的童声在清晨安静的楼道里打了一个转，消散在三楼拐角处那扇紧紧地闭合的房门前。

大清早的女生宿舍里乱糟糟的，管弦系的潘雪梅在擦自己的长笛，尚小月歪在床上看一份原谱，乔欣正在接母亲打来的电话。

“不想吃，食堂里都是些包子、馒头，油腻腻的，大清早谁耐烦吃那些？”

“我家妞妞不吃早餐怎么行啊？要不我让阿姨马上做一份给你送去？”

“不用不用。别这样了，妈妈，同学看了笑话。”

上铺的尚小月斟酌了片刻后，伸手拍了拍潘雪梅：“周末学院的选拔赛，你问一下那个人去不去。”

潘雪梅正用通条清理笛头，闻言摇头道：“她不一定有空。你怎么不自己去问她？”

尚小月哼了一声，撇了撇嘴不说话了。

同宿舍的尚小月和自己的好友半夏之间有些不对付，潘雪梅是知道的。尚小月嘴上看不上半夏，却又在心里单方面把半夏视为自己的劲敌，偏偏半夏毫无这方面的自觉，就时常把事情搞得有些别扭。

这些连食堂里的早餐都咽不下的大小姐，大概很难能和坐在路边吃包子的半夏相互理解。

与音乐相关的专业是“烧钱”的专业，能在这里就读的学子大多家境优越。

比如潘雪梅自己用的长笛，就是出自巴黎知名的制笛师之手，价值四万多美元。普通人家光这一项就负担不起。

正在和母亲撒娇的乔欣，家里更是从她考上榕音的附中开始，就特意在这附近的开发区买了一栋别墅，举家搬迁过来，方便她时时回家。

潘雪梅有时候不知道自己是怎么和半夏成为朋友的。半夏和她朋友圈里所有的人不同。那小妞就像夏日里长于旷野中的劲草，蓬勃而强韧，根茎血脉里还藏着那么点儿毒，有一种难以形容的独特魅力，很对自己的胃口。

只是她这几天不知道遇到了什么好事，每天都兴冲冲地来学校，又美滋滋地跑回去。潘雪梅想到这里，笑了起来。或许半夏是又在哪里挣到钱了。

“对了，乔乔，听说凌冬学长家的房子和你家的房子在一个小区里？”潘雪梅看见乔欣放下电话，突然想起一事，“这一年都没怎么在学校里看见他，他连学校的几场音乐会也没有参加，你知道是怎么回事吗？”

“不知道啊。虽然都住在玉池小区里，但我们家和凌家不熟。

而且凌冬这个人看起来有些不太好接近，我即使在路上碰到他，也不敢和他打招呼。”乔欣说道，“去年他刚刚得奖的那段时间里，他们家倒是人来人往的十分热闹，但这段时间好像确实一点儿动静都没有。对了，我倒是听说过一个关于凌学长的八卦消息，你们要听吗？”

这句话把尚小月都勾得从上铺里伸出头来。

潘雪梅说：“赶紧的。”

“我听说，凌冬的父母在他很小的时候就发生了意外，现在的家庭里只有认养他的亲戚而已。”

“不可能吧？”潘雪梅吃惊地停住了手里的动作，“这么说，学长是孤儿吗？”

尚小月也感到十分意外：“真的吗？想不到咱们学校的钢琴王子，还有这样的身世。”

距离榕音不远的别墅区内，乔欣的母亲正大声地嘱咐家里的阿姨，给女儿打包一份精致的点心。

厨房里的阿姨回答得响亮又欢快：“好嘞，保证热腾腾地送到咱们乔乔手里。”

哪怕只是路过的人，都能知道里边是一个热热闹闹、温馨舒适的家庭。

相比这家的热闹，同一小区内的另一栋别墅却像被冬雨冻住了一般，死气沉沉，寂静无声。

庭院里植被荒芜，藤蔓丛生。紧紧闭合着的落地窗被厚实的窗帘遮得严严实实。便是明媚的冬日暖阳，也难有一丝一毫闯入其中。

昏暗的屋内，家具上覆盖着厚厚的尘埃，地板上胡乱丢弃着凌乱的衣物。门边的地面上，翻倒着碎了的瓷碗，碗里的米粒滚得到处都是，放置了多日，生了霉菌，发了黑，弥散出一股难闻的气味。

就是屋子一角那架昂贵的施坦威钢琴，也难逃堆满灰尘的命运。铺满白灰的琴盖上似乎刚刚有什么东西爬过，留下了一串小小的爪印。

长长的爪印的尽头，一只黑色的守宫正趴在琴盖的边缘上，像是一只潜伏在黑暗里的怪物。

他在黑暗中转了转眼睛。

显然，在他离开的这几日里，始终没有任何人进过这个屋内。

在那个风雨交加的夜里，他从这里离开。如果不是凑巧顺着琴声，挣扎着爬进了那扇亮着灯的窗内，他本该已经默默地死在寒冷的泥泞中。

甚至哪怕到了今天，也没有一个人会发现他的离开。

生受人厌，死无人知。

透过门的缝隙，屋外传来一串细微的脚步声。接着是一阵压低声音的咒骂声，咒骂声发展为争吵，逐渐开始尖锐，最后只留下女人低低的哭泣声。

琴盖上的黑色守宫安静地听着这一切，像一块凝滞在这片混沌昏暗中的石头，长久地在黑暗中沉默着。

太阳慢慢地落下山脊，夜色降临。

屋子里被浓黑彻底地笼罩。

钢琴上的小小的蜥蜴在暗夜中慢慢地有了变化，他的骨骼突兀地生长，细小的四肢发生变化，墨黑的身体渐渐地转为苍白。

混沌晦暗的空间内，一只苍白的、成年男子的手臂从钢琴下伸了出来，那发白的修长手指按住了钢琴的边缘。那人艰难地半爬起身来，撑着额头，靠在黑色的钢琴上喘息了一阵，最终弯腰捡起地上的一件衬衫，遮盖住自己不着片缕的身躯。

男人慢慢地站起身来，动了动苍白的手指，指腹抚摸过身边洁白的琴键，摸到了一手的灰尘。

他的手指很长，肤色白皙，但手形并不算好看。长年累月地练习钢琴使得他的指腹和关节都与常人的有所不同。

也正因为这样日复一日严苛自律地对待自己，才使得“天才”“神童”这样的光环从小就被赋予在他的身上。

所谓天才，无非是他用那些刻苦到接近自虐、勤奋到令人发指的努力堆成了今日的成就。在世人眼中，一个如此勤奋刻苦的孩子，当然是深爱着钢琴，心甘情愿地献身于音乐的人。

男人低下头，捻着自己指间的尘土。

他真的热爱音乐吗？或许一切都不过是伪装。所谓热爱，只是自己在年幼之时，为了生存所撒下的卑鄙的谎言。

明亮的光环、养父母的疼爱、他人的敬佩，这些本不该是属于自己的东西。

屋外的争执声和哭泣声让他有些回忆起自己的幼年时期，那段人生中最黑暗的时光。

那时他还年幼，小小的世界瞬间崩塌，以至他甚至还来不及理解，那些潮水般的信息便淹没了他。

他不明白素来疼爱自己的父亲和母亲为什么突然之间就撇下了他，变成两张挂在墙壁上的苍白的照片？他不明白温暖明亮的小家为什么瞬间就失去了色彩，挂满了黑幔和白花，充斥着各种悲声和争吵声？

那些成年人高大的双腿在眼前晃来晃去，一双双眼睛居高临下地看着他，哀叹、悲切、怜悯、不耐烦、厌弃、冷漠……诡异得像是恐怖故事里的魔鬼。

那些人漆黑巨大的身影像怪物一般扭曲变形，尖锐刺耳的争执声毫无顾忌地传入瑟瑟发抖的男孩儿耳中。

“毕竟是凌家的小孩儿，总不能送去孤儿院吧，那样丢人的事可做不出。”

“不送去能怎么办？这么大的孩子，你家负责养吗？”

“孩子的外公呢？他不是还有一个外公吗？听说在农村生活，送去那里不是正好？”

“别提了，老人家一夜间失去了女儿、女婿，受不住打击，已经住院了，也不知道撑不撑得住。”

“倒是可怜了孩子。只是他都七岁了，什么都记得的年纪，又是男孩子，不好办呢。”

“我家已经有两个孩子了，实在没办法。或许你们家合适一点儿。”

“我们家也不行，三叔才是合适的人选。”

在天真烂漫中一口气活到七岁的男孩儿，他那阳光明媚的人生一夜之间下起了暴风雪，甚至没能给他半分喘息和适应的时间。

那些悲伤、无助来回撕扯着他年幼的身躯，小小的脚下是悬崖峭壁，小小的身躯后是狂风暴雨。家没了，前方的路也一并没了，他几乎在一瞬之间痛苦地成长了。

无数次争执、推诿之后，一对被说服的叔父和婶婶带着为难的神色来到他的身前。

那位叔父穿着一身妥帖的西装，嘴角紧绷，眉头紧锁，肃穆又威严。婶婶努力露出一个相对和蔼的笑容，弯腰摸了摸他的头发。

“听说你钢琴弹得很好，你是很喜欢弹钢琴吗？”

仿佛生怕他们反悔一般，周围的人马上附和起来。

“是啊，是啊，这孩子很有音乐的天赋呢，连钢琴大师威廉都亲口夸过他。”

“这孩子确实是个好苗子，小小年纪就在全国少年钢琴比赛中拿过好名次。三叔家里经营的产业不就是钢琴销售吗？领这孩子回去，正合适。”

敏感的男孩儿很快意识到，这或许是自己唯一能够抓住的稻草。男孩儿努力忍着眼泪，抬起苍白的小脸：“是，我非常喜欢弹钢琴。我每天都很认真地练习钢琴。”

父母的离世像冬季里的一场大雪，带走了他的一切，也熄灭了他心中那团炙热而纯粹的火焰。

他觉得自己不想再弹琴了，也不再热爱曾经最为喜欢的音乐，不再拥有外公曾经夸奖过的那份赤诚。

但他说了谎，用日复一日、年复一年的拼命练习来圆这个弥天大谎。

男人白皙的手指在琴键上按下了一个音。

孤独的单音在漆黑的房间内绕了一圈，空气里微微激起一些尘土。

或许如今的一切便是他说谎的代价。

“楼下那间屋子里是不是有了动静？”

“不知道，要……去看一下吗？”

门外依稀传来两句对话声，但那些声音仿佛怕被什么人听见一般，很快地收住了，寂静得分外刻意。

钢琴边的男人等待了许久，屋外没有再传来任何声音。

最终，他的手指离开琴键，他随手扯过一个背包，平静而简要地收拾了自己的证件和随身衣物，背上背包，拉开屋门走出客厅。

客厅内静悄悄的，一个人也没有。几盏昏黄的小夜灯将这个自己从小入住的熟悉环境照得那样陌生而诡异。沿着昏暗的楼梯看上去，二楼的屋子都紧紧地关着门，从门的缝隙里透出微弱的光芒，屋子里彻底地安静着。

他回首最后看了这个屋子一眼，紧了紧衣领，一言不发地步入屋外的世界里。

英姐的出租房内，正在搓麻将的英姐被牌友推了一把。

“嘿，你家的生意来了。”穿着睡衣、嗑着瓜子的牌友们突然端正了坐姿，挤眉弄眼了起来。

坐在牌桌边的英姐奇怪地一回头，就看见门外的路灯下，那仅仅背着一个背包站在夜色中的年轻男子。

出租房子这么多年，形形色色的人也见多了，什么样的人有可能租自己廉价的出租房，在这栋人口混杂的楼里住下来，英姐心里是很有数的。

“你……确定要租房子？”英姐迟疑地问道。

年轻的男人背衬着浓黑的夜色，人如玉，眸似点漆，身材高挑儿，秀美的五官带着寒夜的凉意，整个人都带着一点儿不染红尘世俗的冷意。

在这样冷的季节里，他只穿着一件柔软的白衬衣，外面披一层质地考究的羊绒外套，脸被寒风吹得苍白。修长而笔直的双腿被剪裁合身的西裤包裹着，静静地站在门槛的石板上，他像一个从哪里来的落难王子一般。

连那堆满杂物纸皮的大门被他这样长身鹤立地一站，似乎都显得高贵了起来。

他就一点儿也不像是会租这种条件简陋的出租房的人。

不说他一身质料上乘的衣物、在肩头松松地搭着的品牌背包，就说那浸在骨子里的气质和没怎么晒过阳光的白皙肌肤，一看就知道是从小养在富贵家庭里的孩子。

这样类型的少爷和自己本该不是一个圈子里的人。他们哪怕要租房，也该去中心地段租那种生活便利、装饰豪华的公寓，或者住进有着保姆、司机的别墅里，什么时候会来到这样的城中村，住一间每个月房租顶了天不到一千元的屋子？

英姐领着这位奇怪的客人参观楼上的住房，男人在三楼停下脚步。

“要租这一间？楼上还有更大、视野更好一些的。”

“嗯，就要这一间。”男人的声音和优越的外貌不同，听起来带着点儿喑哑和疲惫感，好像一个刚刚经历了长途跋涉的旅人。

“也行吧，这是三楼最大最好的一间屋子了。你确定今晚就住进来吗？”英姐从手里的一串钥匙中挑出一把解下来，顺手指着隔壁那间屋门，“这隔壁住的也是你们榕音的学生，和你差不多大，是一个拉小提琴的姑娘。”

男人转过黑色的眼眸来，目光在隔壁的那间屋门前流连片刻。

英姐下楼之后，几个穿着睡衣的牌友立刻拉着英姐七嘴八舌地问起话来。

“哪里来的男孩子？长得真是漂亮，和他一对比我家的那猴简直没法见人。”

“榕音的。”英姐回头看了看楼道，“这么晚来租房子，有点儿奇怪，不过身份证和学生证我都看了，应该没什么问题。”

“学音乐的孩子气质就是不一样。要不也让我孙子去学学乐器什么的好了。”

“奇怪，你们觉不觉得他有点儿眼熟？我好像在电视上见过，只是想不起来了。会不会是明星啊？”

“胡扯，明星怎么可能来我们这样的城中村住？”

牌友们嘻嘻哈哈的说话声逐渐被麻将牌的碰撞声淹没了。

英姐低头看了一眼自己用手机拍下来的身份证照片。

雅正秀美的照片边上，写着“凌冬”两个字。

凌冬？怎么会有人给自己的孩子取这样的名字？听起来就冷得很。像我们家小妞，名字叫乐乐，起得多好，快快乐乐。

不过这个名字还真的有一点儿耳熟，也不知道是在哪里听过。英姐心里嘀咕着。

第四章

夜归

半夏有两份兼职，一份是一周两次在酒吧一条街的蓝草咖啡厅里演奏小提琴，另外一份是去育英琴行给读小学的琴童上课。因为工作时间都是在晚上，路程又远，她时常赶不上学校寝室的关门时间，所以自己在校外租了房子住。

没打工的时候，她偶尔也会随便找一个人流量大的广场或者地铁口站着拉琴，增加点外快，顺便还能练练胆识。

今晚她在育英琴行给学生上完课回家，已经是夜幕低垂之时。

半夏下了公交车，站在灯光暗淡的村口，远远地便看见龙眼树林边的那栋房子。村里的路又窄又黑，唯有那栋房子一楼的卷帘门开着，暖黄的灯光泻了一地，熟悉的麻将声顺着夜风传来。

蒙蒙暗夜，这样的灯光和动静温暖了夜归之人。半夏提了提沉甸甸的塑料袋，心里也变得温暖起来。

自从小莲来了家里，她似乎过上了自从读书以来难得的好日子，每天早上都是在食物的香味中醒来的。虽然家里的食材有限，但显然制作人心灵手巧，极为简单有限的食材在他的手里，依旧可以被做出花样来。

昨天早上她喝的是放了龙眼干的小米粥。今天早上她起来，桌上摆着的居然是让人流口水的香椿烙饼。

她每天夜半回来，家里的地板被擦得一尘不染，厨房里的台面光可鉴人，就连卫生间里的马桶都被刷过了。

说是她养了一只宠物，其实好像受照顾更多的反而是她。最让半夏不好意思的是，因为最近囊中羞涩，她连稍微好一点的食

物都没能提供给大病初愈的小莲。

幸好今天结算了工资，她除了给英姐转了房租，还有富余，买上一大袋的食材，总算可以让小莲吃好一点儿的东西啦。

想到这里半夏笑了起来，加快了回家的脚步。

她和一楼的英姐打了个招呼，噔噔噔地跑上楼，一把推开门。

“我回来啦！看，我买了好多好吃的！”

摆在墙边的饲养盒是空着的，屋内的灯没有关。窗户半开，单薄的窗帘在夜风的吹拂下轻轻地摇摆。

“小莲？”半夏疑惑地放下背上的琴盒、书包和手里的袋子，开始在屋子的各个角落里四处寻找那个漆黑的小身影，“奇怪，跑哪儿去了？”

床底下？空无一物。洗手间？没找着。灶台上下？毫无痕迹。

半夏推开窗户。她的屋子小，这扇窗户紧挨着隔壁的窗户，两个窗子的包栏几乎是连在一起的，只用不锈钢围栏隔开。夜风刮过，邻居家挂在窗外的衣架碰撞围栏传来一阵声响。

半夏循声转过头去，看见隔壁的窗外挂着几件湿漉漉的男性衣物。隔壁屋子里本来没人住，是搬来了新的邻居吗？

小莲会不会爬到他们家去了？

半夏试探着朝着隔壁没有灯光的窗口悄悄地喊了几声：“小莲？”

黑洞洞的窗口没有传来任何回应，唯有那几件刚刚洗过的白衬衫湿漉漉地在空中轻轻地摇摆。

窗的下面，便是成片的龙眼林，黑夜中那些深浅不一、高低起伏的树顶连绵向远处。龙眼林的尽头有一片新开发的高端住宅区，隐隐地可以看见那些豪华别墅尖尖的屋顶。

如果一只蜥蜴隐入其中，无异于鱼游大海，鸟入丛林，再难寻觅。

半夏将双手圈在嘴边，对着黑漆漆的树林大声喊道："小莲！"

回答她的，只有呼呼作响的夜风。

半夏看着那在风中哗哗作响的树顶，呆立了半晌，跺了跺脚，转身出了屋，跑到一楼找正在打麻将的英姐。

"什么小莲？你养宠物了？"听说了情况的英姐拿眼睛瞪她。

"刚养了几天，是一只这么小的蜥蜴，黑色的。"半夏将手机里的照片给她看，"早上我出去的时候，他还在家里的。"

"哎哟，小姑娘家家的怎么养这个，倒是吓我一跳。"英姐摸了摸胸口，拿眼睛瞥手机上的照片，连连摇头，"不晓得，不晓得，我是没有看见的，这么小，被猫叼走了也说不定。"

半夏失望地转身上楼，英姐却突然又想起了一件事，喊住了她。

"对了，小夏，你隔壁有人住了，晚上刚刚搬进来。小伙子长相蛮好，和你是一个学校的。"

半夏上上下下地把五层楼的楼道都细细地找了一遍，依旧找不到那小小的、黑色的身影，心中涌起一股沮丧失落，垂头丧气地拖着脚步往屋里走去。

她在床边坐下，看着敞开的窗户发呆。

下雨的那天晚上，小莲就是从这个窗口闯入了她的生活，来得那么突然，走得也那么突然，连个招呼都不打，偏偏在待在这里的几天里还表现得那么贴心乖巧，让人误以为他会一直住下来。

半夏习惯性地搓了搓自己的手指。她左手的每一根手指都因为常年练琴长着厚厚的茧。长年累月的练习不仅让她的手上长出了老茧，还在她的脖子上留下“琴吻”。

她突然想起母亲曾说过这么一句话：“但凡你选了这条路，迟早便会习惯孤独，也会习惯享受孤独。”

当村里的孩子们呼朋引伴跳下池塘的时候，她在挥汗如雨地一遍遍拉着空弦，练着琴音。当小姑娘约着闺密三五成群地逛夜市的时候，她站在路灯下的街边卖艺。

为了凑够学费，她离开热闹的学校宿舍，独居在小小的屋子里，闻鸡而起，戴月而归。手里这把老旧的小提琴是她唯一的伙伴。

难得来了一位小小的朋友。

一个小小的过客，走了就走了吧。

半夏从窗外收回目光，一言不发地拿起自己的小提琴，夹在自己的脖子上，调了调音准，抬手扬弓慢慢地拉出一个旋律。不知是否有意，她拉的曲目正是那首《歌剧魅影》。

琴声初时如梦似幻，低低吟唱，继而转为铿锵，如那黑衣魅影自暗处出现，脚步低沉，缓缓逼近。披着斗篷的黑影站在窗台上，在月夜下咏叹。琴声激昂，魅人心魄之声散入夜色中，落进窗下的林海里。

冬季的夜晚寒意透骨，层层叠叠的树林和远方的建筑都似乎被这奇幻而澎湃的琴声蒙上了一层淡淡的寒霜。

一墙之隔的玻璃窗被一只白皙的手拉开，一个男人的身影在窗边出现。他披着一件外套，敞露着脖颈下的肌肤，交叠双手，微微靠在窗边，沉默地聆听着旋律。

他的脸色白得像这冬季里的雪，眼眸却黑得像灰烬，他将目光落在窗户下那深深浅浅的树林中。

原来，用人类的眼睛看去，曾经让自己几经生死的黑暗之地不过是如此小的一片树林。

大概不会有人知道，那个下着寒雨的夜里，曾有一只小小的怪物试图从人类的世界里逃出去。他不过刚刚爬下别墅的围墙，一双发着绿光的恐怖竖瞳就悄无声息地出现在他的身后。

那样一只家养的小猫，于人类是抱在怀中的宠物，于他无异于夺命的史前巨兽。哪怕他拼尽全力挣扎，用短小的四肢在浓黑的世界中疯狂地逃跑，依旧几次险些被按在镰刀般的利爪之下。

最终他顶着越下越大的暴雨，逃入这片对他来说宛如原始森林一般的龙眼林里。在巴掌大的身躯面前，世界不再是从前的世界，雨水汇聚的浅滩是汪洋大海，一片小小的泥坑是可以让他彻底沉没的沼泽。

几经艰险、伤痕累累的小小的蜥蜴来到树林边缘，蜷缩在一片枯叶之下。

他爬不动了，也没有真正可以去的地方。

他不再是人类，却也无法像蜥蜴一样活下去。

天地之大，原来并无一只怪物的容身之处。

冰冷的冬雨毫不留情地砸在那快要冻僵的身躯上，肩背上的伤口火辣辣地疼，热量和气力都在不断地从体内流失。就在他的意识慢慢地开始昏沉之际，一阵琴声夹在风雨中传来。

明明是这样严寒的冬季，演奏者拉的却是维瓦尔第的《春》，三月暖阳般的琴声破开严寒，一路将那柔软明媚的春之花从远处开到枯叶下这只瑟瑟发抖的怪物身前。

濒死的怪物抬起头来，看见了那扇在雨夜中亮着灯的窗户和灯光中拉琴的人。

虽然那窗像开在高不可攀的山顶上，但那温暖的琴声鼓励着他，让他鼓起全身仅余的力量，顺着又湿又冷的楼房外墙，开始一路向上攀爬。

斜倚着窗边的男人合上眼，片刻之后，色泽浅淡的双唇微张，伴着夜色中的小提琴声开始轻轻地诵读。

“In sleep he sang to me, in dreams he came. That voice which calls to me and speaks my name。（睡眠中他对我歌唱，潜入梦中。那呼唤我的声音，叫着我的姓名。）”

一件黑色的外套伴随着一声微不可闻的叹息突然落在窗前的地面上，窗前的男人却已然消失。

半夏收住了尾音，感觉到左臂肌肉微微发麻。

不用他人评论，她也知道自己这一次拉得很好。这首歌她曾拉过无数次，这是第一次将曲子诠释得如此令自己满意。

她甚至感觉到血液在血管中沸腾，肌肤的每一个毛孔都舒展开来。她舒服地叹息了一声，耳边还回荡着琴弦微微的吟唱声，心脏在怦怦直跳。这是一种极为难得的，当演奏者完美展现了心中曲目之时才会出现的高光体验，比任何快乐都来得令人享受。

可是她的胸口为什么还这样堵得难受？

半夏收起琴，关了灯，滚上床铺，用被子蒙住了头。

该死的，没情没意的家伙，枉费我把“小莲”这么好的名字给了他。

“小莲，小莲。

“出来玩呀，小莲。”

或是日有所思，半夏在这一晚上的梦里，翻来覆去地听见有人在喊这个名字。

那些没头没尾的梦境似乎全都发生在炎热的夏天里，头顶上的日光白晃晃的，整个世界仿佛被蒙上一层浅淡的白纱，令人看不清真实的面目。

年幼的小半夏正趴在墙头上，把手里一只活着的毛毛虫丢进邻居家的窗子里去。

窗里的男孩儿气得涨红了脸，一下子从钢琴前站起身来："你……"

攀着葡萄架的小半夏歪嘴斜眼地做了个很丑的鬼脸，还颇为得意："哎，小莲，你刚刚有一个音弹错了。"

男孩儿的注意力被她这一句话带偏，他一时间把地上那只拱着身躯挣扎逃生的毛毛虫给忘了。

"你……真的听得出来？这可是巴赫的《平均律》。"

男孩儿瓷白的小脸上微微露出惊讶的神色，他心里知道她说得没错，自己刚刚确实弹错了一个音。

可是窗外那个讨厌鬼只是外公刚刚收入门下不久的学生而已，或许连巴赫是谁都还不知道。

"当然，这不是很容易吗？你弹的和老师早上弹的不一样。"年幼的半夏得意扬扬，还不懂得掩饰自己的天赋，"别练了，和我们一起出去玩吧，小莲。"

小男孩儿的脸上稍微露出了些迟疑的神色，他很快重新摆正了他的小胳膊小腿，一板一眼地开始他循环往复的练习。

"不，我不去。"

半夏冲他吐了吐舌头，很快从墙头上消失了。

墙的那一边传来女孩儿们嘻嘻哈哈的对话声。

“小莲，他不去。”

“哎呀，算了，他总不爱和我们一起玩。”

“今天去摸泥螺好不好？”

“好哇，都跟我来，我知道有个地方泥螺特别多。”

庭院之内规整庄严的钢琴声中混入了渐渐远去的嬉闹声。那些肆无忌惮的欢笑声就像这夏日里无孔不入的凉风，一旦从心头刮过，总能撩得人心思浮动。

画面一转，到了开满莲花的小池塘里，放了暑假的孩子就和脱了缰的野马一般，满池塘地撒欢儿，摸鱼的，玩水的，摘下荷叶顶在脑袋上的……

一个容貌俊秀的小男孩儿远远地站在池塘边上，似乎对这种不太熟悉的热闹新奇的活动有些向往，神色间带着些是否应该靠近的迟疑之意。

他穿着一身干净整齐的衬衫短裤，脚下踩着黑色的小皮鞋，鞋子边缘露出一截儿纯白的短袜，显得和池塘里那些泥孩子格格不入。

三五个玩得满身是泥的小男生围住了他。

“一个男生居然叫小莲，哈哈哈，笑死人了。”领头的人是一个小胖子，和这里大部分男孩儿一样，上身只套着一件破了洞的背心，光着脚丫，踩了一脚的泥。

“听说你是从城里来的，穿得倒是怪好看的。”

“脸也生得俊，比我家二丫还漂亮，没准就是女生吧。”

男孩儿涨红了脸，紧紧地握着自己的小拳头，转身想要离开。

立刻有人拦住他的去路。

“不能走。我们把他的裤子扒了，看一看他到底是男生还是女生。”

“哈哈，对，对，脱他裤子。”

年幼时期的孩童总是单纯无知的，但往往这份单纯，使得在这个年纪时所释放出来的恶意，比成年人的更为纯粹而恶毒。

在池塘里玩耍的男生都开始起哄，吹口哨。女生也大多嘻嘻哈哈地看热闹。

小胖子眼见着有人附和，更得意了，扬起胳膊就想要欺负人。

一个小小的身影突然从后头冲过来，飞身一脚踹在他屁股上，把他踹了个狗啃泥。

“半夏！你干什么？！”小胖子一脸黑泥，从地上跳起来。

“死胖子，谁让你欺负小莲的？”小小的半夏鼓着脸，横眉怒目，顺便从池塘里拔出了自己刚刚踢飞的小凉鞋。

小胖子不服气了：“死半夏，你平时不也喜欢欺负他？我昨天还看见你抓了一只毛毛虫往他家的院子里丢。”

“小莲是我老师的外孙，也就是我的人。”半夏把歪理说得理直气壮，将黑漆漆的泥手搭上小莲整洁的肩头，在洁白无瑕的衣服上印了一个泥手印，“只有我能欺负他，轮得着你吗？”

半夏是村子里的女娃中出了名的孩子头。自她出现，陆陆续续就有小女孩儿从池塘里出来，站在了她的身后。

这个年纪的小女孩儿在打架上是不怕男孩儿的。

池塘边的泥地里，很快发生了一场不大不小的混战，这场战斗以一半人哭着鼻子回家而草草收尾。

全身糊满泥巴的半夏和小莲一前一后，慢慢地就着淡下来的余晖往家里走。

“你怎么也掺和进来了？不是让你站在一边看就好？”半夏边走边蹭开自己的凉鞋，单脚跳着倒里面的泥水。

“这是我……第一次打架，还算……没那么差吧？”男孩儿一

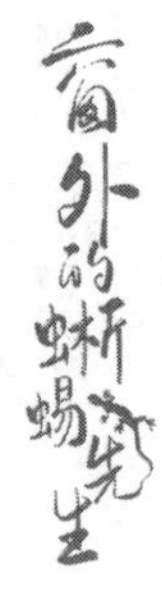

身平整妥帖的衣物早就滚得和大家的一样糟，说话声中都还带着点儿喘，语调里却藏着一种平日里极少表现出来的兴奋感。

“你前几天还教训我，练琴的手很宝贝，不能做任何有可能伤到手的动作。”半夏转过来笑话他，“是谁说的即便摔跤了，哪怕脸着地，也不能手着地？”

男孩儿也只是笑。

这是一个十分漂亮的男孩儿，哪怕脸上糊了泥，那透出黑泥的笑容也让他好看得几乎会发光。

他生得就和池塘里的莲花一样美丽。

年幼的半夏看得有些愣住了，呆呆地想：难怪他的父母给他起了个这么好听的小名——小莲。

半夏早上醒来的时候，捂着脑袋发了一会儿呆：对了，他的名字叫小莲。我怎么把他忘了？明明小时候我们玩得那样要好。都这么多年了，我也不知道那时候的小莲现在去了哪里，生活得怎么样了。

或许她就是潜意识里还一直记着他，才在给小蜥蜴取名字的时候脱口而出了同一个名字。

半夏揉了揉脑袋，站起身来，首先看到的是自己的屋子内多了一件质地柔软、材质高级的男性衬衫。

那件蚕丝质地的白色衬衫扣齐了纽扣，衣袖折起了半截儿，瘫软在餐桌和椅子之间，袖口耷拉着，袖口前的桌面上掉着一双凌乱的筷子和一碟显然只吃了几口的早餐。

这份早餐相比起前几日的精心制作，显得有些简易，不过是稍微烤过的吐司，配上两个煎蛋和一些洗净的生菜。

那样子宛如有一个人匆匆地做了早餐，坐在桌前，没来得及吃上两口，便凭空消失，只留下这么一件穿过的衣物。

半夏的目光下移，果然在墙边那个熟悉的盒子里看见她的“小莲”。

黑色的小莲趴在洁白的垫纸上，闭着眼睛睡得正香。

半夏蹑手蹑脚地走过去，蹲在了饲养盒边。这个小家伙昨天晚上不知道跑去了哪里，显然是疲惫极了，本来异常警觉，今日竟然没被她起床的动静吵醒。

清晨的第一缕阳光跃过窗外的树林，斜斜地披在那小小的身躯上，使那浓黑的鳞片带上了一圈柔光。

也不知道是梦见了什么，睡在阳光下的小守宫轻轻地摆了摆尾巴，从紧紧闭合的眼角里冒出了一滴泪珠，剔透的泪珠在日光里闪了一下，掉在了洁白的吸水纸上，留下一点儿浅浅的痕迹。

半夏在心里轻轻地唉了一下。她捡起一条柔软的小方巾，轻轻地盖住那个在睡梦中落泪的小小身躯。小莲一直是沉默而乖巧的。他习惯隐忍，不太爱说话，从没和她诉过苦喊过疼，从没提过任何要求。在这晨曦的暖照里，因为沉睡，他才难得地袒露了这份脆弱，以至半夏有些忘记了，第一天夜里他是怎样顶着寒雨爬上窗子，开口对她说出“帮帮我”的。

现在想想，他这娴熟的厨艺、利索的家务能力，只怕正是生活不易的一种侧写。那些被父母呵护长大的孩子，又有几个能养成这样乖巧隐忍的性格？

以后就在我家里住下吧，别再到处乱跑了。

半夏坐在桌边吃起了早餐，随后眨了眨眼，注意起落在家里的那件男士衬衣。

自从小莲来到家里之后，有好几次，她都打定主意要悄悄地熬夜，想偷着看一眼小莲变为人形后的模样。无奈也不知是因为她过于疲惫，还是因为受了某种魔法的影响，她总是在呼呼大睡中一觉到天亮，错过了机会。

这样想想小莲每次变为人形的时候，都是用什么遮体的呢？她从来没有考虑过这个问题，也没想起来给他准备衣物。原来他也是需要穿衣服的。

半夏舔了舔粘了吐司屑的手指，目光在厨房里的围裙和曾经给小莲做窝的毛巾之间转了一圈，后知后觉地有些羞耻。

可是她眼前这件剪裁精致、质地柔软的男士衬衣是从哪里来的？为什么看上去还有点儿眼熟？

猛然之间，半夏想起了什么，一下子从地上蹦起来，探出窗外向隔壁的窗口看去。

果然，那位刚刚入住的新邻居的窗口上挂着几件同款衬衣，靠近她的这一侧更是有一个空了的衣架在晾衣杆上摇摆。

所以小莲是找不到衣服穿，半夜从邻居那里偷了一件吗？

想通了这一切的半夏心虚地捡起那件小莲穿过的白衬衣，飞快地抚平褶子，悄悄地爬上窗台，轻手轻脚地从栏杆的缝隙中把那件衣服塞了回去，用力向里推一推，伪装成被风吹落的样子。

隔壁的窗户虽然半开着，万幸的是黑洞洞的窗口没有传来丝毫动静。

做贼心虚的半夏屏息敛声半晌，眼见着没被人发现，终于松了一口气。如果被隔壁新来的邻居发现他晒在屋外的衣服半夜被人偷偷地拿走，大清早又由她悄悄地将穿过的衣服塞回去，那她可实在有些下不了台。

她完成这一系列的动作后，终于把沉睡的小莲吵醒了。小莲把黑色的脑袋从毛巾里钻出来，直愣愣地看着半夏。

“小莲，你昨晚去了哪里？怎么也不和我说一声？害我楼上楼下一顿好找。”

半夏竖起一根手指，悄悄地说话。

“还有啊，你缺衣服穿，可以告诉我啊，我去给你买一套。怎么可以去隔壁偷衣服呢？

“隔壁新来的邻居还不知道是谁呢，万一是一个喜欢烤蜥蜴、埋蜥蜴的变态怎么办？你胆子也太大了。”

小莲明明干了坏事，却用那种意义不明的眼神看了半夏一眼，一言不发地从他的窝里爬了出来，摇着尾巴一路爬进厕所里去了。

从厕所里出来以后，十分喜爱干净的他还努力地从一包事先摆放在地上的抽纸里叼走一张，踩在上面细细地清理干净自己四个小小的爪子和尾巴，这才重新钻回他干净整洁的小窝里。

半夏看着实在有趣，忍不住伸出一根手指顺着那漂亮的漆黑脊背往下摸了摸：“其实我没有怪你的意思，你能回来我很开心的，就是怕你在外面遇到什么危险。”

在被半夏的手指触摸到的时候，小莲那条柔软的尾巴尖条件反射地弹了起来，慌里慌张地来回抖了一阵。

他转过黑色的小脑袋，难以置信地看了半夏半晌，一下子埋头钻进他的毛巾堆里再也不出来了。

下午上郁安国的小课的时候，半夏忍不住走神儿想起那条在空中瑟瑟发抖的小尾巴。

郁安国的教鞭啪的一下甩在琴谱架上，把她吓了一跳。

“渐弱！眼睛不好使可以去配一副眼镜，这么大的渐弱符号你看不见？”郁安国的手指用力地点在琴谱上，“和你说了多少次了，必须忠于原谱！忠于原谱是什么意思？你知不知道？你看看你拉的，能够叫巴赫吗？”

半夏不好意思地吐了吐舌头，认真地道了个歉，开始盯着谱子一板一眼地拉起了巴赫的《无伴奏小提琴奏鸣曲与组曲》。

视奏是她的短板。年幼的时候学琴，仗着耳朵好，她时常听过老师演奏一两遍，就可以将原谱完整地记在脑海里，回家照着记忆演奏就好，根本无须看谱，以至学琴半年之后，给她启蒙的老师才在偶然间发现她居然还不怎么识谱。

“停，停，停，回去再练。”郁安国忍住一巴掌拍上去的冲动，叫停了半夏的演奏。他没法儿忍受一个学生这样不守规矩地拉他心目中神灵一般的巴赫。

半夏这个学生是他这两年在学院里发现的难得的好苗子。用老师们私底下的话来说，这孩子特别“灵”。当一个人有灵气且肯吃苦，就具备了成为音乐大家的基本条件，本来该是所有立志于音乐教学的老师最想要的那种学生。

如今唯一的问题是他不知道这孩子年幼时期是谁启的蒙，灵气滋长得过于肆无忌惮，一首曲子交到她手里，拉好拉不好，全凭她的心意，他完全无法预估。

有时候她兴致上来了，甭管是严肃理性的巴洛克时期的作品，还是浪漫主义的曲子，她都可以神游天外，自行发挥，一路把曲风歪到月球上去。

她外表看上去清清秀秀，规规矩矩，实际上骨子里就和野草一样强韧得很。他骂她她也不怎么怕，表面上笑着软软和和地道了歉，下次拉得高兴了，依然故我。

在半夏收好琴准备离开的时候，郁安国却又抽出一份报名表，丢给了她。

“全国学院杯小提琴大赛，从下周开始先是进行我们学校的校内选拔。每个教授只有一个推荐名额，我的推荐名额给了你，你准备一下参加。”

“啊，我去吗？”半夏犹豫地拈住了那张表格，迟疑一瞬。

参加比赛意味着各种密集的专项练习，她也就有可能在很长一段时间内挣不到多少钱。那可就意味着要和小莲一起饿肚子，这让她实在有些为难。

“学院杯代表着国内各大音乐学院学生的顶尖水平，你好好准备，给我争口气。”郁安国捏了捏眉心，又补充了一句，“如果你能在学院的选拔赛里获胜，院里的那把校友捐赠的名琴‘阿狄丽娜’可以特拨给你比赛期间使用。另外，一等奖的奖金是八千元，二等奖五千元，三等奖两千元。”

半夏的眼睛一下子亮了，她紧紧地捏住了手中的表格，立了一个正：“感谢教授给机会，我一定好好准备。这一次学院杯金奖必须是我们学校的。”

音乐教室的隔音门关上以后，郁安国还能听见小姑娘在走廊里兴奋的欢呼声。

他不禁摇了摇头，音乐学院的孩子大多家境不错，参加这种比赛，为的都是能给自己的履历贴金，有几个人看得上这几千元的奖金？昨天晚上甚至还有人带着厚厚的红包托人找到他，希望“借用”他这一个难得的推荐名额……

还要他用奖金诱惑着去参赛的孩子，全学院里大概也只能找出这一位了。

第五章

流浪者之歌

周末，尚小月在家中的琴房里练琴。

柴可夫斯基的《D 大调小提琴协奏曲》，她拉过只怕不下百遍，手指的肌肉已经形成记忆。她几乎不需要大脑提前思考，下意识地就能拉出完美的曲调。

2 指，2 指，3 指，4 指……加重……4 指，3 指，2 指……揉弦……3 指，2 指，2 指……轻轻用力……

很好，完美的演奏，一个错误都没有。

尚小月稍微松了一口气，抬头试探着去看坐在一旁的父亲。

向来严肃板正的父亲听完之后沉吟了片刻，在女儿期待的目光里，不过发出一声意义不明的“嗯”，从沙发上站了起来，掸了掸衣服，准备向外走去。

“爸爸。”尚小月叫住了父亲。在父亲转过头来看的时候，她心里却又莫名地涌起一股紧张感。

父亲尚程远是省交响乐团的团长、国内有名的小提琴家、生性严厉的音乐教师，更是一位古董小提琴收藏爱好者。

在尚小月的眼中，父亲是大山一般的存在，她从小对父亲的情感便是崇拜里夹杂着几分畏惧，畏惧里藏几分孺慕之情。

“爸爸，这一次学校的选拔赛对我很重要……”尚小月想起接下来要说的话，顿了顿，“我想借一下你藏品里的那一把‘女王’，就是你说等我长大了才让我碰的那一把。”

比赛时用什么琴对尚小月来说，其实并不是主要的。只是近期她对自己感到有些迷茫，希望能借着这事从父亲那里得到某种肯定。

父亲，如今的我，有资格使用你珍爱的收藏品了吗？

尚小月在父亲审视的目光中，不太自信地低下了头。

“我和你说过很多次，技巧只不过是所有演奏家都具备的基本能力而已，并不值得骄傲。”父亲冷冰冰的声音响起。

他接过尚小月手中的小提琴，拉起一段柴可夫斯基的《D大调小提琴协奏曲》(《柴小协》)的旋律，压倒性的旋律覆盖了小小的琴房。

“所谓抒情，并不是照本宣科地缓慢拉，而是看你能不能在琴声里带出心里纯粹的情感，让你的听众为之心酸动容。所谓炫技，也不是一味地追求快速，真正要做到的是能够展现出乐章中的那种高昂澎湃、酣畅淋漓的激情。”演奏声戛然而止，小提琴家把琴交还到女儿手中，丝毫不留情面地说道，“小月，音乐来自内心。你的音乐里缺的是那份源自内心的情感。你还没有找到属于自己的音乐，等你找到了，再来向爸爸借‘女王’吧。”

父亲离开之后，尚小月愣愣地在屋子里站了许久。

母亲走上楼来，轻轻地敲了敲门，一脸心疼地柔声道：“练好几个小时了，歇一歇吧？乔乔打电话来，约你去逛南湖。”

“我不想去了，妈妈。我还想再练一会儿。”

母亲把她往门外推：“不要听你父亲的那一套。我们小月已经非常优秀了。周末就该安安心心地和朋友们出去玩一玩，别平白累着了我家乖妞妞。”

南湖地处榕城南侧，周遭就是湖区公园，景色秀美。

湖边的一排别墅如今大多改成酒吧和咖啡店。夜幕降临之后，整条街的霓虹灯倒映在湖面上。人间灯火，水镜辉煌，相映成趣，美不胜收。因此这里成了榕城年轻人最喜欢的休闲娱乐之地。

人多了，各行各业也都发展了起来，一到夜里，弹吉他的，摆地摊的，卖小吃的……纷纷出现在湖边，人间百态应有尽有。

在灯火辉煌的大路上，衣着靓丽的年轻人手拉着手谈笑风生。那些暗影憧憧的角落里，在夜场里上班的姑娘们化着浓妆，开始吃今天的第一顿工作餐；送货的工人挥汗如雨，用肩膀把一箱箱酒水扛进酒吧的后门；收废品的流浪汉拖着编织袋沿途收集啤酒瓶子。

乔欣、尚小月等几个榕音管弦系的小姑娘手里捧着杂七杂八的小吃，兴致勃勃地在人群里穿梭。

“小月，你这一次选拔赛的钢伴（钢琴伴奏者）请的是谁？”

“钢琴系大四的晏鹏。”

“我的天，你居然请他。我们学校除了凌冬学长，大概就他水平最高了吧。你请他伴奏，强强联手，看来这一次我们都是陪跑了。”

“没那么夸张，伴奏能起的作用也有限。”尚小月露出了一点儿笑容，“不过是我们两家刚好认识，我就请他帮一个忙。”

说出了这句话，她便也觉得紧绷许久的肩头终于微微放松，甚至在这样交织着各种杂音的环境里，听见了熟悉的小提琴声。

“你们看那里，那边有人在拉小提琴。”

“半夏，那不是你们班的半夏吗？”

“对，就是半夏，她……怎么会在这里？”

众人循声望去，前方湖畔的一盏路灯下，有一位年轻的女子正拉琴卖艺。

她戴着一顶绒线帽，穿着一身黑衣服，随意地披着长发，在夜色中十分不起眼。

她拉的又是古典音乐，不太符合这灯红酒绿的酒吧一条街的主题。她身边往来的行人大多步履匆匆，赶着去夜场寻欢，无心驻足。

在她脚边敞开的琴盒里，只零零星星地放着几张纸币。听众除了角落里一个卷着铺盖发呆的流浪汉，不过两三个饭后消食，来湖边散步的老年人。

“她怎么会在这样的地方演奏？换了我怎么也拉不下这个脸。”乔欣看着路灯下的同学，不理解她的行为。

在乔欣的心目中，小提琴是最为高雅矜贵的乐器，演奏者合该穿着昂贵的礼服，站在庄严肃穆的殿堂里演奏，才对得起它的这份典雅。

那路灯下的演奏者却不以为意，怡然自得地把自己融进这片鱼龙混杂、俗气冲天的夜市里。

霓虹灯的灯光披在她的肩头上，半明半暗的灯光照亮了半张年轻的容颜，她运弓揉弦，尽情演奏，完全沉醉在自己的音乐声中。

磅礴的旋律自她而起，在落满灯光的湖面上铺散开来，冰冷的湖水仿佛随着琴声凝起一层彩色的寒雾。在那浓雾之中，诡异的脚步声咚咚地响起，黑色的魅影依稀潜伏在暗处，仿佛下一刻便会破开浓雾现身而出，开始放声歌唱。

乔欣被这样的琴声激起一背的鸡皮疙瘩，不得不在心里说了一句：半夏拉得还真的是好。

“半夏这一次好像也要参加选拔赛，郁安国的推荐名额就是给了她。”乔欣下意识地说出了这句话，扭头去看身边的尚小月。

尚小月的脸色十分难看，她正盯着前方拉琴的半夏，死死地咬住下唇。

乔欣觉得她未免有些反应过度，伸手推了她一把：“别多想，她这是流行类的曲目。《歌剧魅影》嘛，没啥技术含量，谁都能拉好，比不上你的《柴小协》。”

“原来父亲说的是这个意思。她已经找到了，她已经找到了。”尚小月颤着喉音没头没尾地接了一句，转身就往回走去，“抱歉，我想要先回去了。”

“别跑啊，小月。怎么突然走了？哎……跑那么快干吗？我说你们这些天才，是不是都非得有些怪癖才高兴啊？”

半夏的出租屋内没有开灯。暗影憧憧的屋子里，一个苍白的身影慢慢地爬了起来。

那人靠着墙坐了一会儿，带着点儿埋怨的神色捡起了那条叠放在地面上的浴巾，围在自己的腰上。随后他站到了窗户边，伸长手臂，再一次从栏杆的间隙中够回那些自己挂在隔壁窗台上的衣物。

冬风料峭，天空中飘着几抹淡淡的云彩，窗外月色朦胧。

月光下的小屋里亮起微弱的淡蓝色火光，灶台上咕嘟咕嘟地炖着汤，空气里弥散着一股牛骨的浓香。

比月光还要俊美的年轻男子穿着一身质地考究的纯白衬衣、黑色长裤，却围着一条与这身装扮极不相称的粉色围裙，站在打开的冰箱门前发愣。

冰箱里比起前几日的空空如也好了许多，满满当当地塞着超

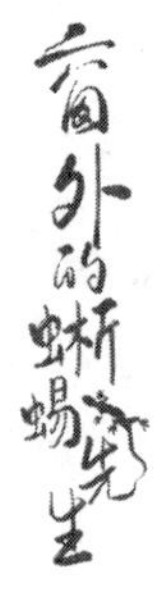

市大减价时的促销食品。

他也是经历了这些日子才知道，那些超市到了晚间会将卖剩下的残次品用这种写着“买一送一”的红色胶带捆在一起，打包半价出售。

虽然没人刻意提起，但他很明白，就因为带着自己看了一场病，有个人连续数日三餐只以包子、馒头充饥。

到了最后两天，这个屋子里能搜刮出来制作一顿早餐的食物已经屈指可数，他不得不捋了几片香椿，就着最后一点儿面粉和鸡蛋，烙了两张饼作为两人一天的伙食。

他需要挣钱，没钱就会饿死。

男人苍白的手指轻轻地在冰箱门上叩了叩。

我总不能……永远靠她养着。

他垂下眼睫，把锅里的牛骨汤盛出一碗，再给自己盛了一碗虾仁萝卜焖的咸饭，将剩下的用保温罐仔细地装好，一并摆在了桌上，沉默地在桌边坐下，低着头享用自己一天唯一的一餐。

桌子靠着墙摆放，只有两个位子：一个位子坐着他，一个位子空着。

哪怕孤零零地坐在漆黑的屋子里，他也总觉得对面的椅子上坐着一个人。

同一个空间，交错的时间，那个人会兴致勃勃地在对面的位子上坐下，不在乎他是一只怪物，高高兴兴地同他交流白昼里发生的趣事，由衷地赞美他的手艺，就好像两人可以一直这样生活下去。

可我终究只是一只怪物。

热腾腾的牛骨汤散发出白色的雾气，蒙住了男人黯淡的双眸。

一楼的英姐给女儿洗完澡后，把她哄回房间里，才在牌桌旁坐下，开始了真正的夜生活。

“新来的那个房客怎么样啊？”牌友们还对那位夜半出现的俊美年轻人念念不忘。

“小伙子蛮好，是个讲究人，加钱让我给换了一套密码锁。换锁的那天我进去看了一眼，屋子里被收拾得那个利索，我们都比不得。”英姐一边议论着新来的房客，一边稀里哗啦地洗着牌，“就是白天总不在家里，快递又特别多，都要我替他收着。”

大门处响起两下轻轻的叩门声，那位正被她挂在嘴边的讲究人穿着他那一身标志性的着装，站在了门边，用白皙的手指叩了叩门框，示意自己来取白日寄放的快递。

“哎呀，小凌，你是什么时候回来的？我在一楼怎么都没瞧见？哈哈。”英姐打了个哈哈，将尴尬掩饰过去，站起身来把他的几件包裹指给他看。

清瘦斯文的新房客的力气却并不小，他迈开长腿，上下几趟，很快利索地将几个大箱子都搬回了三楼。

“都买些什么东西？死沉死沉的。”英姐招呼牌友，卷起睡衣袖子，呼啦一下子帮忙把剩下的零碎盒子搬上去。

“MIDI（乐器数字接口）键盘、监听音箱、监听耳麦，还有电脑和声卡，等等，都是编曲用的设备。”年轻的房客看起来冷漠，却有着一副让人心动的温柔嗓音，行事也周全，离开前拆开最后一个箱子，取出里面的一包零食，放在了牌桌上。

他那道漂亮的背影在楼梯口消失的时候，搓着麻将的几个女人迅速地挨着头闲聊了起来。

“蛮好，蛮好，确实蛮好，长相好，人还斯文。”

“可惜我女儿小了点儿，要是再长个几岁就好了。”

“他说他是做什么的？编曲？编曲是什么东西？”

半夏今日到家门前的时候，比平时早了一些。隔壁的房门恰巧被打开，新来的邻居提着一袋垃圾出现在门口，两个人猝不及防地打了个照面。

那是一位个子很高的年轻男人，湿漉漉的发尖还挂着水滴，睡衣的袖子卷在手肘上，露出一截儿白瓷色的肌肤。

他似乎刚刚洗完澡，携出来一身冰冷的水汽，连双眸都带着一种万物俱静的寒意。

骤然看到门外的半夏，他微微吃了一惊，黑色的眸子避开了半夏的视线。

半夜三更和邻居在门外相遇，半夏略微有点儿尴尬，伸手指了一下自己的房门：“你好，我是你的邻居，就住在这里。”

那人点点头，隔了半晌才回了句“你好”。

他的声音和他的人一样，就像是冬季里落下来的雪，虽然动人，却硬邦邦的，透着一股拒人于千里之外的冷硬感。

他明明是出来丢垃圾的，此刻却一直那样站在门口，用苍白的手指紧紧地抓着黑色的垃圾袋，既不放下，也不回屋里去，似乎在等着半夏先进屋里去。

和他擦身而过的半夏莫名地觉得那副容貌有些眼熟。

“啊，我想起来了。”半夏拍了一下手。

那人沉寂的眼眸里突然有了光，他猛地转头看过来。

“你是我们学校的凌冬凌学长对不对？”半夏击掌说道，“我也是榕音的。去年在学校的会演中我还见过你呢。”

那位年少成名的学长看了半夏半天，脸色逐渐变得古怪，兴奋期待之色退去。他几乎是用一种幽怨的目光看了半夏一眼，一言不发地转身进屋里去了。

天才就是和我等凡人不一样，总是要有些怪异的。半夏倒也不生气，给自己学校的这位知名人物找了个借口。

这位学长大概和他的名字一样，生性孤高，喜怒无常吧。

一进屋子里，半夏就看见了桌上那一大罐装在保温罐里的牛骨汤。

她打开盖子，在扑鼻的香味里陶醉了一番，给自己盛了满满一碗。

那炖足了时辰的骨头汤里还放了她最爱的黑胡椒提味。她小小地抿上一口，混着辛辣味的温热肉汤滚过喉咙，瞬间就驱散了四肢百骸里的寒气，把在湖边冻了一晚上的身躯给烫暖了。

半夏从心里发出一声幸福的喟叹，实在想不明白超市里卖剩下的牛骨头怎么能变出这么个味。

捧着热乎乎的汤碗，她整个人窝进了窗边的小椅子里，从书包里翻出郁安国推荐给她比赛用的琴谱，边享用着美食边开始读谱——《流浪者之歌》。

这首曲子她从前就练过了，当时她被郁安国从头到尾批得一无是处，想不到最终他却让她用这首曲子去比赛。

半夏小口品着热汤，脑袋里响着曲子的旋律。

流浪者，何谓流浪者？

那些卷着行囊，蹲在湖边听她弹琴的人算不算流浪者？那些

点着细烟，靠在酒吧外墙上休息的女孩儿算不算流浪者？还是那些为了梦想，背井离乡在外漂泊的人才算流浪者？

今天晚上，夜空中飘着淡淡的云彩，月光很迷蒙，深浅不一的婆娑树影沐浴在月色里。城市的灯火浮在远方，像虚无的海市蜃楼。

这样的暖汤和月色让半夏回想起自己少年时期在外求学的情景。

那时她住宿的学校离家很远，每到周末放假，她就挤上往返于城乡间的大巴，吭哧吭哧地往家里赶。

山路崎岖，车开得慢，往往半路上天就黑了。破旧的大巴车内挤满了乘客和他们携带的活鸡、活鸭，行李堆得人都插不下脚。还是中学生的半夏就会像现在这样蜷起身子，随便找个角落窝着，坐在摇摇晃晃的车里，一路看着窗外影影绰绰的景物。

暗夜里的漆黑公路，道路两侧无边无际的黑色树林，磷火虫鸣，行走在彩云间的淡淡月光……那时候小小的她可不就像是一个漂泊在外的流浪者？

可是当年她从来没有体会过真正流浪的感觉。

不论多晚，只要车子一停下，空荡荡的汽车站台上，她总能看到母亲抱着一个裹着棉布的搪瓷罐站在那里等她。

暖黄色的路灯灯光里，母亲一看见她就笑了，伸手揭开搪瓷罐的盖子，馋死人的香气就顺着母亲的手逸出来。

“怎么这么晚才到，饿不饿？先喝一点儿热汤吧。”

有这么一碗汤和这么一个等着她的人，她无论身在哪里，都算不得流浪者。

直到后来，这个人和这碗汤都没了，她才真正明白了“流浪”

的意思。

半夏放下琴谱，在窗口呆立了一会儿，拿起手机拨通了一个视频电话。接电话的是她的表弟半永福，小名半糊糊。

半糊糊从小被这个表姐打怕了，如今接到半夏的电话说话都还有些不利索。

“姐……啥……啥事？”

“半糊糊，奶奶呢，睡了没？”

“没……还没呢，最近奶奶迷上了综艺节目，看得正欢。姐，你等着，我叫她啊。”

半夏从母姓，管自己的外婆叫奶奶。白发苍苍的奶奶看见自己最疼的大孙女来电话，姑且放下了屏幕上的综艺节目，乐呵呵地捧着手机问长问短。

“我的乖孙女有没有好好吃饭？看着好像都瘦了。

“都说读大学费钱，你怎么还寄钱给我？可不敢这样累着自己，我喊你大舅给你寄回去。

“闺女啊，你快来看看，咱们家夏夏打电话来了。”

奶奶说这句话的时候，身后没有人，出现在屏幕上的是在佛龛上诸路神佛下面供着的一个小小的牌位。

半夏笑眯眯的，把手机摄像头对上餐桌。

“我好着呢，奶奶你看我的夜宵，牛骨头汤配咸米饭，丰不丰盛？我都快把自己养胖了。”

奶奶笑得合不拢嘴：“胖点儿好，胖点儿好，你那小脸啊，就是要白嫩嫩的才好看呢。”

半夏挂了电话，愣愣地站了许久，抬手把碗里剩下的汤一口喝了。

“怎么了？是不是不合胃口？”一道熟悉的嗓音在窗口响起。那声音低沉，不似人声，却有着一种独特的动人之处。

半夏转过头一看，小莲正从窗外爬进来。

小小的守宫浑身干干净净，黑得晶莹透亮，还带着点儿沐浴露的清香，竖着脑袋扒着窗沿看她。

“什么话，多亏我们小莲炖了这么好喝的汤，好喝得我都快哭了。”半夏笑着伸手把小莲从窗口接进来，捧在手心里，举在眼前认真地看了看，“小莲，你又去了哪里？哎，你是不是洗澡了？这么干净，还香喷喷的。”

或许是刚刚喝了热汤的缘故，她虽然脸上带着笑，颜色浅淡的眼眸里却散着一点儿细碎的水光。

小小的守宫一动不动地趴在她柔软的手心里，用那纹理神秘的双眸看着她，仿佛蕴藏着不便言说的担忧之情。

半夏被这个眼神感动了，想起来交代一件事：“对了，我今天知道在隔壁住的是谁了。那是我们学校的一位学长，他的脾气好像有些不太好，你没事千万别往他那边跑，小心被他抓住了。”

小莲的那双瞳孔在她说完这句话之后变成极细的竖线。

可惜的是半夏还不能准确地捕捉蜥蜴这种生物生气的情绪。

她在饭桌上收拾出了一块空间，铺上一条小方巾，把手心里气鼓鼓的小莲放上去，对这个自己屋子里唯一的听众说：“小莲啊，你想不想听我拉琴？教授给了一首新曲子，我现在特别想拉这首曲子。”

黑漆漆的守宫没有回答，不太高兴地在毛巾上甩着尾巴，到底是竖直了脖颈，端正地坐好了。

旋律在小小的出租屋内响起。

一个人，一把琴，一只怪物。

月亮藏进柔软的云层里，将淡淡的月光抹在窗台上。

《流浪者之歌》。

凌冬昂着头，看着眼前拉琴的少女。

他的脑海中出现了幼年时在外公的院子里拉着小提琴的那个小小的身影。

如今她的琴技成熟了许多，人也从稚气的孩童成长为风华正茂的少女。

但其实她还和从前一模一样，追求的永远是她内心里最忠实的东西，往往拉着拉着就忘记了一切，在演奏中随心所欲地加入自己的理解和表达。

这样的琴声如果放在正式的比赛和演奏中，或许会被传统的评论家斥为离经叛道，亵渎经典，但也正是这样的音乐，剖开了凌冬的胸膛，触摸到了他的心肺肝肠。

这是一首真正的流浪者之歌。

那些颠沛流离、无家可归、独立于寒冬的心情，无须用言语表达，无须用泪水来装饰，只用这纯粹的音乐便可轻而易举地渗进听者的骨髓中。

他在这样的琴声里找回了童年最亲密的伙伴，找到了那个迷失已久的自己。

周一的第一节课是西方音乐史。

潘雪梅捅了捅半夏的胳膊："你又干了啥事？我怎么觉得班长今天看你的眼神怪怪的？"

"没有吧？"半夏上下检查了一下自己的着装，感觉没出什么大错。

她转头就趴到了尚小月的桌子上：“哎呀，人美心善的小姐姐，西方音乐史作业能不能借我抄一下？”

尚小月顶着两个黑眼圈，青着脸色看了她半天，啪的一声把手里的作业甩在桌面上。

半夏接了作业，得意扬扬地在潘雪梅面前弹了弹：“看吧，你那都是错觉，班长对我可好了。”

潘雪梅看着埋头抄作业的半夏哭笑不得，不再管她们的闲事，打开了一个新的话题。

“听说老郁推荐你去参加学院杯的选拔赛？”

“嗯嗯，老郁这次很够意思。一等奖的奖金八千元，二等奖五千，哪怕拿个三等奖，也有两千元呢，还能把‘阿狄丽娜’借回去摸上好几天。”半夏揉了揉握笔的手腕，“这次我必须拼了。”

你这个角度可真是太新奇了，被那些送红包都抢不到名额的人听见，可不得让他们揪心吗？

潘雪梅看着自己脑回路奇特的好友：“那钢伴呢？你打算找谁给你伴奏？”

“啊，钢伴？”

“小月请了大四的晏鹏学长，他们两家是世交。乔乔是花钱请的老师，合练一次就得五百元。”潘雪梅叹了口气，“你连选拔赛的钢伴都没找好，还想着拿学院杯的奖金？”

第六章

迷雾森林

半夏最终在学校的论坛上给自己找了一位钢伴。

钢琴系的学生在音乐学校向来都是抢手货，半夏也不敢挑，只要求对方弹过《流浪者之歌》就行。最终来应征的人是一位同为大二学生的男生——魏志明。

两个人将见面的地点约在琴房的楼下。

远远地，魏志明就看见了那位坐在树下等待的女同学。

她背着琴盒，长长的黑发束在脑后，干干净净的一张脸不染脂粉，眉目清亮。她笔直的长腿随意地搭在花坛上，右手拈着谱，左手在虚空中模拟着指法，她丝毫没有注意到他的靠近。

半夏是小提琴系的女同学，又是得到了教授推荐名额的优等生，在来之前，魏志明心里就隐隐地抱着点儿期待。

直至他见到了真人，那冬日暖阳之下恬静温柔的小提琴少女更是让他的心头热了起来。

魏志明捋了捋头发，转了转手指上炫酷的戒指，开始全力释放自己的男性魅力，向那位看上去不谙世事的清秀佳人走去。

女孩儿发现了他的到来，笑着站起身来，抬起眼眸看向他。

那双眼眸目光清澈，里面蕴藏着的却是一份沉稳自如的气度。

她伸出手，坦然地和魏志明轻轻地握了握，率先做了个自我介绍，随后便递过琴谱，开始了专业讨论。

她比魏志明更为泰然自若，游刃有余，没有一丝一毫他印象里女孩儿面对他这样的异性时应该出现的那种羞怯不安和故作镇定。

魏志明心中刚刚燃起的火苗一下就熄灭了。

家境优越的他跟不上中学时代的文化课，幸好还有点儿音乐细胞，从小被母亲逼着练钢琴，硬是被家里捧进了音乐学院。

进了大学以后，他便自我感觉已经吃够了人生的苦，合该开始好好享受，因此打算每天打打游戏，勾搭勾搭妹子，混个学历毕业便罢。

他见过的女孩儿也算是不少，有的活泼明媚，有的温柔甜美，有的微微带点儿刺，但不论什么类型都能让他察觉这些女人本质上是用一种仰视的目光在凝望他。

不论是活泼还是温柔的女性，最终无非都是他的依附者罢了。

因此，哪怕他还只是一个没有自主收入的富家子，在面对女性的时候也能自然而然地以居高临下的强者自居。

这会让他感到安逸且充满自信。

但是像半夏这种表面温和、骨子里透着自信沉稳的女孩儿，是他不愿意见到，下意识就想要回避的。

他可不太愿意和一位天然就平等地看着自己，或者从更高的位置上看下来的女性交往。

半夏正在给自己的钢伴解释演奏思路，发现得到的回应不怎么热烈，有点儿奇怪地抬头看看这位初见时还表现得十分热情的同学。

也不知道为什么，半夏发觉自己从小时候起就更容易和同性打成一片，似乎不太擅长和异性相处。

她也不是没有过异性朋友，只是每当她兴致勃勃地和他们阐述起自己对音乐的理解与对新技巧的思考之时，那些曾经目光闪闪地看着她的男孩子总会露出兴致索然的神色。

在这个世界上，知音或许是不容易得到的珍贵东西。

这或许和性别无关，只是能够相互欣赏的人恰巧都是女孩儿而已。半夏给这个现象找了一个理由。

“那么，我们先来合练一次试试吧。”

《流浪者之歌》在琴房中响起，拉上琴的半夏很快抛开了脑海中那些无关紧要的想法，沉浸到自己的音乐世界中。

晚上，在钢琴系的男生宿舍里，魏志明的舍友问他：“怎么样，那位管弦系的女生如何？”

半死不活地趴在床上的魏志明露出了一言难尽的神色。

“刚开始还好，没走过三个乐句，她就开始放飞自我了。”他从床上爬起来，一脸苦涩地对着自己的室友诉苦，“我心里只剩‘天哪’两个字，开始拼命地奋起直追，却怎么也赶不上她诡异的节奏。你不知道，合到最后，那简直就是灾难。”

室友哈哈大笑：“我问的是那位同学长得怎么样，谁问你她拉得怎么样。”

“长得怎么样？”魏志明微愣。

这大概是他成年以后，第一次和女生相处时忘记去关注对方的长相。

一开始的时候，他有些不喜欢半夏。那个女孩儿看上去朴素，接触起来却有着一种练达感，不是他喜欢的那一种。他准备随便应付一两次了事。

但半夏拉起琴以后，魏志明不得不说自己最终被她的琴声征服了。

那种来自小提琴的声音细腻到了极致，激昂里带着一丝脆弱，

温柔里透着一种隐隐约约的痛，鲜活地在他的眼前展现了那位风雪中的流浪者。

半夏那种强大的音乐表达能力已经远在他之上，仿佛从雪山之巅俯视，从青云之上碾压，让他不得不折服。

看着她拉琴，他会不自觉地忘记了她的性别和容貌，只能听见那美妙到令人战栗的琴声。

如果非要用一个词来形容她……魏志明心中晃过一个词：女神。

这是一位还不曾被人发现的女神。

他心目中那位女神一样强大的小提琴手还对他不太满意，拉着他合练了一遍又一遍。

“不行，我觉得还差那么点儿意思，终究没有真正地把那种流浪者的感觉表达出来。”那位和他同龄的女孩儿紧紧地皱着眉头，盯着琴谱，呢喃了一句，“八千呢，必须稳稳拿到。”

虽然不理解“八千”代表什么意思，但魏志明感觉她一定是在说一种他不能理解的更高境界。

“或许我也该去练练琴了。”魏志明愣愣地看了看自己戴着各种花哨戒指的手指，“多练一练，我或许也没有那么差，至少我的琴声能够稍微与她的琴声匹配一点儿。”

校园的另一间琴房内，大四钢琴系的晏鹏停下他的伴奏。

演奏小提琴的尚小月却没有停，她的琴声如狂风暴雨，眼神中几乎透着一种偏执感。

“月亮，你是不是有些过了？”晏鹏敲了敲琴键，打断了尚小月过于急促的节奏，“你这是怎么了？不过是一个校内的选拔赛而已。”

尚小月停了旋律，看着自己的手指发呆，食指的指甲缝裂了，出了一点儿血，但她居然没有留意到。

“学院杯嘛，我记得你在读附中的时候就参加过，不是也取得过不错的成绩吗？”晏鹏从钢琴凳上起来，伸手在这个小时候和他在一个大院里长大的女孩儿的肩头上按了按，“你是不是遇到了什么事？”

尚小月低着头搓自己的手指：“我遇到了一个人，我比不过她。”

晏鹏差点儿笑出声来，努力地将笑意压在了嘴角下：“是谁啊，厉害成那个样子，让我们的月亮都感到害怕了？”

尚小月低着头，看着自已的琴，不说话。

晏鹏难得看到这样低着头的尚小月。

小时候大院里的小伙伴都叫这个女孩儿“月亮”。月亮什么时候都是最漂亮的，穿着特别贵的小裙子，走到哪里都梗着她的小脖子，骄傲得很。

于是晏鹏那玩世不恭的语调里罕见地带上一点儿真心。

“月亮，有时候很多人都羡慕我们，可是我觉得那样也不太好。人少年时走得太顺了未必是一件好事。如今能遇到一个让你感觉到有威胁、想要去超越的人，其实也挺好的不是吗？你往好处想一想。”

尚小月抬起头看他：“那你呢？如果是你你也会觉得很好吗？那位凌冬学长，你就没有想过能有超越他的一天吗？”

晏鹏脸上的笑容一下就消失了，片刻之后他放松身体，坐在琴凳上摸了摸琴键：“凌冬？他的技巧确实完美无缺。但他除了技巧，也没有什么了。我总有一天能越过他。”

“我……可是我觉得我比不过半夏。”尚小月的眼中有着一点儿茫然，“她连上课都不专心，作业也时常抄，到了晚上从来不来琴房。但她的琴声……她的琴声你听一次就明白了。她的琴声里有我一直努力都得不到的东西。”

最终，她呢喃了一句：“或许，这个世界上就是有这样的天才，天才轻轻松松，不用付出任何努力就能得到想要的一切。”

尚小月口中那位轻轻松松的天才此刻坐在蓝草咖啡厅后门的台阶上，抓紧在上班之前练一会儿自己的演奏曲。

这里叫酒吧一条街，是半夏一周两次晚上兼职的地方。整条街上灯红酒绿的，不是咖啡厅就是酒吧。

蓝草咖啡厅的隔壁是一家名为红颜的酒吧。两家店的后门各自用铁皮砌着送货用的斜坡和楼梯，中间夹着一条死胡同，用来放垃圾桶。

这个点酒吧里还没什么客人。两个卖酒的妹子和一个驻唱的大叔分别在不同的台阶上抽烟聊天。

半夏来来回回拉了好一会儿，自我感觉不够满意，停下弓来。

对面台阶上化着浓妆的小姑娘便隔着巷子问她：“你拉的是什么曲子？我都没有听过。”

“《流浪者之歌》，你感觉怎么样？好听吗？”

“这种曲子我也听不懂。你们那儿的客人会喜欢这种曲子吗？你怎么不拉流行一点儿的曲子？”小姑娘笑嘻嘻地说，化的妆很浓，但她的年纪看起来或许比半夏还小上不少。

“这首曲子不是在店里演奏的，是我在学校参加比赛时用的曲子。”半夏说。

“你还是学生啊？那在蓝草咖啡厅兼职拉一晚上琴能挣多少钱？”

半夏伸出两个指头：“两百，偶尔还有点儿小费。”

“这么少。”卖酒的姑娘有些看不上这么点儿钱，“你不如跳槽到我们红颜酒吧来吧。一晚上随便开几瓶酒，挣的都比你在那儿挣的多多了。”

半夏笑起来，摆手谢绝：“虽然钱是好东西，但我实在更喜欢拉琴，还是不太喜欢卖酒。”

这句话她本来没有别的意思，但对面的姑娘听到耳朵里就觉得她看不上卖酒员这个职业，笑着的脸一下就阴沉了。

她伸手拍了拍铁质的楼梯，阴阳怪气地问坐在台阶底下的大叔：“你说呢，老贺，她拉得好听吗？”

老贺是红颜酒吧里的驻唱，年纪大了，唱的歌最近不太得观众喜欢。他刚刚被老板骂了一顿，正心情恶劣着，气冲冲地道：“不怎么样。”

半夏也不生气，还认认真真地问：“你觉得什么地方不怎么样？”

大叔想不到她还能追着问，嘿哟一声，伸手拿掉了叼在嘴里的烟。

“嘿，我说你个小姑娘家家的，你这种年纪，能知道什么叫流浪者吗？你这是无病呻吟啊。”上了年纪的他坐在对面的台阶上，手指夹着烟，将烟头朝着半夏的方向摇了摇，“别拉这种曲子，拉一些情歌啊什么的就好。”

“那你说说什么是流浪者？”半夏始终不生气，温和地坐着聊天，火气再大的人在她面前慢慢地也就平静了。

“行吧，我告诉你什么人才叫流浪者。”坐在台阶上的中年男人用力地吸了口烟，吐出一串烟圈，“大叔我年轻的时候呢，喜欢搞音乐——写歌、编曲，为了这个梦想，背井离乡，去北城，和几个兄弟住在一个小小的工作室里，不顾一切地把青春都砸进去。那时候，我没觉得自己在流浪。”

昏黄的路灯灯光斜斜地照着台阶，半夏看不清台阶上老贺的神色，只能看见那一个忽明忽暗的红点。

“后来没办法，吃不饱肚子嘛，只好灰溜溜地回了榕城，用当年剩下的一点儿才华卖唱和给人写歌，换点儿钱，混口饭吃。记得那年我上火车的那一天，下了好大的雨。北城的几个兄弟都来送我，在站台上，我甚至都不敢回头看他们一眼。如今虽然吃得饱，有钱花，”他用夹着烟的手点了点自己的胸口，“但这里，永远都在流浪。我就是一个流浪者。”

对面的红点在说完这句话之后暗了，周围陷入一片沉寂之中。

半夏也不再说话，若有所思地坐在台阶上，抬起手试着拉弦。

熙熙攘攘的酒吧一条街中，沉浸在音乐中的小提琴手一遍遍地从这市井之中拾起人生的感悟，反复琢磨自己的曲子。

在远处的那间出租屋内，灶台上亮着火光，咕嘟咕嘟地炖着热汤。

一墙之隔的隔壁房间内，一个年轻的男人坐在亮着荧光的电脑屏幕前，点开一个音乐网站。在注册的页面上，光标在又名那一栏前闪动许久，最终他动了动白皙修长的手指，给自己输入了一个两个字的艺名：赤莲。

半夏听了老贺的故事后，沉迷于新的感悟，把晚饭都给忘记了。

深夜回到家里的时候，她才发觉自己饿得前胸贴后背。万幸的是，灶台上还温着一碗热腾腾的面线糊。

面线糊用猪骨汤打的底，加了切碎的干贝、螺肉、猪血、海蛎、冬笋和芹菜，用一点儿黑胡椒粉提鲜，上面浇了新熬的葱油，鲜美可口，咸香爽滑。

饥肠辘辘的半夏用这样的美食填饱了肚子，趴在桌上幸福得直喘气。

“天哪，到底是从哪里来的小可爱？简直是救了我一命。”

救她一命的小可爱此刻不在家里，不知道溜到哪里去了，屋子里空空的。

自建房的隔音效果很差，楼上楼下住着的租客都是年轻人。一到晚上，各种各样的声音夹杂在一楼英姐通宵打麻将的杂音里，热闹非凡。

在半夏的房间对面住着一位作家，作家习惯半夜写文章，噼里啪啦敲键盘的动静几乎比乐器声还响。她楼上的邻居刚刚上完厕所，冲马桶的声音清晰地从下水管道里传下来。

隔壁的房间里隐隐地传来一点儿电子音乐的声响，大概是一段短短的音乐小样，正用被调低了音量的电子钢琴反反复复地弹奏出来。

刷碗的时候，半夏看着水池底的一点儿残羹，才后知后觉地想到一个问题：干贝、螺肉、冬笋……奇怪，我们家里有这么好的食材吗？

她洗好碗筷，又洗漱完，用一块干抹布仔细地将洗手间的地板擦干，还在洗手间的门边摆放好折叠整齐的柔软的吸水纸。

小莲很爱干净，每天爬到洗手间里，在不锈钢地漏上解决完个人卫生问题后，还要在纸巾上擦干净身体，才肯爬回窝里去。

卫生间地板上的一点儿污水对他那么小的身体来说都有可能造成负担。

收拾完一切的半夏躺到床上，看着夜色深沉的窗口发愣，那个黑色的小家伙不知道跑哪儿玩去了，小小的脑袋还没有从窗沿上露出来。最近几天小莲总喜欢在夜晚溜出去玩，有时候她要到早上醒来时才能看见他蜷在窝里睡觉。

也是呢，不管是谁，每天只能在方寸大的天地里洗衣煮饭，都会觉得寂寞的吧。

放学的时候，她是不是该回来一趟，把小莲带出去玩呢？

带着这样模模糊糊的想法，躺在床上的半夏睡着了。她的床挨着墙壁，她在睡梦之中时，那首小调一直隐隐约约地透过墙壁传来，断断续续地在她的耳边回响。

在这样循环往复的乐曲声里，半夏发现自己又做梦了。

依旧是在那样蒙着白纱一般的梦境里，年幼的她这一回趴在窗台上，对着屋子里弹钢琴的男孩儿说："你刚刚弹的是什么曲子？"

弹琴的男孩儿被突然出现的她吓了一跳，伸手将一张手写的曲谱夹到谱夹的后面，转而开始弹正儿八经的车尔尼的练习曲。

"怎么不弹了呢？我还想听呢。"半夏用小手扒着窗口，失望地抱怨道。

屋内的钢琴声停了，练习弹钢琴的男孩儿转过头来，用一种不太确定的口吻问道："真的？你觉得好听吗？"

"嗯，好听的。"半夏点点头，把手里准备吓人的毛毛虫丢了，将小小的下巴搁在窗台上，微微地眯起眼睛，用那双脏兮兮的小手比画她听见的世界，“我好像听见了森林里野草正从泥土里钻出来，微风吹动着树叶。森林里面有很多很多的颜色，特别漂亮。”

她这话说得颠三倒四，不伦不类。坐在琴凳上的男孩儿的眼睛却亮了，他略微犹豫之后，又伸手将那张手写的谱子翻出来，带着一点儿按捺不住的兴奋小声地和趴在窗口的半夏商量道：“那我再弹一遍给你听。你……你不要告诉别人。”

窗外的半夏用双手撑着窗台，像猴一样地从窗口翻进来。

不太干净的小裙摆在微风里掀了一下，她灵巧地落在了地上。

“为什么不能告诉别人？”

“这是我作的曲子。”演奏钢琴的男孩儿有一点儿紧张，微微地涨红了脸，“老师和我的爸爸妈妈都觉得我不应该把心思放在作曲上。”

那还是一首十分稚嫩的小调，叮叮咚咚的琴声响彻洒满夏日阳光的琴房。

两个小伙伴挤在一张琴凳上，一个弹一个听。

“好好听啊。”半夏用力地鼓掌，把小手拍红了，“我真是不明白，作曲有什么不好的吗？”

刚刚接触音乐世界没多久的半夏对此完全不能理解。

“作曲……不容易有出息。”男孩儿也只能用浅显的词句为她解释，“他们觉得我应该把精力放在演奏上，专心成为一位演奏家。”

“那为什么非要有出息呢？”小半夏的关注点直接偏了。

男孩儿有些卡壳：“没出息……没出息就吃不饱饭，很难在这个世界上生存下去。”

半夏哈哈笑起来：“那是大人吓唬你的。我们村里没出息的人多了去了，也没见谁吃不饱饭，大家每天还乐呵呵的。”

她和琴凳上的男孩儿头挨着头看那张手写的谱子，两个人的眼睛都亮晶晶的。

“这么好听的曲子，他们不愿意听真是可惜。以后你作的曲子可以弹给我听，我喜欢得很。”

男孩儿得到了第一位听众，用手指紧紧地捏着那张誊抄得工工整整的曲谱，认真地点点头，耳郭涨得通红：“只要你以后不再丢毛毛虫进来，我就经常弹给你听。”

“行啊，说好了。”

“你还要保证替我保密。”

“我保证，需要拉钩吗？”

“不……不要了。你的手刚刚抓过虫子吧？”

半夏被清晨六点的闹钟叫醒的时候，隔壁低低的音乐声早就停了。整栋楼都静悄悄地沐浴在清冷的晨曦中。

奇怪，最近自己怎么老是梦见小时候？

半夏搓了搓睡乱了的头发，睁开眼睛，看见了睡在对面的小莲。

小莲不知道一整晚都干了些什么事，似乎疲惫得很，卷着他的小毛巾睡得正香，两只小爪子露在毛巾外面，闹铃声都没能将他吵醒。

半夏蹲在他的身边，伸手轻轻地摸一摸他黑宝石一般的小脑袋，帮他把毛巾盖好了。

随后她蹑手蹑脚地提上书包和琴盒，带上了房门，让辛苦了一整夜的黑色守宫安安静静地睡在清晨的阳光里。

到了这个时间点，一个名为“红橘子”的原创音乐网站上，昨夜发布的一首单曲经过一整夜的发酵，在网站上激起了一点小小的水花。

这首曲子的曲名是《迷雾森林》。

发布曲子的音乐人名不见经传，曲子的点击量少得可怜。唯一可喜的是，听众的留言评价都出乎意料地好。

“天哪，瞧我发现了什么宝藏？”

“这首曲子听得我鸡皮疙瘩都起来了，我好像看见了一片真正的迷雾森林，里面充满了各种鬼怪。”

“对对，背后那个伴唱，听起来仿佛真的有一只怪兽潜伏在浓雾的背后哀嚎。我单曲循环到睡着，做了一晚上的怪梦。”

“哎呀，太好听了，这是《迷雾森林》吗？这是‘恋爱森林’啊，我的耳朵告诉我，它们和这首曲子谈恋爱了。”

“词曲、编曲、混音、音乐制作都是一个人吗？制作人有点儿厉害啊。”

“我宣布，又一位大佬将出现在红橘子上，记录一下，将来验证了再回来看。”

“确实，这是一位幼年期的大佬，鉴定完毕。”

在国内一所知名的音乐公司的办公大楼内，音乐制作人小萧兴奋地喊住了拿着咖啡杯路过的总监柏耀明。

“柏哥，快来快来，我在红橘子上发现了一首曲子，你来听一下！”

柏耀明不太高兴地捏了捏眉心。

他熬通宵了，召集项目组所有成员开会比稿，听了一晚上约稿征集来的音乐小样，此刻脑海里来回播放着那十几首不太像样的曲子，实在不想再听什么和音乐有关的东西了。

小萧这个年轻人，对音乐敏感，工作肯吃苦，方方面面都好，唯一的问题就是太不懂看领导脸色了。柏耀明在心里抱怨起来：这都几点了，还要我听那些从网络上找来的乱七八糟的东西。

“快快快，这位绝对是鬼才，太令人惊艳了！词、曲、人声 voice（嗓音）、伴奏 beat（节拍），乃至编曲全都是一个人。”不懂看领导脸色的小萧还在他的屏幕前上蹿下跳。

他这种仿佛发现了什么稀世神曲的样子每隔两三天就要冒出来一次。在办公室里加班了一个晚上的同事们习以为常，三三两两地从他身边经过，甚至疲惫到懒得给他一个多余的眼神。

只有他的顶头上司柏耀明还算是给他些面子，打着哈欠站到他的电脑旁，懒洋洋地看着他点开了那首命名为《迷雾森林》的原创曲子。

前奏刚刚出来，柏耀明便微微挑了一下眉：“动机玩得不错，intro（前奏）居然是用古典音乐的调调铺的底。”

曲子进行到一半，他已经收住了散漫的神色，开始认真起来，对小萧伸出手：“耳机给我，这一段倒回去。”

“怎么样？怎么样？”小萧没等他听完，早已按捺不住自己的表达欲，“这首曲子听感上层次丰富，旋律个性鲜明，内核里表达的东西很多，有 Dubstep（回响贝斯，一种电子音乐）的框框和民乐的骨髓。他在编曲的时候，除了用了弦乐组，还混用了很多的民族乐器，我听到了响板、木鱼、古筝、滚镲、葫芦丝……还有那个……那什么？”

“曲笛，还有牛铃和唐鼓。”柏耀明摘掉耳机，接上他的话，“最特别的是其中那一段人声伴奏，听着让我汗毛竖起，就像真的有一只迷雾中的怪物在那里唱歌，也不知道他是怎么用电音合成出来的。”

他的视线落到了作曲人的名字上，他伸出手指点了点屏幕上的那个音乐人的别称——赤莲。

“迷雾森林，浴火红莲。这人有点儿意思。”

一旁的小萧睁大了眼睛：“‘赤’是‘浴火’的意思吗？我以为是‘赤条条’的意思。”

他还用手比画了一下：“光溜溜的白莲花，这名字起得多好。”

柏耀明伸手弹了一下他的脑壳：“没读过书就少说点儿话，丢人现眼。”

随后柏耀明简单快捷地给事情定了性：“曲是好曲，只是太个性化了。这曲子，我估计不会被市场接受，但这个人编曲的功力不错，你联系一下，挖他来我们公司做职业编曲人。”

“好，我马上给他发邮件。”小萧对没能得到这首曲子感到有些失望，但依旧开始执行领导的命令，“万一人家不愿意来怎么办？”

“你还太年轻了。”柏耀明端起手里的咖啡杯喝了一口，“你仔细听，这位叫赤莲的音乐人的曲子里除了电钢琴和人声是现场采样的，其他的明显都是用合成器合出来的。哪怕他全力做了降噪，我还是听得出来背景的杂音很大。由此可见他的设备简陋，制作环境也不太好。这个世界上有才华的人不多，但再有才的人，也是需要吃饭的。”

第七章 合奏

窗外虫鸣鸟叫，正午的阳光照在窗台上，亮得晃眼。

黑色的守宫睡醒了，从窝里钻出头来，看着窗外的阳光发了一会儿愣。

这间屋子里的空间很小，但对他来说像一个巨大的广场。他从厚厚的毛巾里钻出来，爬过大片的瓷砖，在一个在他看起来像洗脸盆一般大的浅碟子里喝到了清水。

水很清甜，是早晨有人刚刚为他换过的。

随后他爬过长长的距离，进入洗手间。洗手间的地板很干燥，没有任何残留的水迹。他敏感的腹部从这样的瓷砖上滑过，觉得不算太冷。

在排水的地漏上解决了个人卫生问题之后，他还发现在门旁的地面上贴心地叠放着几张厚实的吸水纸。

小莲爬到纸旁，将自己的前爪放上去，在纸上蹭了蹭。雪白的纸衬着细长怪异的手指，手指上覆盖着小小的鳞片，显得那样丑陋。他转过身，看见身后那条长长的黑色尾巴。

怪物，他的心头晃过这个词。

为什么他要以这样的形象出现在她的身边？

他扭动着难看的身体，一路穿过那些像森林一样的凳脚、桌腿……最终沿着窗帘布爬上窗台。

窗外是三层楼的高度，他透过细细的铁杆看下去就像是深渊，但用如今这个身体可以很轻易地爬过那些危险的铁杆，一路钻进隔壁屋子那黑洞洞的窗口里。

隔壁的屋子拉着厚实的窗帘，屋内昏暗而寂静。

一个黑色的影子从摆满桌面的电子设备前爬过。摆放在桌面上的手机屏幕在他的身躯爬过的时候亮了一下。屏幕上现出一条孤零零的未读短信，那信息的一点儿光芒很快随着黑色尾巴的拖过而暗淡了。

黑色的爬行动物出现在了电脑屏幕前，伸出那双非人类的小小的前爪，搓了搓笔记本电脑的触摸板。

电脑屏幕立刻亮了起来，现出了有着红色橘子图标的音乐网站。

网站的页面上是注册并登录了的原创音乐人的工作后台。

登录者的名字为赤莲，赤莲上传的原创曲子只有一首，曲名为《迷雾森林》，目前点击数两千多，评论二十五条，收到打赏的青橘子、红橘子若干个。

电脑的屏幕上映出一双纹理斑驳的诡异的眼睛，那双眼睛转动着把每一条评论仔细地看了。他在心中回味几遍，最后将屏幕拉到最下方，看见了日收益那一栏显示“17.8 元”。

这十七块八毛钱包含了播放点击分成和打赏收入，其中大头还多亏了一个名为“小萧爱音乐”的网友给砸了一个红橘子。网站上一个红橘子可以让创作人获得十元的收益，一个青橘子带来一元的收入。

扣除这些意外的打赏，他一天的收入甚至不够给那个人做一顿晚餐。

小莲盯着那十七块八毛钱半晌，眨了眨眼。

最后，他不得不点开自己的手机，点开外送软件，犹犹豫豫地比较许久，忍痛删掉了购物车里偏贵的进口肉眼牛排和时令水果，重新下了个单子。准备点击“配送”前，他小小的爪子悬在手机上。

他想起那个人吃完他煮的饭，露出一脸享受表情的模样。

她甚至会趴在桌子上嘟囔：“天哪，到底是从哪里来的小可爱？我太幸福了。”

那小小的爪子又收了回来，再一次把删掉的东西重新加回购物车，点击了“配送”按钮。

其间，电脑屏幕上弹出几条私信，小莲爬回去看了一眼。

私信大多是一些广告和无效信息，只有那位“小萧爱音乐”发来了一份工作邀请。

他在私信里称自己为RES集团旗下的音乐制作人，热情洋溢地表达出对《迷雾森林》的喜爱，又委婉地表示了因为市场接受度，公司不能买下这首曲子的遗憾之情，并发来了一份比较正式的工作邀约。

RES确实是国内知名的音乐公司，但外出工作显然不适合小莲。只是为了自己那第一次收到的“巨额”打赏，他有些辛苦地用小小的手掌敲了一份简要且不失礼貌的谢绝短信。

RES的办公楼内，小萧恼恨地对着屏幕长吁短叹。

路过的柏耀明敲了敲他的桌子：“你又怎么了？”

“拒绝了，柏哥，”小萧拉着柏耀明的袖子摇晃，“他居然把我们RES给拒了。他说他不愿意出门工作。”

“哦，不愿意就算了。”柏耀明挑了挑眉，心里有点儿不高兴，“不过是刚刚出了一首曲子的新人，将来能不能写出好的作品还不知道呢。”

RES 是国内屈指可数的大音乐公司，薪资待遇、行业地位都很好，向来是他们挑别人，别人求着想要进来。

“可是你知道吗？柏哥！”小萧抱着他的袖子不肯放手，“这个人拒绝了我们年薪六位数的工作，刚刚我却看见他在红橘子挂牌出售了他二十多条原创 beat。”

柏耀明扑哧一声笑了：“红橘子那种网站上，一条 beat 能卖多少钱？”

小萧伸出两根指头，露出惨不忍睹的表情：“二十美元，哥哥，全球商用，二十美元一条。”

“柏总，你听听，没有一条是水货，全是用心积累的作品，就不是那种短时间内能糊弄出来的。他居然舍得一条只卖一百多块人民币。”小萧点开一条刚刚挂上网络的音频，一脸痛心疾首，“真是不理解啊，他都穷到这份儿上了，宁愿做一个藏在网络上的 beat maker（制作伴奏的音乐人），也不愿来我们公司上班吗？”

柏耀明侧耳聆听片刻，沉默了许久，说道：“也没什么，如果他是一位真正的天才，迟早会出现在你我的世界里。”

学校的琴房内，魏志明搓乱了他打理得十分有型的头发。

“算我求你了，半夏姐姐。你知道我这几天花了多少时间练这首曲子吗？你怎么又变了？你这是说改就改啊。”

半夏顿了一下弓弦。

“我对曲子有了一种新的理解，突然发现‘流浪’并不单指身体上的放逐，更多的时候，指的是心灵的无所归依。”她指着谱子，重新演绎了一遍自己刚刚拉过的乐句。

“所以，在这里我感觉应该更温柔一点儿。极致的温柔下有种令人心酸的被放逐感，然后才是激烈的部分。”

她用手指揉弦发出凄美的滑音，紧接着用密集的连顿弓奏出了汹涌澎湃的乐曲。

“怎么样？好听吗？”收住声音的半夏抬头问道。

魏志明半放弃地蹲在琴凳旁，垂头丧气地说：“好听。”

好听是好听，无奈这段曲子对我摧残过大，我根本不太跟得上啊！

“我说半夏，你的技术那么牛，可是你的琴是不是太破了点儿？”魏志明想起一事，在琴凳旁抬起头，“虽然我不是学小提琴的，但也听得出来，这琴影响你的发挥了。你真的打算用这把琴去比赛吗？”

“旧是旧了点儿，但它陪我很多年了。”半夏怜爱地摩挲着手里陪伴她多年的小提琴，“没事，我们教授答应我，如果我过了选拔赛，就把系里的名琴‘阿狄丽娜’借给我在学院杯比赛时用。”

说完这句话，她还仿佛怕自己手里的琴吃醋一般，低头在琴身上落下一个温柔的吻，对着自己的琴柔声说道：“别担心啊，有了新琴，我也还是喜欢你的。”

魏志明蹲在小小的琴房里，看着对面低头吻琴的女孩儿。

狭窄的琴房里，她的音乐闪闪发光，亲吻音乐的她一样闪闪发光。

她那样倾心挚爱着音乐吗？喜欢到对着自己的乐器都能流露出这样虔诚的神色？

他眼前的女孩儿明明离他很近，是他同年级的同学，但她追求的世界似乎离他很远。

他们这些人一心奔向的世界和他的完全不同。

他现在想想，那个世界好像也不像他想象中那么枯燥乏味。那里强者云集，绚丽多彩，比起他泡夜店酒吧的日子，似乎更有趣一些。

于是魏志明有一点儿鬼使神差地主动说道："半夏，晚上我请你吃饭，吃完我们可以回来继续练习。"

已经收拾好了琴盒走到门口的半夏，听见这句话后停下了脚步。

虽然在学校里，同学之间互相配合演奏是常态，但在正常情况下，应该由她这位演奏者请辅助自己的钢伴吃饭才对。

"这可怎么办？我今天晚上要去琴行给学生上课，明天晚上在蓝草咖啡厅兼职。"她挠了挠头，偷看了手机上的余额一眼，选了一个省钱的方案，"这样吧，选拔赛结束那天，我请你吃夜宵好不好？"

"你还要去兼职？你练成这种水平，居然还腾得出时间天天晚上打工？所以你们这些天才都是一天拥有四十八小时的怪物吗？"魏志明不甘心地搓头喊道。

夜晚，结束了工作的半夏骑着自行车往家的方向走。

冬季的凉风撩起她的长发，远处的青山在夜幕里很模糊。

今天的工作结束得很早，她心情愉悦，一路骑得飞快，车轮掠过那片她时常买东西的街边夜市，又滚过一片华墙高耸的高档别墅区。

别墅区附近的一间奢侈品店的橱窗内，璀璨的灯光照着几件质地精良的丝绸衬衫。

半夏在那被擦得锃亮的玻璃橱窗前停下车，隔着玻璃看到了一件熟悉的款式的衬衫。

“原来学长穿的是这个牌子的衣服。我们小莲穿了肯定也很舒服。”她瞄了一眼标价，遗憾地吐了吐舌头，重新蹬车前进，“可惜买不起，还是只能送小莲网购的。”

刮起一阵风的半夏呼啦一声在英姐的楼下停住了车。她跳下车，从英姐那里取了自己今天刚到的包裹，就往楼上跑。

一进屋，她便举着包裹摇晃：“小莲，小莲，你看我给你买了什么？”

小莲疑惑地从窝里爬出来，看上去似乎有些沮丧。

半夏拆开包裹，取出了自己网购的一套男士睡衣，在小莲面前献宝。那衣服质地柔软，就是颜色略微有些花哨。

“不好意思啊，这是打折款，但材料是莫代尔的，穿着也很舒服呢。”半夏把睡衣摊开给小莲看，“你以后就不用去偷偷拿隔壁学长的衣服来穿了。”

小守宫慢吞吞地爬到她的脚边，仰头看了她一会儿，就着她的手用脑袋蹭了蹭那件衣服。

睡衣的采购单正巧掉了出来，他瞄到了上面的标价。

他知道半夏最近的经济水平，这个价格大概是她目前能够挤出来的所有闲钱了。

小小的黑色守宫一言不发，默默地将半夏叠好的睡衣努力地拖到自己的小窝旁，蜷起身体趴在了上面。

从洗手间里洗完澡出来的半夏发现窗帘微微开着，小莲又不知什么时候溜出去玩了。

那套新买的睡衣在小窝边摆放得整整齐齐，上头有被小莲来回爬过的痕迹。

“怎么跑那么快啊？难得这么早回来，我还想着让他听一听我新改好的演奏曲呢。”半夏披着湿湿的头发，口里抱怨，最终无奈地坐在床上，靠着墙壁孤独地拉起自己的小提琴，开始练习即将参加比赛的《流浪者之歌》。

引子部分本该由钢琴声引出悲凉的主题，再合入如泣如诉的小提琴声，随后，钢琴和小提琴合奏，那寒冬的暴风雪才会骤然来袭。

但如今，只有小提琴孤独的声音在小小的屋子里回荡。

半夏靠着冰冷的墙壁，在脑海中假想出钢琴伴奏。

如果这时候能有谁给我弹个伴奏就好了，她忍不住在心里想着。

当引子部分走到尾声，小提琴声悲凉的情绪积累到顶点，梦想骤然破灭的那一瞬间，一点儿清冷的钢琴声隔着墙壁合了进来。

那琴声初时略带犹豫，很快稳重而磅礴地托起了曲子的基调。哪怕到了第二乐章，半夏任性地增加了各种炫技的表达，钢琴的演奏者也能够自然流畅地紧紧跟上。

半夏的小提琴是多年前母亲东拼西凑用尽存款勉强买给她的旧琴。

隔壁伴奏的钢琴也不是舞台上动辄上百万元的施坦威钢琴，只是一台表达能力很差的二手电子钢琴。

但那稳如磐石的伴奏声追随着激昂澎湃的小提琴声，两者交织缠绕，飞旋入云，仿佛合练过多次，相互补上了对方细微的不足之处，成就了一曲气势磅礴的演奏。

楼下沉迷于麻将的英姐顿住了手里的动作，抬头聆听琴声，想起自己颠沛流离的年轻时代。

对门正在苦苦思索的作家突然在琴声里拍了一下大腿，文思如泉涌，把键盘敲得震天响。

顶楼被截稿日期压得喘不过气来的画手推开手里的数位板，站到了窗前，在琴声中点了一支烟。

琴声结束许久，半夏的心还飘在空中，迟迟不能归位。

这样契合的演奏并不是她随时随地都能得到的。

等她回过神来的时候，身后的墙壁早已重新变得冰冷，坚固。

隔壁安静下来，不再传来丝毫动静。

她思索片刻，换好衣服，恭恭敬敬地到隔壁敲门。

但那扇屋门紧闭，门内昏暗无光，始终刻意地寂静着，没有给她一点儿回应。

或许这位赫赫有名的学长只是一时心血来潮，顺手帮我伴了个奏，并不喜欢别人过度地打扰他吧。那我就不打扰他了。

半夏这样想着，隔着门道了谢，退回自己的屋内。

半夏早晨起床的闹铃是六点，她动作很快，等她收拾好自己，骑车来到学校的琴房时，琴房大楼的大厅里还只有稀稀拉拉的几个人，正巧她班上的班长尚小月也在。

尚小月看见半夏，也不打招呼，气势汹汹地率先拿了琴房的钥匙，径直上楼去了。

因为她们来的时间差不多，两个人的琴房竟然凑巧挨着。半夏刚刚进门，隔壁的小提琴声便仿佛宣战一般，汹涌澎湃地如同炮火似的传了过来。

“原来班长准备的曲子是《柴小协》啊。这气势可真强，好像

机关枪一样，幸好这枪口对着的不是我。”

坐在对手的枪林弹雨中却毫不自知的半夏慢悠悠地在琴房里坐下，做贼似的从书包里取出两块半熟芝士，悄悄地咬了一小口，幸福地嘿嘿笑了起来。

最近她也不知道发生了什么，家里经常莫名多了许多东西，比如这种时不时摆在桌上的小蛋糕、水果，还比如一些味道很好的小零食。

会不会小莲除了能变成守宫，还能变成乌鸦之类的动物啊？于是他天天飞出去把他喜欢的小东西叼回家里来？

半夏在心里点点头，很有可能，毕竟小莲和乌鸦都是黑色的。

她怀着一点儿心虚的罪恶感，虔诚地将手里的食物认真地吃完。

明天她一定要问问小莲这些东西到底是怎么来的。

吃完了早餐，擦干净手，再给琴弓打上松香，她才不紧不慢地开始自己的练习，很快便沉醉在自己的琴声里，再也听不见周围的一切声音。

沉迷在自己的演奏中的半夏根本没有注意到，隔壁那来时有如战鼓、慷慨激昂的旋律，随着她的琴声响起，慢慢地变得怯弱，逐渐走向低迷，最终只余一片寂静。

上午的音乐教室里，小提琴教授赵芷兰看着自己的学生，叹了口气。

她打断了在自己面前演奏的尚小月，语气温和地询问：“是发生了什么事吗，孩子？你本来是炫技派的风格，今天却突然变得这样不伦不类。还有，你的样子看起来很疲惫，你不应该把自己搞得这么疲惫的。”

赵芷兰和尚小月的父亲尚程远相识多年，一直特别关照自己好友的孩子。

尚小月在这位几乎看着自己长大的老师面前，终于微微有些红了眼睛。

“有一个人，她特别让我讨厌。”她咬住嘴唇，低下头，“虽然很讨厌，可她又让人总是忍不住去看她。因为她真的很强，拉出来的曲子凄美而动人，直抵人心，我怎么也表达不到她那种程度。”

赵芷兰说：“所以你把自己走炫技路线的《柴小协》改成了抒情风格？”

尚小月避开了老师的目光，小声说道：“父亲说我没有找到自己的音乐。我……我就想学一点儿，学半夏的那种技巧。”

赵芷兰看着眼前的学生，思索片刻后，慎重地斟酌着语句：“小月，老柴（柴可夫斯基）的这首《D大调小提琴协奏曲》，你听过哪些版本？”

尚小月微微一愣，掰着手指道：“海菲兹的、奥伊斯特拉赫的、米尔斯坦的、哈恩的……有名的音乐家的，我应该全都听过了。”

“那其中你最喜欢谁的风格呢？”

“嗯，”尚小月想了想，“海菲兹是炫技派的极端，奥伊斯特拉赫基本是抒情路线的顶峰。他们都是大师，大家对这两种风格也各有褒贬，我说不好谁好谁坏。”

“你错了，小月。”赵芷兰摇摇头，“你今天回去，可以冷静地再听一听这二位的作品。海菲兹不仅仅是炫技，曲子里更有着他

的冷傲。奥伊斯特拉赫也不是一味地抒情，这两位的演奏之所以能被称作‘极端’，是因为他们有着属于自己的格局，用自己对音乐的独特理解，站上了自己风格的顶端。”

尚小月一开始不明白赵芷兰和她说这些的用意，听到这里耳边如同惊雷炸响，呆呆地立住了，双目里慢慢地重新有了光：“属于……自己的音乐格局？”

“小月啊，”赵芷兰叹了口气，语气里多了几分感慨，“老师有时候看那些关于《柴小协》的音乐评论，他们提到演奏家的时候，时常会在演奏家的前面冠以性别。女小提琴家拉不了《柴小协》，女小提琴家们抒情是够了，炫技和气势远远不足。这样的话，让我听起来很难受。”

她站起身，收起教案，伸手在尚小月的肩膀上拍了拍。

“直到我教了你这个孩子，你的技巧和气势时时让我惊叹。我就经常在想，将来或许会有一位女性小提琴家，让他们不能再发出这种以性别区分艺术的言论。”

在她说完这句话离开教室关上门之后，教室里安静了片刻，重新响起了金子一般明亮的琴声。

正巧从楼下路过的晏鹏抬起了头，站在转角处聆听片刻后，苦笑着摇了摇头。

“什么嘛，月亮依旧高挂在天空中，永远也掉不进水沟里。倒是我……还有很长的路要走。”

中午吃饭的时候，潘雪梅和半夏聊起了尚小月。

“班长这几天简直疯了，早上六点就起床直奔琴房去了，晚上熄灯前一刻才赶回来。这次选拔赛每个年段只选一个人，她大概拼了命也不想输给你。”

“嗯，我早上在琴房里遇到她了。”

“对，我们半夏每天也起得早啊，”潘雪梅突然想起，这位看上去漫不经心的好友其实也是常年如一日，是每天第一拨拿琴房钥匙的人之一，“果然天才都比我等凡人更努力啊，看来我也应该加油了。”

半夏就笑她：“那以后一起在琴房楼下集合。”

潘雪梅在食堂里打了饭菜，顺便帮半夏多打了一碗排骨汤。

“明天就是系里的选拔赛了，你会不会紧张？”潘雪梅把汤推到半夏面前，咬开自己的筷子，“夏啊，班长确实很强，但你也一点儿不差。我唯一担心的就是你上台的时候不能发挥出平时的水平。”

在潘雪梅心目中，自己的好友在技术上是不输给任何人的，唯一的问题就是半夏没有参加过什么大型比赛，舞台经验太少。

而那些包括班长尚小月在内的强手基本都是从音乐附小、音乐附中一路升进来的学生，从小就被“老师家长”领着参加国内外的各种比赛，舞台经验十分丰富。

“没事的，我不怕这个。”半夏没心没肺地只顾着摆饭，只是在口里轻轻地念叨一句，“我参加过的表演也很多的嘛。”

那些地铁口、广场、咖啡厅、酒吧……每一天每一个晚上都进行着属于我的表演呢。

今天的她带了盒饭，打开保温饭盒，将里面的饭菜摆到两个人中间。

第一层是洗净的水果和蔬菜，第二层是香气诱人的牛肉咖喱，第三层是卧着一个煎蛋的白米饭。

还想多交代些的潘雪梅在看到这些饭菜，特别是尝了一口牛肉咖喱的味道之后彻底惊呆了："天哪，半夏，你最近经历了些什么？"

"我最近……"半夏挺直了脊背，用一本正经的口吻举起一根手指，"养了一只守宫。"

潘雪梅以为后面还有话，等了半天才察觉她就准备只说这么一句。

"所以呢？所以你的意思是你养了一只守宫就能有这么好的生活了？"潘雪梅怒了，拿眼睛瞪她，"你想忽悠我入爬圈也不带这样忽悠的！"

半夏只是笑："嘿嘿……嘿嘿嘿。"

虽然这是一个不能说的秘密，但她还是忍不住悄悄地和好朋友泄露一点儿心里的幸福甜蜜感。

"人生最幸福的事就是能吃到美食，以及……能进行一场完美到令人陶醉的演奏。"

半夏咬着勺子，喉咙里遍布着诱人的咖喱香气，心中想起了那场仅仅隔着一道墙壁的美妙合奏。

与此同时，某一位资深音乐爱好者在午休时间坐在办公室外的阳台上，点开了手机里的红橘子软件，发现自己前几日刚刚收藏的一位音乐创作人又发布了一首单曲，曲名是《一墙之隔》。

"发歌的频率真高，他还挺勤快。"他对那位叫赤莲的第一首曲子印象很好，于是便顺手点开了第二首新曲子，"让我来听听看这首曲子是不是还有《迷雾森林》的水平。"

不久之后，他冲回电脑前，怀着激动的心情点开电脑屏幕，在B站上发表了一个推荐视频，视频的标题是《妈妈问我为什么跪着听歌——强烈推荐破橘子小众神曲〈一墙之隔〉！》。

RES的写字楼内，小萧对着电脑屏幕，戴着耳机哭得稀里哗啦。他这种伤春悲秋的林妹妹模样把同事们看笑了。邻座的同事看了看他的屏幕，推了他一把："又是那个赤莲？你这天天盯着他，都快成为他的头号粉丝了。"

"你不知道，原先我只是觉得这个人编曲的技术厉害。""萧妹妹"抹了一把脸，揪着自己胸口的衣服，"但这首曲子，这首《一墙之隔》真的在情感上刺进了我心里。"

"那种想要亲近却又自卑，想要开门却又做不到，明明只有一墙之隔，背对着喜欢的人，但永远不可能得到的苦涩心情，真的是传达得太到位了。"他从座位上站了起来，"我宣布，从此以后我就是赤莲的头号粉丝了，我这就去给他打赏，先丢一个水果篮子。"

几大视频社交软件上，悄悄地出现了几个推荐赤莲新曲的视频，虽然它们目前都还没有火，但好歹使得红橘子上赤莲的账号收益微微地跳动了一下，突破了两位数，勉强够到了一百元的大关。

远在大洋的彼岸，一个男人喊住了自己的父亲："父亲，你来看一看，我在网上发现一个有趣的人。"

他的父亲威廉是一位誉满全球的钢琴演奏家。但这位年过花甲的古典音乐大师一直保持着旺盛的好奇心，并不怎么排斥年轻人喜欢的流行元素。

"什么有趣的人？"他把白花花的脑袋伸到儿子的工作桌前。

"一位来自中国的独立音乐创作人——Mr. Lian（莲先生）。我

前几天在红橘子上买了一条他的beat。这是他今天发布的新曲，曲名是《一墙之隔》。”

威廉侧耳聆听片刻后，鼓起掌来。

“是的，这位Mr. Lian确实有趣。他有很强的古典音乐的功底，他并非机械地融合古典和流行，而是将古典的主题巧妙地在流行乐曲中展开。这很有意思。”

“但是这曲子里最让我惊喜的是钢琴伴奏。”他从儿子手中接过耳机，闭上眼睛跟着旋律摇晃，手指不自觉地模拟出弹奏钢琴的动作，“负责钢琴演奏的人有着很成熟的技巧，还拥有非常美妙的音乐表达，这太难得了。他琴声里流露的那种情绪令人动容，让我想起了很多年前一个进入过我视野的东方孩子。”

他摘下了耳机，摇摇头，露出惋惜的表情：“很可惜的是，现在那个孩子已经失去了属于他的钢琴声。”

“噢，父亲，你又来了。”威廉的儿子耸耸肩，对父亲的这些言论不以为然，“在你的眼里，现在年轻的演奏家都是流水线培训出来的，全是只会机械演奏的机器人。您这种说法太极端了，就连去年那位获得拉赛一等奖的优秀年轻人也得到了您这样负面的评价。”

威廉大师摊开双手：“可不是吗？我说的就是他。那位可怜的小凌冬，不论他拿了多少大奖，在我的心里，他都已经失去了他少年时曾带给我的令人震撼的美妙琴声。”

他最后看了屏幕一眼，点点头。

“Mr. Lian，嗯嗯，很好，我记住这个名字了。”

第八章
蔽月之云

小莲梗着脖子，面对着荧荧的蓝光，蹲在自己的电脑屏幕前。

自从第二首单曲《一墙之隔》发布之后，两首曲子的点击量虽然还不算很大，但也肉眼可见地一路攀升。评论区更是好评如潮，一片热闹。

唯一让他沮丧的是，他的收益虽然也跟着涨了，但依旧只有可怜兮兮的一百多元，刚刚够到提现的最低标准而已。

他移动小爪子点开另一个分页，转动着大大的眼珠，在发现自己挂在上面全球出售的几首伴奏被在欧洲和北美的买家各自购买了一次，合计入账四十美元之后，终于微微地松了口气。

这些收益加在一起，可以提取人民币三百多元。

原来生活是一件这么难的事情。凌冬从小家境富裕，即便是后来领养他的养父养母，也没有在物质上亏待过他。

以现在的身体，他哪怕只是想给那个人多买一点儿好吃的东西，竟然都不太容易。

他本来是一个没有多少物欲的人。

从七岁那年住进了叔父和婶婶的家里开始，他习惯了克制自己的各种欲望。

那个陌生的新家虽然装饰豪华精美，但似乎永远是昏暗而沉闷的。

叔父和婶婶时常在家中吵架，隔三岔五还升级为暴力冲突。

躲在卧室里门缝后的年幼的他看得最多的就是叔父砸烂了东西，怒气冲冲地摔门而去，而婶婶捂着脸蹲在地上哀哀哭泣的

场景。

在那样的吵闹和哭泣声中，寄人篱下的养子感到一种无所适从的恐惧感。

大大的屋子里，在水晶灯虚弱的灯光照不到的角落里，仿佛总有无数黑色的怪物潜伏其中，它们随时随地可能从家具的阴影中掠过，或者在夜半无人的时候，躲在他一个人居住的屋子里，在床底下发出窸窸窣窣的响动。

他尽量在惊慌失措的童年时期保持安静，努力减少自己的存在感。为了让自己显得更加乖巧，他每天踮着脚站在灶台旁，帮着婶婶煮饭洗碗，按照叔父的严格要求，没日没夜地刻苦练琴，参加各种考级比赛。

只有在他拿到大型比赛的金奖时，家里的气氛才会变得缓和。叔父刻板严肃的面孔上会露出一点儿笑意来，叔父会在饭桌上不和妻子吵架，夸赞他几句；婶婶则露出轻松的面容，偶尔也高高兴兴地和别人这样说。

“幸亏当时做了这个决定，领了这个孩子回家。他真是个争气懂事的孩子，有了他的存在，我们的夫妻关系也缓和了许多，就连琴行也开始有人慕名而来，渐渐地好转了。”

这种时候，他才会微微放松绷紧的心，觉得自己还算没有给别人添过多的麻烦。

在那个家里生活，长辈给买什么，他就用什么。叔父婶婶想不起来的，他便绝口不提。他渐渐地长大以后，仿佛被冰雪封住了心，养成了一副冷冷清清、不为外物所动的性格。

可是现在仿佛有什么东西不一样了。

至少现在每一天他都有很想买的东西。

小守宫爬到了手机前，用小脚点开屏幕，计算了一下所剩不多的零花钱和自己刚刚提取的收入，兴致勃勃地点开外送软件，规划起了明日的菜单。

他刚刚选满购物车，点了“发送”，就听见楼下半夏和房东女儿乐乐说话的声音响起。

“今天看什么书呢，乐乐？”

“辛德瑞拉的故事。”

小莲慌乱了一下，在桌上转了半个圈，飞快地顺着桌腿溜下桌面，越过崇山峻岭般的家具，钻出窗外，奔向隔壁的小窝。

半夏推开门的时候，发现小莲刚刚从窗帘上掉下来，落在他的窝里，打了个滚，卷着舌头喘气。

半夏笑着把他抱起来，捧在手心里转了半个圈：“怎么了？是不是跑出去偷偷干了什么坏事？”

小莲一直以来都是安静的性格，难得露出这样有些窘迫的模样。

因为今天天气回暖，她早上出门前就和小莲说好，放学后会特意回来带着小莲出门。小莲果然乖乖地在家里等着呢。

“天天被关在家里，是不是很无聊？”她摸了摸手心里的黑不溜秋的小家伙，“今天我要去蓝草咖啡厅，带你一起去吧。”

临走的时候，半夏看着靠床的那面墙壁，突然竖起手指冲小莲做了个噤声的手势，轻手轻脚地走到墙边，将耳朵贴着墙壁，听了一会儿隔壁的动静。

墙壁的那一边静悄悄的，没有钢琴声，也没有其他音乐声。

学长好像没有在家呢。

眼前的小莲蹲在自己的手心里，用一双大大的眼睛意义不明地注视着自己。

半夏这才想起自己刚刚那个举动略显猥琐，稍微感到有些不好意思，对小莲打了哈哈：“隔壁的学长看起来冷淡，其实人还挺好的，哈哈。”

小莲那诡异又低沉的声音响起：“你不是说他这个人冰冷又古怪吗？”

半夏摸了摸自己的脑袋：“我这样说过吗？嘿嘿，那是以前没接触过，不熟悉。但是昨天，我听到了他的琴声。”

“那声音听起来好像和他在视频里的演奏声不太一样，”她用手指模拟了一下演奏钢琴的动作，想起昨夜的那场合奏，微微地有些恍惚，“特别……迷人。”

昨夜，从一墙之隔处传来的那阵低沉的琴声里带着种克制的凄楚、悲凉的愤怒，完美地诠释了身在迷途中心灵无依的流浪者之歌，神奇地和她对这首曲子的理解完全契合。他竟像一位与她相识多年、喜得重逢的好友一般。

蓝草咖啡厅内，小提琴动人的旋律在三层别墅里回荡。

拉琴的女孩儿站在大厅的窗边，专注在自己的音乐世界里。

暗淡的灯光下，没有人留意到，她身前黑色的谱架上趴着一只通体漆黑的小小的守宫。和夜色一般漆黑的小小的守宫聆听着旋律，用神秘的双眸凝视着灯红酒绿、车水马龙的窗外。

咖啡厅二楼的露台上，一位年轻的男子拍了一下自己朋友的肩膀。

“晏晏，今天换口味了？怎么会约我来这种地方？”

跷着腿坐在沙发里的晏鹏抬手冲他示意了个坐的动作。

“呀，这妹子的琴技不错，是我们学校的？”新来的男生探脑袋听了一会儿楼下的演奏。

“某人最近天天把一个名字挂在嘴边，”晏鹏懒懒地笑了一下，“我一时兴起，便想来见识见识到底是何方神圣。”

随后他挥手叫住了路过的服务生，在托盘上放下两张百元钞票：“你好，请问一下，能点曲子吗？”

他们坐在二楼的露台上，背后是巨大的落地窗，透明的大块玻璃外明月凌空，皎洁的月光倾泻在别墅旁南湖的湖面上。

服务员离开后的片刻，楼下的小提琴声骤然一变，琴鸣肆无忌惮地在月色下开始流淌。

整个咖啡厅内嗡嗡的说话声为之停滞，似乎所有的人都被这琴声所惑，一时间忘记了交谈。

晏鹏懒散的神色消失，他慢慢地变得神色凝重，在沙发上坐直了身体。

窗外有淡淡的云彩飘过，在琴声之中蒙住了天空中的明月。

一段凄美悲怆的古典乐曲结束，咖啡厅内的客人仿佛才回过神来，伴随着稀稀拉拉的掌声，恢复了嗡嗡的交谈声。

二楼的露台上，深深地明白这首曲子难度的晏鹏沉着脸，转动起自己的手指。

“你喜欢月亮吗？”他对着自己的朋友，突然没头没尾地来了一句。

“啊，什么月亮？天上这个月亮？”朋友呆住了，伸手指着窗外，“月亮那么漂亮，谁会不喜欢？”

“有时候，我实在是不忍心看见那么骄傲的她一而再地被人打击。但这世界上，有时候总有这样令人讨厌的天才。”晏鹏凝视着

楼下持着琴的身影，低声自言自语，“就像我一样，永远被人拿来和那个凌冬比较。”

在朋友听清之前，他已经抬起头，脸上挂上了往日那种随意的笑容：“走，换场地喝酒去，约上几个人。对了，大二的魏志明你熟吗？约他一起出来。”

系内的选拔赛终于到来。

因为每一位导师只有一个推荐名额，参赛者不多，一共只有十来个。

但台下坐着的评委分量不轻，系里声名在外的老教授们全来了，板着脸在前排一坐，顿时给人带来巨大的压力。

开场之前，半夏接到了魏志明的电话。

“抱歉啊，半夏，我昨晚喝了点儿酒。本来我都说好只去打个招呼，谁知道学长们疯了，使劲灌我的酒。”电话那头，魏志明的声音听起来有点儿沙哑，“没事，我拾掇拾掇，很快就过去，肯定耽误不了你表演。”

半夏这边还没来得及挂断电话，就被提前到场的潘雪梅拉住了。

“天哪，夏啊，你……你……你……穿成这样就来了？”潘雪梅指着衣着朴素的半夏吱哇乱叫。

“怎么了？我穿得很整齐了。”半夏扯了扯自己的衣服，“老郁说，只是系里的选拔赛，穿好一点儿就行，不用特意穿礼服的。”

“那也不能这样啊，你看看乔乔和小月，看看别人，至少都穿了裙子，化了妆。哎呀，算了算了，我给你化点儿妆。”她低头翻自己包里随身携带的化妆品，余光突然看见半夏的大衣口袋动了一下，从口袋里冒出了一个黑色的小小脑袋。

那个脑袋在看见她之后，又迅速地缩了回去。

潘雪梅整个人都僵住了，指着半夏的口袋哆哆嗦嗦地道："这……这……这是什么？你带了什么东西过来？"

半夏伸手把口袋里的小莲带出来，托在手心里："介绍一下啊，这是小莲。小莲，这位是我最好的朋友潘雪梅。"

鉴于前排坐满了学院的泰山北斗，潘雪梅不敢放声尖叫，只好压低声音，伸手使劲掐半夏的胳膊。

"妈呀！死半夏，你当个人吧！吓死我了啊！"

"别这样啊，"半夏伸手护着小莲，小心地把他送回自己的口袋里，"小莲很娇气的，你都吓到他了。"

潘雪梅正在给半夏化妆的时候，一个进入音乐厅大门的中年男人引起了一阵小小的骚动。

观众席上一些认识他的学生将目光集中在来人的身上，窃窃私语。前排就座的教授们也都站起身来和他握手。那人打完招呼后，却谢绝了在评委席落座的邀请，只在前排随便找了个位子坐下。

潘雪梅顿住了正给半夏涂唇膏的手，盯着那个人的背影，脸色不太好看。

半夏噘着嘴问："怎么了？"

"那个人，"潘雪梅很不高兴地说，"刚刚进来的那位是小月的爸爸，省交响乐团的团长，我们学院的名誉副校长尚程远。"

尚程远这样明晃晃地在观众席上一坐，还有哪个教授好意思不把手上的票投给他的女儿吗？这人真是过分，潘雪梅有点儿生气了。

坐在她们前排的尚小月此刻穿一件立领蕾丝边衬衣，搭一件羊绒小短裙，绾起头发化了淡妆，漂亮得就像天空中的月亮一样。

她前有钢琴系的才子保驾护航，后有自己声名赫赫的父亲托底——真是天之骄子。

半夏没心没肺地哦了一声，继续噘着嘴等潘雪梅给自己涂唇膏，还有心情冲她眨了眨眼。

潘雪梅看着自己身边的好友，心里突然替她难过了一下。

半夏不论什么时候都这样笑吟吟的，仿佛在她身上就看不见半点儿世事艰难。她就像一个小太阳，带给别人的永远是快乐和温暖。但这个姑娘平时过的是什么样的日子，身为好友的潘雪梅是最清楚的了。

别说哄着供着把她捧上台的家人，她甚至连一件像样一点儿的登台礼服都没有。

她明明拥有那么优秀的天赋，却还要起早贪黑地努力着，艰难地边供养自己边承担着繁重的学业。

难道其他人连一个公平地展示自己的机会都不给她吗？

这边好朋友掏心掏肺地替她焦虑着急，那边没心没肺的半夏只顾着照镜子欣赏自己刚刚化好的妆容，一面嘻嘻哈哈地夸奖潘雪梅手艺好，一面把口袋里那条丑了吧唧的四脚蛇拿出来，神经兮兮地托在手心里，问那只蜥蜴自己好不好看。

选拔赛在这样一片紧张的氛围中开始了。

台下的评委都是系里最严格的教授，一脸严肃。初上台的几位选手免不了发挥失误。

郁安国紧皱眉头，拿着笔在评分表上不停顿笔，口中挂着他那句口头禅：“一届不如一届，一届不如一届，这真是我见过的最差的一届学生。”

相比脾气暴躁的他，赵芷兰教授温和许多：“我倒觉得有几个不错的苗子。对了，听说老郁你这次推荐的是一个从普高上来的孩子，我很好奇到底是什么样的孩子入了你的眼。”

“矮子里拔高个儿而已，也是个不像样的家伙。”郁安国连连摇头叹气，但好像想起了什么，不自觉地舒展了眉间的皱纹。

轮到尚小月上台的时候，她在众人的目光中站起来，突地一下转过身来，直视坐在她后排的半夏，抬起下巴：“这一次，我绝不会输给你。”

还在悄悄地抓小莲尾巴玩的半夏不知道发生了什么，有点儿茫然：“啊？”

尚小月憋着一口气，挺直自己纤细的脊背，甩一下裙摆上台去了。

半夏在四周探寻过来的目光中伸手挡住了脸，悄悄地问身边的潘雪梅：“她这是怎么了？这样我好像好尴尬啊。”

潘雪梅看着大大咧咧的半夏，无奈地叹了口气：“她这是积怨已久，终于爆发了吧。你就当作两个天才之间的较量好了。”

登上舞台的尚小月握着琴看着台下。

晏鹏在她的身侧轻声笑道：“尚叔叔还是很疼你的，有他亲自在这里坐镇，你就没什么好紧张的了。”

但此刻尚小月没能听进去他说的话。

舞台上的灯光打得很集中，从上面看下去，台下黑压压地坐着许多人。她的目光在人群里扫视了一圈。

那个令人讨厌的半夏坐在观众席里，神态轻松，笑吟吟的，还在和身边的潘雪梅说着悄悄话。

其实她从来就没有将我放在眼里。

尚小月的指尖微微用力，她抬起了与自己相伴多年的琴。

曾经，是我在你身后追寻着你的脚步；从今日起，我会让你不得不正视我，视我为你不可忽视的敌人。

她侧身向自己的钢伴微微点头示意，琴声便在音乐厅内响起——柴可夫斯基的《D 大调小提琴协奏曲》。

柴可夫斯基这位音乐史上的巨匠，一生之中只创作了一首小提琴协奏曲。《柴小协》这首曲子的结构宏伟，旋律多变，演奏难度极大。

台下的教授们纷纷抬起头来。

“技巧不错啊，声音饱满有力，气势也很强大。”

“这个跳弓舒服，运弓也很厉害。”

“不错，不错，真是难得的好苗子。万万想不到女孩子拉《柴小协》也能有这种气势。”

台下旁听的学生们也悄悄开始议论。

“这是谁啊？”

“大二的尚小月。喏，她爸爸就是尚程远，名门之后，果然名不虚传。”

“十度之后连续跳弓，这个难度很大啊。”

“天哪，她还要开始加速，真的是人吗？”

舞台上的尚小月已经听不见这些小声的议论，沉浸在自己激昂澎湃的演奏中。台下一张张熟悉的面孔在她眼前晃过：朋友、劲敌、恩师，还有自己的父亲……

父亲……

父亲和平时在家里一样，面色严肃，正看着台上的她。

不知为什么，尚小月偏偏在这个时候想起了小时候家中的琴房。

那间神秘的琴房里珍藏着父亲收集的数把名琴。

年幼的她溜了进去，看着严肃的父亲对着那些琴露出温柔的神色，小心地用细绒布仔细地擦拭着琴身，心中生出羡慕之意，于是开口请求爸爸将手里的古典名琴“女王”借给自己试一试。

“这可不行，这是爸爸的宝贝。”记忆中的父亲笑了，难得地用手摸了摸她的头发，“如果小月认真练习小提琴，将来有一天，琴技配得上使用‘女王’了，爸爸再把这把琴送给你。”

站立在舞台中心，站立在飞旋的旋律中的尚小月在心里说道：“爸爸，请您好好看一看。到了今天，女儿能不能得到您的承认，是否配得上使用‘女王’了？”

乐曲收尾，余音绕梁，舞台下一片寂静，片刻之后轰然响起掌声。

尚小月胸膛起伏，抬手擦掉脸颊边的汗水，感到身体微微地颤抖。

她转过身和自己的钢伴握手。

“太棒了，月亮！你是最厉害的。”晏鹏用力握紧她的手。

她走下舞台，一路都是掌声。

她的好友乔欣给了她一个大大的拥抱。

就连和她不太合得来的室友潘雪梅都从后排伸过手来，揽住了她的脖子：“小月，从前我觉得半夏很厉害。今天，我也算是服了你了。”

尚小月下意识地就去寻找半夏的目光。

半夏正在看着她，双目明亮，内里燃着跃跃欲试的战火，抬手给了她一个大拇指。

尚小月飘在半空中的心这一会儿才落回了胸腔里。

她微微缓和了一下气息，悄悄地抬头看向坐在前排的父亲，只看见一个和往日一般挺拔如山的背影。

台下旁听的学生们议论纷纷。

“这个太厉害了，感觉其他人都不用比了。”

“她的钢伴也厉害，是大四的晏鹏吧？我们学校如果不是出了个凌冬，盖住了他的光芒，他也算是一个了不得的人物了。”

“看来这一次，参赛的名额是尚小月的囊中之物了。”

“还剩几组？我都有些不想听了。”

快要轮到自己上台的半夏却一直打不通魏志明的电话。

“这人怎么回事啊？他也太不靠谱了。”潘雪梅在那里急得团团转。

在这个时候，一个不曾见过面的男同学悄悄地摸进了音乐厅里，猫着腰走到她们身边。

“你就是管弦系大二的半夏吧？”那位男同学在她们的位子旁小声地说道，“我是魏志明的室友，他昨晚喝多了，这会儿还在厕所里吐着呢，还死活要过来给你伴奏。我看他实在不像样，只好和他说让我替他来。”

“啊？”半夏和潘雪梅都惊呆了。

男同学很不好意思地挠着头：“可是怎么办？这首曲子，我其实不太会。”

“这怎么行！”潘雪梅噌地站起身来，惊扰到周围一圈人。

半夏把她拉回到座位上，按住了她的肩头。

“没事，”她说这话的时候慢慢地吸了口气，很快变得沉静，拍了拍潘雪梅的肩，“没事的，没有不能解决的事。”

“可是这怎么解决？你要怎么解决？”潘雪梅看着半夏，都快急死了。

到了这一刻，她才骤然发现半夏虽然和自己同龄，却真比自己不知成熟了多少。

那是在风里雨里磨砺，红尘滚滚里摸爬，社会的五味杂陈里浸泡，才能真正历练出来的遇事不惊的沉稳淡定。

“没有钢伴，我也能上台，总之好好演奏，对得起舞台就行。”半夏这样说。

坐在前排的尚小月听见了这里的骚动，扭头看了一眼。

坐在她身边的晏鹏嗤笑一声，意义不明地低声说了句：“这学弟也未免太可爱了，不过是喝点儿小酒，以为他最多是发挥失误，想不到他竟然直接来不了。”

尚小月听着半夏等人的对话，没留意晏鹏话中的意思，略微思索一会儿，转头对他说道：“晏鹏哥，她要演奏的是《流浪者之歌》，你肯定会这首曲子，能替他去顶一下钢伴吗？”

晏鹏素来是一个面面俱到、未语先笑的人，但在听见尚小月这句话的时候，罕见地没有保持住那份笑容。

“你叫我去为她伴奏？”晏鹏看着尚小月，眼中带着一丝难以置信，“月亮，你了解这个人的音乐，难道不知道她是你眼下最强的竞争对手？如果她赢了你，代表学校出赛，就此被世人看见，或许从今以后，便会一路掩盖你的光芒。”

有那么一刻，心思敏锐的尚小月捕捉到了什么。

“你……听过她的曲子？”尚小月看着他的脸，迟疑着道，“晏

鹏，你是不是做了点儿什么？”

“不。”晏鹏瞬间掩饰了自己的情绪，整了整衣领，“我只是不愿意在没有合练过的情况下给人伴奏。万一失误了，丢脸的是我。”

在这个时候，他面对着眼前心灵纯洁的少女，他的心中涌起了一股莫名的嫉恨之情。

这又妒又恼的五味杂陈的心情，他甚至不知源自何处，是来自那位自己一直没能追上的天才凌冬，还是身前这纯洁无瑕的皓月？

在这样混乱的时刻，没有人注意到，半夏大衣外的口袋动了动。

一只黑色的守宫悄悄地从里面探出头来，顺着椅子溜下地面，沿着音乐厅的墙脚向着后台全力迅速地跑去。

第九章

别看，不要看我

尽管老师把半夏的演奏调整到了最后，但她依旧无法在短短的时间里找到合适的伴奏者。

最终轮到半夏演奏的时候，夜色已经渐浓，听了长时间演奏的听众和评委们都已经感到疲惫，有些人甚至已经打起了哈欠，只等着公布结果后回去休息。

半夏顶着所有人的目光，独自提着琴就上了舞台。

“怎么只有一个人？”

“她的钢伴呢？”

“听说是出了点儿什么事，来不了。”

“没有伴奏还拉什么琴，直接结束算了。”

“就是，我都困了，想回去洗洗睡了。要不我们先回去算了吧？”

台下的观众议论纷纷。

半夏站在舞台的边缘上，耳边响着这些嗡嗡的议论声，看着自己即将迈上的舞台。

穹顶之上打下一道光，照在舞台的正中央。

那束光的颜色温暖，有微尘在其中飞舞，就好像从前她在雪夜中乘车回家，在站台上看见的那一束路灯灯光。

恍惚中，半夏看见了母亲清瘦的身影站在舞台的那道光芒中。她眨了眨眼，不远之处的母亲看起来忧心忡忡。

“妈妈不在了，以后就剩下小夏你一个人。这条路这样难，你真的还走得下去吗？”

半夏的眼睛在那一瞬间酸涩了，她却没有停下脚步，依旧走向那束光，迈过母亲的幻影，站在那道明亮的灯光中。

“我好着呢，妈妈，不但能走得下去，还能走得很远，爬上很高的山顶，看到更辽阔的世界。”

她向着台下鞠了一个躬，温柔的灯光就披在她的肩头上。

不是也没什么区别吗？半夏在心里想着。

那些街角的路灯、商店橱窗外的射灯、咖啡厅的霓虹灯，它们的灯光照在她身上的时候和今日的灯光并无区别。

今天和往日里的任何一场演奏是一样的，不论台下的听众是谁，有没有陪伴我演奏的人，我只要忠于自己的内心，忠于自己的音乐就好。

半夏直起脊背的时候，眼角那一点点的水光已经不见了，脸上露出的是她往日没心没肺的标志性笑容。

“大家好啊，我是管弦系大二的半夏，我今天带来的曲目是《流浪者之歌》。”

她的自我介绍和报幕刚刚说完，舞台下轰地响起一片惊呼声。有人半离开椅凳，伸直脖子往台上看，有人神情震惊，不顾礼仪地和同伴交头接耳。

就连教授们都互相交换了神色，忍不住彼此沟通了几句。

不是吧？我能引起这样的轰动吗？半夏惊讶了。

身后传来轻轻地移动琴凳的声音，半夏转过身，这才发现令全场惊讶的源头在她的身后。

在三角钢琴前，那位曾经夺取拉赛一等奖、轰动全校的钢琴系天才凌冬，正缓缓地在琴凳上坐下。

这位高居雪岭之巅的传奇人物，今日的穿着却有些奇怪。

白色的衬衣有着宽阔复古的袖子，V形的领口开得很低，露出大片肌肤。绸缎似的黑色长裤紧紧地勾勒出腰部的线条。

就好像他临时从后台舞台剧的更衣室内随便拿了一件演出服穿在身上。

这样的衣服如果换一个人来穿，或许会显得搞笑。无奈凌冬的容颜过于冷漠，那劣质的舞台服穿在他的身上竟也让他有了一种王族降临的矜贵之感。

他对台下的一片哄闹视若无睹，抬手撩了一下自己微长的黑发，将苍白的手指悬在琴键上，向半夏看来。

冷月清辉般的目光触碰到半夏的视线，他便微微垂睫点了一下头，将修长有力的手指在琴键上抬起，按下。

第一声响起。

那钢琴声就像冬季里飘下的第一片雪花，从舞台高高的穹顶上落下，冰冷又洁白，落上半夏的琴弦，带起微微的共鸣声。

一片又一片的雪花飘落，雪里卷着风，风中伴着雪，世界苍茫一片，狂放而又凄凉。

小提琴如泣如诉的声音在这风雪之中响起。

严寒的世界里，流浪之人不甘地唱起绝望之歌。那歌声哀哀嗟叹，声声悲愤。细腻的情绪层层地叠加，慢慢地累积，像冥冥中伸出一只苍白的手攥紧了听众的心。

“怎么回事？我胸口好难受，眼睛也酸酸的。”有一位观众喃喃地道。

“唉，我好像看见了下大雪的夜里，寂静的公路上开来一辆孤独的车，无家可归的流浪者坐在车上，难过得快要窒息了。”

“凌冬学长好帅啊，好像王子一样，给灰姑娘伴奏的王子。刚好那个女孩儿也穿得灰扑扑的。我好羡慕嫉妒她。”有个女孩儿用双手捂住了胸口，一脸羡慕。

“你真的觉得她像灰姑娘吗？”她的同伴摇摇头，“我觉得她不像灰姑娘，也不像什么公主，反而像一位闪闪发光的骑士，像风雪里披荆斩棘的勇者。”

“是啊，凌冬的琴声竟然都盖不住她的光彩。不知道为什么，感觉好想哭，我好像被这位学妹打动了。”

评委席上，一位年迈的老教授按捺不住，啪的一声放下笔：“不像话，这也太不像话了，一点儿都不尊重原谱，简直是乱七八糟。现在的年轻人也太乱来了，你说是吧，老郁？”

素来刻板守旧的郁安国却在这时候和他唱起了反调：“老严，在如今这个时代，我们作为古典音乐的授业者，首先应该想的是怎么让古典音乐更好地传承下去，怎么让更多的年轻人，重新喜爱上古典音乐。”

他伸手抬了抬眼镜：“我感觉这个孩子改编得很有神韵——风雪之中，心灵迷茫的流浪者——她重新赋予了这首曲子在如今这个时代的意义。倒是你那种古板的思想应该改一改了才对，不信你看看身边这些孩子的反应。”

严老教授气得几乎要吹胡子瞪眼。

一旁的赵芷兰急忙打圆场：“两位消消火，还是先把曲子听完吧。这孩子旁的不说，技巧确实高超，台风也异常成熟稳重，值得我们好好听一听。”

其实她不仅仅是技巧厉害呢，赵芷兰在心里想着。

这孩子最为优秀的地方，恰恰在于能让聆听者不自觉地忽略她不俗的技巧，彻底地被她独特的音乐吸引。

技巧还可以通过练习获得，而这种境界是多少孩子苦练多年也求而不得的啊！

难怪尚小月会因为她患得患失，赵芷兰在心中微微叹息一声，觉得如今的尚小月比起这位确实还逊色了些。

她忍不住朝着尚小月的父亲尚程远所坐的位子看了一眼。

可是尚程远亲自来了，比赛优胜的席位最终要花落谁家，倒是有些不好办。

尚程远身边的一位教师侧身和他说话："这孩子也还不错，不过比起令千金还是差了不少。哈哈，咱们家的孩子，怎么也不会输给这样的人。"

尚程远意味不明地看他一眼，目光里看不出喜怒。

"她姑且不提，让我比较在意的是凌冬。"

"凌冬？"那人有些吃惊，"凌冬不是休学了吗？一整年都没有看见他，怎么会突然跑来给一个名不见经传的人伴奏？拉赛金奖得主也未免太不顾身份了点儿。"

尚程远说："凌冬这个孩子，曾经让我有些担心。他的音乐一度听起来死气沉沉，仿佛他是即将燃烧殆尽之人。今天这一场倒是令我对他重新有了期待。"

"哦，哦，是这样的吗？"听不明白他话中含义的教师只得顺着他的话回应了几声。

舞台上，钢琴声仿佛被风雪冻住，小提琴声破开冰霜，越拔越高。

尖锐的琴声堆积到顶点之时，一切骤然破灭，夺命的严寒铺天盖地，巨大的悲凉感汹涌而至。

绝望之中，却依旧有一点儿不甘放弃的火苗带着哭腔，在暴

风雪中摸爬滚打，跌跌撞撞，一次又一次地复燃。

“绝了，这改得太牛了，我鸡皮疙瘩都起来了。”

“好快，连顿弓、双泛音，魔鬼在拉琴。”

现场的小提琴演奏者看的是演奏的门道。

但所有陪同小提琴演奏者前来的钢琴系伴奏的学生在听到这一段的时候，几乎齐齐地在心里骂了一句脏话。

这也太任性妄为了，要是此刻在台上伴奏的是我，只怕跑马也追不上，得亏是凌冬在给她伴奏啊。

话又说回来了，凌冬是临时上台救场，对着这样被大改过的曲子，凭什么能配合得如此默契，演绎得完美无缺？

天才就是天才，简直是神一般的境界。

晏鹏看着舞台上成双的演奏者，脸色铁青。

他咬着牙，转头看身边的尚小月。尚小月和他一样，一脸惨白地死死盯着舞台上的人。

“不后悔吗？从今以后，她的光芒或许盖也盖不住了。”晏鹏声音冰冷，居高临下地看着身边的尚小月，想要看看这个女孩儿会做出什么样的反应。

月亮，你要知道，有时候命运就是如此不公平。谁又想到哪怕苦心经营，事情还能这样弄巧成拙？她没有钢伴，反而让凌冬主动给她做配，使她有机会如此完美地释放了自己的光。

“我觉得有点儿害怕。”尚小月用左手紧紧地掐住自己的右手手腕，纤细的身躯微微颤抖，“既害怕，又兴奋得不行。”

“哪怕输给了她，我也心服口服。”倔强的女孩儿噙着泪，死死地咬住嘴唇，“你不明白，我很庆幸能够看到她的这场演奏。如果她今天没能登台演出，那么这场比赛对我而言才是毫无意义的。”

舞台之上，一曲终结，余音久久不散。

生长于夏日的野草在真正的舞台上展露了她的灼灼光辉。

全场第一个站起来鼓掌的人竟然是坐在前排的尚程远。

尚小月看着父亲表明态度的背影，眼泪哗啦一下就顺着脸颊落了下来。

她一边哭着，一边却跟着站起身来鼓掌，哭得很大声，鼓掌鼓得也很用力。

雷鸣般的掌声经久不散，连前排那位心中极度不满的严老教授，也黑着脸，最终没有再说话。

半夏站在舞台中央，心脏怦怦直跳。有那么一瞬间，她只觉得浑身微微战栗，听不见周围的任何声音。

她喘着气，转头看向自己的钢伴。

那是一位年轻而陌生的天才，他们彼此素不相识，却在刚刚的演奏中，用自己音乐的触手触碰到了对方深藏的内心。

这种感觉妙不可言。

半夏几乎可以清晰地感受到，眼前的这个人此刻和自己一样情绪高涨，脑海中惊雷未息，心湖上波澜壮阔。

那人坐在钢琴前，低头愣愣地看着自己弹琴的手。灯光下的他肌肤苍白，眸色乌黑，像是一个冰雪堆砌之人。

“你……”半夏向他伸出自己的手。

那人闻声骤然抬头。

他的额头上挂着细细的汗珠，他的双唇血色浅淡，他看着半夏的那双眼眸在舞台的灯光下似乎有暗流涌动，仿佛蕴藏着即将喷薄而出的火焰，又像藏着顷刻便要凝结的寒冰。

他在这样冰火交融的神色里矛盾地挣扎了片刻，突然露出了一丝痛苦的神色。

“凌冬学长？”半夏奇怪地询问。

凌冬推开了她的手，一下子站起身，一言不发，脚步匆匆，飞快地向后台跑去。

半夏想喊住凌冬，但那位王子显然没有打算给她这个机会，白色衣角在后台晃了一下，迅速地融入了黑暗中。

而半夏还得在这里等待着比赛的结果。

她慢慢地走回观众席的时候，习惯性地伸手轻轻地拍了拍大衣的口袋，寻找那位一直陪伴在自己身边的朋友，却发现口袋里的小莲不知道什么时候不见了。

半夏迅速地将手伸进口袋里捞了一圈，再把衣服的几个口袋都翻了一遍。

就在这时她的身边突然变得热闹起来，很多人围到她的身边。同学、教授、朋友……那些人热情洋溢，拍着她的肩膀说着祝贺和叮嘱的话。

原来是选拔赛的结果出来了，她获得了胜利，将代表学校出战学院杯。

半夏感觉自己分成了两半，一半保持着笑容不断地回复着老师、同学的恭喜，另一半集中精神把视线投在那些来来往往的双腿下搜索。

那么多的鞋子在眼前走来走去。

只要有一个人不慎啪叽一下踩到小莲那小小的身躯上……半夏简直不敢再往下想。

这可不是在家里啊。小莲，你到底跑到哪里去了？

匆匆赶往舞台剧更衣室的凌冬一路不停地被认识或者不认识的人拦下。

“凌学长？好久不见。”

“学长，听说你去了国外，怎么今天突然来了学校？”

“凌冬，你不是休学了吗？最近都在哪里？”

“学长是不是不舒服？看起来气色不太好。”

凌冬顾不上回答，伸手推开这些人，带着点儿踉跄冲进了更衣室里，一把关上了门。

“什么啊，也太傲气了吧，都不搭理人的。”

“他向来如此，冷冰冰的，不好相处。”

被关在门外的那些人不太高兴地说道。

不久之后，有社团成员搬物料进入那间更衣室里。

在空无一人的更衣室内，社团成员看见地面上散着一整套衣物。白色衬衣的纽扣扣得整整齐齐，衬衣垮落在堆成一团的黑色长裤上。

“是谁这样乱丢东西？”来人心疼地捡起衣物，拍了拍，挂回衣架上，没有留意到更衣室的窗户开着小半，有一条黑色的尾巴在那缝隙中闪了一下，消失了。

小莲迈着短小的四肢，在音乐厅外的走道上一路奔跑。

情绪过度波动了，他感到皮肤在发烫，肌肉忽紧忽松，属于怪物的血液在体内兴奋地横冲直撞，有一种控制不住的狂躁想要破开他的意志，透体而出。

没事的，冷静下来。

他在栏柱的阴影里停下，慢慢地调整了一会儿自己的气息。

对，就这样，一切都可以控制。

现在他只需要尽快回到她的身边就好。

音乐厅的大门被打开，无数双腿从里面走出来。那些巨大的鞋子重重地踏出回响。可怕的高跟鞋、硬底的皮鞋、巨大的运动鞋……它们从天而降，卷起尘土，在小莲的面前踩过。

小莲从来没有想过，熟悉的校园对自己来说竟比那野外陌生的树林还要危险。

他将自己那小小的黑色身躯尽量隐蔽在阴影里，避开所有的人，小心翼翼地向着音乐厅的大门跑去。

一只巨大的人类手掌从天而降，小莲感到身后的尾巴一紧，顿时天旋地转，整个身体被谁提到了半空中。

“哈哈，看我抓到了什么？”说话的人是一个男生，提起被他抓住的黑色守宫，把那挣扎着的黑色身躯展示给自己的朋友们看，“快看，居然在学校里发现了一只四脚蛇。”

摄像头的闪光灯亮了一下，有人拍了照片。

“让我查查看，这好像不是四脚蛇，是叫作什么守宫，纯黑的在网上售卖的价格还挺高。”

被倒提在空中的守宫疯狂地挣扎一会儿，突然好像放弃了似的，不再反抗。

“看起来还挺乖的嘛。”

“听说守宫的尾巴和壁虎一样，断了还能重生。”

“要不要把它的尾巴切下来看看它还能不能活？哈哈。”

男生们围着他，嘻嘻哈哈，毫无压力地说着残忍的话。

“哎呀！它咬我！”抓着守宫的男生突然发出一声尖叫，手一松，黑色的守宫掉到了地上。

小莲摔在地上打了个滚，迅速地翻起身来，向前方蹿去。

他拼尽全力，飞快地从那些人类的大脚之间穿过，引发了一路的惊呼和叫喊。

“哎呀，什么东西？”

“是蜥蜴吗？好可怕，吓死我了。”

小莲身后紧跟着四五个男生大喊大叫的追赶声。

“快，抓住它，别让它跑了。”

“竟敢咬我，我今天必须抓到它，把它切成片烤成蜥蜴干。”

最终他在这样大呼小叫的声音里，从一个排水沟的盖板缝隙里挤了进去，钻进了满是淤泥和树叶的水沟里。

有树枝从入口处追进来，几次抽打到了他的身上。他踩着那些腐臭的淤泥，在昏暗潮湿的水沟里拼命地朝前跑。

他不知道跑了多久，才渐渐地听不见那些不甘的叫骂声了。

脏兮兮的小莲深一脚浅一脚地在污水横流的管道里爬行，身边的淤泥里时而钻出一两只和他一样的怪物，打量了他一会儿后，从他的身边咻的一下蹿过去。

他不知道爬行了多久，黑暗的管道里出现了一点点暗淡的光，那是一个新的出口。筋疲力尽的小莲努力地从那个出口挤了出去，让自己瘫在一片枯叶下。

他觉得自己的状态很糟糕，光明和黑暗交错着在眼前晃动，脑子里有无数怪异的声音在尖叫，血管突突地跳动着，关节在咔嚓咔嚓地乱响，灵魂仿佛要被从身体里挤出来。

这让他想起了刚刚变成怪物，还不能很好地控制住自己的身体的那段时间。

夜色降临，突如其来的错乱感在骨血里滋生。不人不鬼的怪物趴在床边上，时而变成人类，时而变成漆黑的怪物，忍耐着失

去控制的痛苦。

屋子的门突然被推开，惨白的灯光照进漆黑的房间里，婶婶的惊声尖叫和阿姨连滚带爬的动静响彻别墅。

怪物拼命地扯来床单和被褥，遮住自己的身体，遮住那条丑陋的尾巴和鳞片，想把自己躲进所有人都看不见的地方。

但那些尖叫声依旧长久地持续着。

“怪物！”

“那是魔鬼！”

“天哪，我受不了了，再也不想进那间鬼屋子。”

那一夜刺耳的吵闹声在屋外响了很久很久。

没有人知道，那只床下的怪物是怎么度过那个夜晚的。

这个世界上，不会有人能够接受这样恶心又恐怖的怪物。

音乐厅内的人渐渐地稀少。半夏弯着腰，在一排排椅子下仔细地寻找。

“算了吧，半夏。”潘雪梅犹豫了一会儿，没有把心里那句“不过是一只蜥蜴而已”说出口。

潘雪梅很少在半夏的脸上看见这样的神色。哪怕是在最艰难、快要吃不上饭也缴不起学费的那段时间里，她也依旧是那个淡然的半夏，不曾在潘雪梅面前露出这样茫然的神色。

直到有人来关门，她们才被从音乐厅里赶了出来。

半夏背着小提琴在那严严闭合的隔音大门外愣了一会儿，突然从书包的口袋里翻出了好些粒包着金色锡箔纸的巧克力球。她把那些巧克力一股脑儿地塞进潘雪梅的手里，只给自己留下了一粒。

“雪梅，你先回去吧，我再找一圈也就走了。”

“哎？”潘雪梅想把那些巧克力还她，半夏的经济条件不好，她平时很少买这些昂贵的零食。

“你吃吧，我还会有的，还会有很多。”半夏又推了回去，重新笑了起来。

看见半夏笑了，潘雪梅就放心了，从背包里拿出随身带着的雨伞，交给半夏：“那你也早点儿回去啊，天色不太好，看起来好像要下雨了。校门也快要关了。”

宿舍熄灯之后，热闹的校园顷刻就寂静了起来。

半夏避过了几拨巡逻的保安，在小音乐厅的附近找了一圈又一圈，最终在校园角落里的竹林边坐下。

今天晚上没有月亮，夜空里的云朵黑沉沉的，似乎要下雨。

竹叶在风里发出窸窸窣窣的响声。

学校离家很远，小莲如果在这里走丢了，以他那四条小短腿，是无论如何也爬不回去的。

她低头把手心里仅余的巧克力球剥开，含进了嘴里，甜里透着苦涩的味道在舌尖上蔓延开来。她吃完以后，感觉好像更饿了。

今天晚上她取得了选拔赛的胜利，将要代表学校出征全国学院杯。

教授和同学们看见了她多年的努力，认可了她的实力。这是一件很值得高兴的事，她应该要到处说一说才对。

她从口袋里取出手机，点开屏幕，手指在屏幕上滑动，那一个个名字和头像在指尖上滑过去。

她发现自己没有可以报喜的人。

奶奶在这个时候已经睡了，何况她也不喜欢音乐。

舅舅一家……就算了。

她唯一可以抱着转圈的小莲走失了。

手机的屏幕上有一滴水，半夏愣了愣，伸手摸了一下自己的脸，发现自己并没有哭，那是从天空中掉下来的一滴雨点。

是的，从小时候起，她就很少哭。哭泣不能给她解决任何问题。

妈妈带着她住在娘家，她又只是一个女孩子，从小时候起，身边的闲言碎语就少不了。

小胖拿着从家里翻出来的中药书："半夏是一种中药，生而有毒。你又没有爸爸，你妈肯定也很讨厌你，才给你取了这个名字。"

半夏一言不发，捡起一团泥巴呼的一下甩过去，把小胖连人带书一道打翻。

表弟半糊糊说着不知道从哪里学来的话："奶奶家的东西都是我爸的，我爸的东西就是我的。奶奶贴钱给你学音乐，就等于是偷……偷了我的钱。"

半夏骑到他身上就是一顿狠揍。

舅妈牵着哭得稀里哗啦的半糊糊来找她妈理论，半夏被罚在院子里站了半天。

但凡被罚一次，她必定要堵住半糊糊一次，把他按在泥潭里再揍上一顿。

久而久之，没人敢在她面前说三道四。

她把自己活成了一株在夏日里肆意生长的野草，强韧而孤独，自生自灭。

舞台上妈妈的话仿佛又在响起："妈妈不在了，以后就剩下小夏你一个人。”

半夏发现自己其实不想一个人。

有时候，她很渴望这个世界上有一个需要她的人，哪怕那个人是从窗外爬进来的蜥蜴先生。

雨渐渐地下大了，雨一滴一滴地打在她的身上。

半夏撑起雨伞，站起身来。

她的耳边传来了一个极为细微的呻吟声。

那声音听起来痛苦而压抑，喑哑又诡异。

但半夏的眼睛瞬间就亮了，那是小莲独特的嗓音，她不会听错的。

半夏分开稀疏的竹枝，向竹林内走去，竹叶打着转落在她脚边。

纵横交错的竹林里似乎躺着一个人。白花花的身影被零落的竹叶覆盖着，一截儿染着淤泥的脚踝露在外面，苍白的肌肤上依稀覆盖着未蜕尽的黑色鳞片。

“小莲？”半夏试探着问了一句。

竹林中的那个人立刻慌乱地伸手遮住了自己的脸。

“别过来。”那个人几乎是用一种极尽痛苦的声音颤抖着说道，“别看，不要看我。”

第十章 隐秘的情绪

虽然他们也在一起相处了好多天，但其实这是半夏第一次真正意义上看见小莲人形的模样。

如果不是每天出现在桌面上的美食过于精致，半夏甚至会怀疑那天夜里模模糊糊看见的脊背不过是自己一个荒唐的梦境。

半夏快步向前走了几步，在担忧中又察觉到一丝隐秘的兴奋。她终于可以见到小莲了吗？这位每天让她吃上热乎乎的盒饭，每天在桌子上堆满各种美味小零食的蜥蜴先生，到底长什么模样？

冬季的竹林里落满了干枯的竹叶，鞋底踩上去便会发出清脆的响声。

咔嚓，咔嚓。

半夏不过刚刚向前走了两步，竹林里的那个身影便彻底地不动了。

他没有颤抖，也不再说话，维持着双手遮住头脸的动作，苍白的身体半埋在枯叶中，一动不动。

他仿佛一只死在冬季里的野兽。

半夏的耳朵很敏锐，可以听见寂静的竹林里清晰地响着雨打枯叶声和那个男人变得迟缓而沉重的呼吸声。

在这一刻她突然想起幼年时期的一段画面。

那是在一个大雪封山的季节里，年幼的半夏在村口的山路上看见了一只濒死的雄鹿。那只美丽的雄鹿不知道经历了什么，胸膛被咬开，流了一地的血，它倒在白雪皑皑的村口，奄奄一息。

当时它用那双湿漉漉的眼睛看着半夏，也是发出这样迟缓而

沉重的呼吸声。

小莲这是在害怕?

或许换作任何一个人，都不会愿意这样骤然剖开自己，把最脆弱和难堪的一面暴露在一个不太熟悉的人的视野中。

理解了他不愿和恐慌的心情后，半夏带着一点儿怜悯之情，脱下自己的外衣，把袖口挂在两根细竹枝上，长款的外套支起了一个小小的帷幕，在他身前拉起一面遮蔽视线的屏风，遮住了枯叶间不着片缕的身躯。

半夏在那面衣服做的屏风前蹲下身，撑起伞。

“没事，我不偷看。等你彻底变好了，我们再一起回家。”

两个人之间隔着衣服，用一把伞遮谁都遮不好。

但半夏很耐心地蹲在雨中，护着自己怀中的琴盒，将大半的雨伞倾向了衣服的那一边。

她遵守承诺，不去偷看他的面孔和身躯，只好将视线落在一双伸出枯叶外的赤足上。

那双脚的肌肤在黑色淤泥的衬托下显得过分苍白，薄薄地覆盖在男性的骨骼上，她可以清晰地看见上面淡青色的血管。

他像是一个许久不见日光且营养不良之人，过分消瘦，让半夏再一次想起那只死在雪地里的雄鹿。

雨滴沿着脚面流下，冲掉淤泥，显露出一片白色的皮肤。黑得发亮的鳞片在苍白的肌肤上骤然浮现，顺着消瘦的脚踝一路向上蔓延。

屏风后响起了一道低沉的喉音，被雨水淋湿的脚趾瞬间绷紧了。

暗夜里的竹林、滴滴答答个不停的雨水，一切显得那样诡异，又有一种说不清道不明的美艳感。

有那么一瞬间，半夏突然觉得喉咙发干，把视线从那湿漉漉的脚背上移开了。

一条黑色的大尾巴掀开了外套的一角，从竹叶间钻了出来，就停留在半夏的脚边。

半夏不敢看那人形的双腿，却不知为什么，鬼使神差地伸手在这条冷冰的黑色尾巴上摸了一下。

雨哗啦一声下大了。

那一边的人似乎咬紧了牙，只传过来一两道极为低沉而压抑的喉音。

幕天席地，大雨滂沱，一把小小的伞像这黑色的世界里唯一的庇护所。

半夏默默地撑着伞蹲在大雨中。

湿答答的青竹丛外，一会儿露出挣扎在雨水中的苍白双脚，一会儿又是甩在泥泞中的黑色尾巴，几经反复，这奇怪的景象才慢慢地消失，压抑而痛苦的低哑喉音渐渐地平复。

雨慢慢地停了，滴滴答答的水滴从竹叶尖上掉下。

一只正常体形的小守宫从被淋湿了的外套下钻过来，抬头看着雨中撑着伞的半夏。

半夏蹲着，朝他伸出手："小莲，来。"

校门早已经关了，半夏是翻墙出去的。

她的衣服被淋得半湿，冷透了，她不好骑车，只好沿着路慢慢地往回走。

雨停之后，天空中的乌云散开，月亮像被水洗过一般清亮。

夜风很冷，吹在湿漉漉的衣服上，更让人冷得直哆嗦。

“小莲，你冷不冷？”半夏问口袋里的小莲。

“嗯，有一点儿。”

“小莲，你变形的时候会疼吗？”

“嗯，有点儿疼。”

从前小莲不太爱说话，半夏自言自语个十句八句，他才会轻轻地嗯上那么一两声。

今天不知道是不是因为一起淋了一场雨，小莲对她亲近了很多，有问必答。

半夏觉得身上很冷，心里却热烘烘的，高兴得很，觉得这一场雨淋得真值。

地面的积水映着夜晚的影子，天空中的明月伴着她的脚步同行。长长的街道上没有旁人，两侧树木的枝叶上残留的雨滴落下，滴滴答答地敲打在人的心上。

这样寒冷安静的夜晚让孤独的人更渴望亲近。

“我从小就没有见过我父亲。”半夏口里说着话，脚下的步子很轻快。她一下一下轻盈地跳过那些坑坑洼洼的积水。

“我是妈妈带着在奶奶家长大的。到了我初二那一年，妈妈也走了，从那以后我就住在学校里，一个人生活。”

深夜昏黄的路灯灯光照着道路，纤瘦的女孩儿在无人的街道上蹦跳，和藏在自己口袋里的精灵说着自己的故事，像夜游在童话世界中的孩子般。

“我那时候啊，一边打工攒学费，一边上学，有很长一段时间都没有吃过早餐，不舍得吃，忘记了吃，没人提醒我要吃。我刚读大一的那一年，缴完学费后就彻底没钱了。有一天我饿晕在房间里，还是英姐上来收房租时把我拉起来，给我灌了一碗她家的八宝粥，我才侥幸捡回一条命。从那以后，我的胃就不太好。”

半夏说着，慢慢地在一杆路灯下停下脚步，低头看脚边水洼里自己的身影，伸手摸了摸藏着小莲的口袋。

小莲扒着口袋的边缘，露出一双黑黑的眼睛，一眨不眨地昂头看着她。

“我觉得可能是某位神灵觉得我有点儿可怜，才在一个特别寒冷的夜晚，让一位神奇的蜥蜴先生从我的窗外爬进来。”

路灯旁边的半夏看着水洼中的灯影笑起来。

“他每天悄悄地给我煮早餐，把屋子里打扫得干干净净的，还会认认真真地听我拉琴。有他待在我家里，我真的很高兴，很想谢谢他。”

她移过视线和藏在口袋里的小莲的视线对上了，冲他眨眨眼。

藏在阴暗中的黑沉沉的双眸仿佛也在灯光下亮起了一点点细碎的光辉。

“我之前就一直想说的，只是没好意思说出口。”

半夏摸摸自己的鼻子，感觉鼻梁微微有些出汗。她发现哪怕是她在说这样的话的时候，也不免觉得有些尴尬。

“那什么……我想说，如果你没有可以去的地方，就别再到处跑了，以后一直住在我家里吧。”

“你都看到了，”她的口袋里，低沉的声音从幽暗处响起，“不觉得害怕吗？”

半夏想要回答点儿什么。

这时恰巧一阵夜风吹皱了水中的灯影，冷得她打了个寒战。

她全身都是半湿的，口袋里自然也冷冰冰的。

她想了想，索性把口袋里的小莲托了出来，拢在自己的袖子里，用实际行动回答了小莲的这个问题。

袖子里的空间不大，小莲冰冰凉凉的小爪子触碰到了半夏手臂柔软的肌肤，小莲一阵慌乱，不得不在晃动中局促地抱紧了半夏那温暖的手腕。

半夏的体温通过柔软的肌肤传递过来，把冷血动物冰冷的身体给焐热了。

他藏身在狭窄而温暖的袖口里，可以清晰地听见从贴着自己的肌肤传来的脉搏跳动声，那声音奇妙地令人感到安心。

小小的黑色脑袋从袖口里钻出来一点儿，看着半夏。

半夏收了收袖子，焐暖了彼此，迈开脚步向家的方向走去。

深夜长长的街道上，明明是独行的身影，却响起了两个人交谈的声音。

回到家里的半夏先迅速地给自己洗了一个热水澡，再找来一个长柄小锅，装一点儿温水，把小莲放进去洗洗刷刷。

小莲伸出前爪扒着锅的边缘，十分窘迫地任凭半夏用一把软毛的牙刷轻轻地刷掉他的小爪子的缝隙里的那些淤泥。

“感觉好像在用铁锅炖蜥蜴。”半夏哈哈笑起来，拿着牙刷恶趣味地左挠挠右挠挠，“我像不像童话故事里那种炼制毒药的邪恶女巫？”

拖在水中的那尾巴尖弹了起来，甩着水花抖了一抖，低沉的声音无可奈何地响起：“你不要那么过分。”

半夏嘻嘻哈哈的玩闹声充塞着整个洗澡的过程。

“你什么时候才可以变成人类？”

“每到天黑以后。”

“变身是可以自己控制的吗？”

“只在……情绪比较稳定时。”

“以后小莲不用特意出去找食物，挣钱的事就交给我吧。毕竟我只会吃饭嘛，嘿嘿。”

小莲没有说话。

“小莲想要买什么和我说就好，不想做饭的时候待在家里玩也可以。”

“嗯。”

半夏把洗干净的小守宫从锅里捞出来，包在一条毛巾里举在半空中。

“我们小莲有什么喜欢吃的东西呢？”

“并……没有什么特别喜欢的。”

“我们小莲喜欢什么牌子的衣服？”

小莲努力地挣扎着从毛巾里探出脑袋：“没……没有。”

“小莲有没有害怕什么呢？”

“没有，并没有。”

夜晚的窗外，传来几声野猫的叫唤声。

小莲一下子从毛巾里蹿出来，沿着半夏的手臂蹿到肩头上，绷紧脊背，双瞳变成两条竖线。

“哎呀，原来我们小莲怕猫啊。”

半夏把洗干净的小莲放进开了加热垫的饲养盒里，又把盒子放在她趴在床尾上伸手就可以摸到的地方，打着哈欠，有一搭没一搭地和窝里的小莲说话。

“你有没有听我今天的演奏？演出很成功呢，这还多亏了隔壁凌冬学长的帮忙。改天遇到了，要好好地和他道谢。”

“嗯，我听见了。”

“我演奏完发现你不见了，都快急死了，在音乐厅里找了一个晚上，生怕你被人踩到了。”

“我……抱歉……”

夜色渐浓，屋子里的灯光熄灭了。

趴在床上的半夏已经困得眼皮几乎要被粘住了，打着哈欠含含糊糊地问出最后一个问题：“对了……你每一次变成人的时间……能有多久啊？”

“最开始尚保持得比较久，”漆黑一片的屋子内，角落里的守宫平静地凝视着她，“后来……便越来越短，到了现在，哪怕状态稳定，最多也只能维持一个小时。”

半夏闭着眼睛从床上伸出手，轻轻地摸了摸他的小脑袋，垂下手，陷入了沉睡中。

黑暗的屋子里安静下来，只听见细缓平和的呼吸声。

月光静静地照在屋内，流云在天空中慢慢地走动。

不知过了多久，窗边出现了一个人形的身影，那人披上了衣物，伸出手将半夏垂于床沿的手臂轻轻地抬起，小心地安置在她的身侧，又轻手轻脚地抖开折叠在床头上的棉被，披在她的身上。

那人在黑暗中站立良久，月光照在他俊美的脸庞上，打出明暗不同的光影。

他抬起手似乎想要触摸一下床上熟睡之人的鬓发，寒玉似的手指停在月色中，微微地动了动，终究蜷了起来，手慢慢地握拳。

睡衣的衣角在玄关闪过，屋门被轻轻地拉上。

一墙之隔的隔壁屋门响起了密码锁被人按动的声响。

半夏醒来的时候，发现小莲在窝里半翻着肚皮，睡得比她还沉。

桌面上摆着两片烤过的吐司、一杯牛奶和一小袋的巧克力饼干。

半夏打了个哈欠，顺手帮小莲把毛巾盖好，感觉自己像是捞着了媳妇的男人，自此可以过上幸福快乐的日子了。

她美滋滋地将饼干装进书包里，叼着吐司，拿着牛奶就想往外走。

走到玄关的时候，她突然想明白了其中的不对劲之处。

吐司松软可口，牛奶香醇浓郁，根本不是她买回来的那种便宜货，哪怕是她手里精致的手工小饼干也一看就不便宜。

这还是因为昨天她和小莲折腾得太晚，伙食算是比较简单了。

半夏疑惑地打开自己屋子里的冰箱门，发现里面不知何时整整齐齐、分门别类地塞满了各种食物。

琳琅满目的各色食材几乎闪花了她的眼。

小莲到底是怎么做到的呢？

毕竟依昨夜所见，小莲变为人形之后是不着片缕、身无长物的。

半夏看着窗外飘飘荡荡的衣物，呆呆地想了半天，也想不明白小莲怎么得到的这些食物。

或许小莲会使用魔法。

她想象出一个奇怪的画面：每天夜里，她外出打工，屋子里的小莲便化身为人形，围着粉红色的围裙，精心地处理好各种食材，煮好精美的食物，摆上餐桌。

不知道为何，她的脑海中立刻闪过了昨夜的记忆——那在大雨中被淋湿了的双腿和那躺在竹林中隐隐约约的身躯。

半夏用力地拍了一下自己胡思乱想的脑袋，把口袋里零零碎碎的现金全拿出来，整齐地叠在桌子上，留了一张“随便花”的字条，红着脸叼着自己的早餐上学去了。

清晨的校园里，充满了年轻人无处释放的旺盛精力。

两个女孩子手拉着手，挨着脑袋共享一对耳机。

“我发现了一首非常厉害的曲子，特别好听，推荐给你呀。”

“嗯，叫什么名字？”

“《迷雾森林》，被发布在一个比较小众的平台上。不过昨天被一位音乐大V（拥有众多粉丝的用户）转发了，流量开始冲上来了。”

“我来听听看。呀……真的是好特别的嗓子。音乐人叫什么名字？”

“这首曲子的唱作、编曲、配乐全是一个人。名字我不记得，让我查查看。”

“好厉害，竟然是自己配乐的。你有没有发现里面的钢琴伴奏太有力了？钢琴系的我甘拜下风。词曲、编曲全是一个人？我真想看看这位音乐人长什么样，是有三头六臂吗？”

“哈哈哈，那你会失望了。他肯定长得不怎么样，一般长得好看的，都不甘于只躲在幕后作曲，早开直播当明星去了。”

两个提着热水壶的男孩儿正在讨论昨天的选拔赛。

“你听说了吗？最后，凌冬居然出场了。”

“是啊，我正好在现场。凌冬的那个实力真太令人震撼了。”他的同伴连连摇头，“之前我还以为自己稍微追上了他一点儿，昨天一听现场，被打击得那叫一个遍体鳞伤啊。”

“那些小提琴系的学妹也算是手段尽出，晏鹏、凌冬这些大佬，居然都自降身份给她们做陪衬。”

“妹子就是有优势啊，换了你我，去哪里请这样的大佬来伴奏？”

“啧啧，当女人就是比较爽。”

路过的潘雪梅朝他们翻了一个白眼：“干啥啥不行，眼红第一名，这酸得都快熏死我了。”

她扭过头问半夏昨夜后续的情况。

“嗯，找到小莲了。”半夏把雨伞还给她，顺便将书包里的巧克力饼干拿出来和她一起分享。

“怎么又有零食？还是手工做的？你最近有什么奇遇吗？”

“我都说了，还会有的嘛。”半夏往嘴里塞了一块巧克力饼干，感觉从喉咙到心头都是甜丝丝的。

“少来，”潘雪梅推她一把，“你是不是又想说你能有这么多好吃的，都是因为养了一只蜥蜴先生？”

半夏嘿嘿只是笑。

“下一次，不要再把它突然拿出来吓我了。”

“别这样，小莲真的很可爱的。”

“好吧，算了，算了，昨天看多了以后，好像是有一点儿习惯了。”

“你知道吗？”潘雪梅说道，“班长昨天晚上回宿舍后就发烧了。医生说，是这段时间太疲惫导致的。她爸妈已经把她接回家里休息去了。”

半夏轻轻地嗯了一声，低着头若有所思。

“其实小月她从大一起就铆足了劲以你为目标。昨天晚上的她真的也很耀眼呢。”潘雪梅打量着自己朋友的神色，看她并没有不高兴的样子，于是小心地咕叽了一句，“小月有点儿可惜了。”

半夏点点头不说话，只是踢了踢脚边的石头。

“对了，你老实交代！”潘雪梅突然想起一件要紧的事，“为什么昨天晚上凌冬学长会突然出现，还特意给你一个人伴奏？”

身为凌冬粉丝的她掐着半夏的肩膀使劲地摇晃：“快说，你是不是和他认识？你知道昨天晚上学校的论坛里，凌冬伴奏的视频都快‘霸版’了吗？”

“没有，我真的不算认识他。”半夏被摇晃得受不了，连连举起手保证，“我只见过他一次，连两句话都没说到。”

半夏掰着指头数字数：“当时我跟他打招呼，问他是不是凌冬学长。他就只回答了我两个字——你好。”

潘雪梅问：“然后呢？”

“没有然后了。”半夏摊摊手，“一共说了两个字，转身就走，非常冷淡。”

“呃，”潘雪梅也被噎了一下，“或许天才都是这样的，比较有个性一点儿。”

“确实是啊，虽然他表面上冷冰冰的，琴声却炙热得很，我要收回曾经对他的评价。”半夏惋惜地说道，“昨天晚上，我真的很想和他道个谢，可惜他走得太快，我一句话都没来得及说。”

此刻的半夏，没有想到和学长好好道谢的机会来得这么快。

当天晚上，一个在琴行里上课的学生有事请了假，早早回家的半夏连蹦带跳地跑着上楼，就在楼梯口撞上了那位名字冷冰冰的学长。

这么冷的季节，他仿佛不食人间烟火一般，依旧只穿着一身单薄的衣物，柔软的羊绒外套搭在肩头上，他的手里提着一个小小的塑料袋。

听见了楼道里的动静，他转过那白得像雪一般的面容来，看见了半夏，微微地愣了一愣，不动声色地将自己手里的袋子换了一个方向挡在身后——那是外送人员刚刚送到楼下的一包食材。

凌冬将视线从半夏的脸上扫过，垂下睫毛，一言不发，伸手握住了自己屋门的门把手，转身准备进屋。

“等一下，凌冬学长。”半夏三两步跑上楼梯，撑着腿直喘气，“我没有想要打扰你的意思，就想好好地和你道个谢。”

凌冬握着门把手的手顿住了，他微微转头，没有说话，也并没有直接关门进屋。

“是这样的，昨天的比赛多亏学长出手相助，我心里很感谢学长。”半夏站在楼道里的窗户旁，直起身笑着说，“但真正让我高兴的是那一场演奏本身。”

“我是第一次在舞台上体会到那样的高峰时刻。我想学长你或许会明白我的意思。”她伸手在半空中比画了一下，“那种完美的音乐体验真的让人发自内心地感到幸福和快乐。我想要和学长道谢，谢谢你和我一起完成了那样让我感动的演奏，谢谢你让我得到那样的快乐。”

晚风从她身后吹来，撩起了她鬓边细碎的头发，那闪闪发光的笑容好像也一并随风扬了起来。

站在门旁的凌冬看着她，平静的双眸中看不出悲喜。白皙的手指始终握着门把手，他迟迟没有做出一点儿反应。

时间久到半夏甚至以为他走神了的时候，他才伸手推开门，

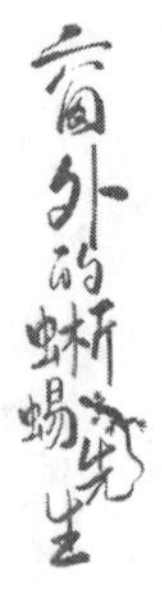

冰雪般清冷的声音在门旁响起：“如果你真的想和我道谢，能不能帮我一个忙？”

半夏跟着凌冬进入屋子里，注意到凌冬伸手推开门，把门扇碰在了墙壁的门吸上，在请自己进屋的同时，让房间的屋门保持着敞开的状态。

这是一位虽然不太爱说话，却很注重礼节的人，半夏在心里对他的评价更好了一些。

凌冬的屋子比她那拥挤的小窝看起来大很多，装饰简约，家电齐全，墙壁上和屋顶上还贴了吸音海绵。

屋里的床上用品被折叠得整整齐齐的，生活用品全是单调而统一的冷色调。

唯一让人觉得比较不解的是那些靠着窗口摆放着的音乐设备。

那些小巧的 MIDI 键盘、笔记本电脑，以及监听音箱、耳机、电容麦克风全都被摆放在一个异常低矮的位置上。

除非是趴坐在地面上操作，否则在这些设备上编写音乐肯定是十分辛苦的。

天才果然都有许多怪癖啊！

半夏悄悄地打量了站在屋子中央身着白衣、冷若冰霜的学长一眼，想不通他日常是以什么样的姿势摆弄这些电子设备的。

整个屋子里唯一比较正常摆放的乐器算是那台靠墙的电子钢琴。

琴看起来有一点儿陈旧。半夏想起那天晚上，自己和他，两个素不相识的人，隔着这面墙壁合奏的那首《流浪者之歌》，心里便微微地热了起来。

音乐有时候像是人类的另一种语言。

哪怕不曾见面，哪怕不曾开口，两个陌生的人也可以用这种奇妙的语言彼此交流。

“原来学长还喜欢编曲。”半夏伸手摸到电子钢琴的白键，随手按了两个和弦，“学这些会不会影响练琴？”

凌冬正在加高一个电容麦克风，闻声停住了手里的动作。

“你也……这样觉得吗？”他背对着半夏，没有转过身来，仿佛在低声自言自语，微长的黑发披在肩头上，“我练了这么多年的琴，如今却想不务正业，很荒唐可笑吧？”

“那倒是没有，编曲不也是音乐的一种表达方式吗？”半夏笑了起来，“我只是看见学长这样，突然想起了自己童年时的一个好朋友。他也很喜欢作曲，并且非常有天赋。那时候，他总是背着父母和老师，悄悄地把自己作的曲子弹给我听。”

半夏随手在琴键上弹出了一个简单的小调，回想起在那明亮的窗前度过的日子。

那时候，身边的小伙伴弹着稚气却动人的曲子，年幼的她用十分拙劣的琴技，快乐地应和着他编写的乐曲。

“那样的夏天真是幸福啊。”半夏悄悄地感慨了一句，没有意识到自己随手弹出的曲调正是前几日在梦中那位小男孩儿涨红着面孔坐在窗前，弹给她听的乐章。

“哎呀，不好意思，我不太会弹钢琴，让学长笑话了。”半夏转过身来，“学长有什么事需要我的帮忙？”

凌冬仿佛没听见半夏那随手弹奏的短短的旋律一般，依旧低着头摆弄电容麦克风的支架。

他的额发遮住了他的眉眼，她不知道他在想些什么。那纯黑的金属支架衬着他手指的肌肤，肌肤血色褪尽一般地苍白。

过了片刻，他才站起身来，把调整到合适高度的话筒摆到半夏身前。

“我作了一首曲子，伴奏里有一段小提琴音轨，想请你帮忙实录一下。”

他伸手去拿谱架，不知怎的手里打了个滑，曲谱噼里啪啦地散了一地，他只好又手忙脚乱地弯腰去捡。

在他弯下腰去的时候，半夏发现他原本洁白的耳郭泛起了明显的粉红色。

半夏突然觉得这位居住在雪山上的高冷的仙人一下子就从云端降到了凡尘里，变成一个和自己一样染着红尘、有血有肉的人。

“学长，你慢慢来，我先回去放一下书包，马上就过来帮忙。”半夏宽慰忙乱的凌冬，转身回了自己的屋子里，想和屋子里的小莲交代一声。

她的屋里没有亮灯，灶台上一圈蓝色的火苗泛着温暖的光，小火上放着一个砂锅，从锅盖里微微逸出水汽，诱人的香味飘得满屋子都是。

半夏揭开盖子看了一下，一锅鲜嫩的鸡肉煨着小鲍鱼，锅里的汤汁还没收住，黄姜、白蒜、红辣椒在秘制的咖喱中来回翻滚，咕嘟咕嘟地冒着泡泡。

半夏忍不住咽了咽口水，满屋里到处翻找一遍，没有发现小莲。

她只好在冰箱上贴了一张字条：“我在隔壁呢，学长找我有些事，我一会儿就回来。锅里这个记得给我留点儿，看起来好像很好吃的样子。”她在署名的位置上画了一个流着口水的表情。

贴完字条，围着灶台吸了几口香味后，半夏才按捺着肚子里叫嚣的馋虫，依依不舍地拿着小提琴去了隔壁。

学长写的歌需要一段小提琴伴奏，会是一首什么样的歌呢？

在大洋的另一边，威廉大师的儿子乔治看见手机里的关注提醒，点开了那个红橘子图标的软件。

他那位越老越活泼的父亲很快在他的椅子上挤坐下来。

“来吧，亲爱的乔治，让我来听一听我们的 Mr. Lian 又有了什么新鲜的曲子。”

“恐怕他这一次会让您失望。”威廉的儿子乔治笑着耸了耸肩，伸手调大了音响的音量，“再有才华的音乐人也很难在短短的时间内不断推陈出新，最多也就是延续一下前期的风格。”

“嘘，请保持安静。”他的父亲竖起肌肤苍老的手指，微微地闭上了周围满是皱纹的眼睛，花白的头发伴随着音乐的节奏微微地摇晃。

“噢，天哪，瞧我听见了什么？”一曲结束之后，他睁开双眼，兴奋地站起身来，“有趣的钢琴表达，你发现了吗？这次多出了一位能和他并肩齐行的小提琴家。”

“Mr. Lian 太让我惊喜了，我感觉他在这首曲子里彻底地打开了自己。我听见金子一般的声音，不是一个，而是两个。要知道在这个世界上，天才总是孤独的，他是个幸运儿。”他兴奋起来，转头问自己的儿子，“对了，乔治，这首曲子叫什么名字？”

“它有一个属于东方的名字，翻译过来，大概叫作《雨中的怪物》。”乔治移动鼠标，点开歌曲信息，顿时笑了，“确实和父亲您说的一样，这首曲子多了一位器乐伴奏者，让我来看看这个人的名字——summer（夏天）？真有趣，为 lotus（莲花）伴奏的人，

正好是 summer。”

RES 的写字楼里，身材魁梧的小萧摘下了耳机，捧住了自己微微发红的脸。

两个在他天天的念叨中几乎被洗了脑的同事走过来，伸手搭着他的肩：“赤莲又发了什么新曲子？”

“《雨中的怪物》。”小萧捂住脸说。

“《雨中的怪物》？看名字应该和《迷雾森林》是一个类型的吧，走那种黑暗诡异风格？”

“不，不，不，你们都想错了，完全不是你们想象的那种风格。我等凡人对他的理解都太肤浅。”小萧伸出手指，来回摇晃，“赤莲，他不是人，是一个迟早会站上神坛的人。”

他霍地站起身：“我觉得我应该再去和柏哥谈一下。”

在他离开之后，柏耀明的办公室里很快传来拍桌子的声音。

“再给你一次机会，你给他开双倍工资。如果他还不愿意来，从今以后，就请你忘掉这个人，把心思放到正经的工作中来！”

随后是“萧妹妹”惯常抱大腿的嘤嘤声：“呜呜呜，柏哥，老大，你听一听这首新曲子啊。这首曲子既欢快又特别，和他从前的风格都不一样。我觉得我们应该把它的版权买下来，定位成下一部专辑的大概念。我的直觉告诉我它肯定能大火的。”

同事们心中发笑，移动他的鼠标点开桌面上那首新发布的单曲。

曲子的基调和它阴暗低迷的标题不同，首先是钢琴轻快愉悦的声响，描绘出了一片欢快的雨滴声。贝斯魅惑厚重的声音铺底，小提琴声在骤然之间强势突现。那美丽的琴声游荡在雨中，如梦似幻，诱人心魄，勾得人心神荡漾。人声骤起时，电脑旁的听众咽了咽口水，彼此交换了一下眼神，面色微微泛红。这首曲子原来是这样的林中之鬼、雨中精怪啊。

榕音的一间女生宿舍内，几个女孩子一起放下了耳机。她们咬着嘴唇，在黑暗中借着手机的灯光，互相看了一眼。

“好‘性感’……赤莲的这首新曲子。”

“和想象中的完全不同，既不是他从前悲愤的风格，也不是那种媚俗的色情，这首曲子‘性感’在了骨子里。”

“特别是那段 chorus（副歌），那个模拟怪物的人声表达得太到位了，惶恐惊惧中却又隐隐地藏着点儿期待。低哑的声音里透着一点儿隐秘的愉悦感，好像被欺负到了极点却又不敢声张的模样，太勾我了。”

“我还以为赤莲只会作悲伤阴暗的曲子。想不到啊，想不到，你居然是这样的莲。”

“嘻嘻嘻，所以说这个名字里的‘赤’字，不是赤子之心的意思，而是别有他意吗？”

“哈哈哈。”

“这个迷人的小妖精成功地勾起了我的兴趣。”其中一个女孩儿从床铺上坐起身来，戴着宝格丽戒指的手指头在手机屏幕上噼里啪啦地开始打字，“我发誓，不论美丑，我一定要看到他的容貌。”

对着手机屏幕精打细算地买东西的凌冬收到了几个后台弹出私信的提醒。

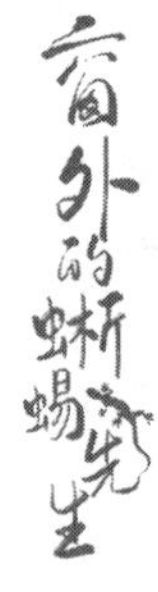

他切换屏幕点开红橘子的后台。

前两条私信都是工作邀请，一条来自海外，另一条来自那位他熟悉的“小萧爱音乐”。

小萧爱音乐：“听了小哥哥的新曲子，我恨不能飞到你身边，和你见上一面。我实在是心向往之，身不能至，深深地为此感到烦恼。我们总监大人说了，哪怕是付出双倍的工资，也希望你能来我们公司工作。我们公司的年薪六位数起步，赤莲小哥哥，你真的不认真考虑一下吗？”这些话后面跟着一大堆花里胡哨的颜文字。

“小萧爱音乐”大概是一位刚刚工作没多久的小姑娘吧。凌冬没再回复“她”，关掉了这两条私信。

第三条私信显得十分嚣张，来自一位名为“霸道总裁就是我”的“橘友”。

“嘿，男人，开一次直播吧。只要你愿意直播，哪怕不露全貌，我也必定承包你的果园。”

“承包果园”是红橘子里的一句行话。

在红橘子软件上，被打赏一个青橘子，音乐创作人可以分到收益一元；一个红橘子，分到收益十元；一个水果篮子，分到收益一百元。

如果在直播的时候，有人点击“承包你的果园”，那么屏幕上将会出现一阵水果雨的特效，音乐人能一次性得到打赏收入三千元。

在红橘子这样的小众网站上，这算是一项比较难得的巨额收入。

凌冬的视线在那位“霸道总裁就是我”的留言上停留了片刻，

他动了动手指，切换到了购买页面。

在他的购物车里，有一条漂亮的黑色礼服裙子售价正是三千多元。

他的手指在两个软件间来回切换了几遍，他微微露出了一点儿屈辱的神色。

从前，他经常在国际舞台上演出，随便一件衣服都是成千上万元，如今为了给那个人买一件便宜的演出礼服，居然还要依靠出卖自己的第一次直播。

黑暗中，俊美的王子捂住脸，叹息了一声，生活真是不容易啊。

尚小月的母亲敲开了尚小月的屋门。

“小月，你的同学来看你。”

母亲的身后钻出半夏笑嘻嘻的脑袋，半夏的手里捧着一束蔫了的向日葵。

等母亲离开之后，尚小月狠狠地瞪了来人一眼。

“你来干什么？看手下败将很得意吗？”

半夏把那束花放在床头柜上，在床旁边的椅子上坐下，笑嘻嘻地道：“我来看看我命中注定的敌人，看她有没有好一点儿啊。”

尚小月白了她一眼，漂亮的眸子转来转去，脸上的表情不知道为什么看起来有些阴晴不定。她一会儿似乎想要笑，一会儿又撇嘴。

最终她还是忍不住，问了半夏一句听起来很傻的话：“你……你也把我视为敌人吗？”

“以前是没留意到你。”半夏坐在椅子上，把一条腿盘上膝头，

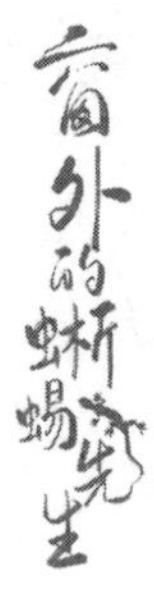

“那天晚上，听到了你的演奏，我突然有了很强烈的危机感。虽然说，你还是比我差点儿，但我感觉只要一个不留心就会被你追上来。所以我从现在开始要加倍努力才行。”

尚小月用力地哼了一声，不说话了，小嘴明明是噘起的，却仿佛挂上了一点儿笑。

她的视线落在了床头的向日葵上：“这么丑，你买来的？”

“哪儿能呢？”半夏笑嘻嘻地说，“我又没什么钱，这是我打工的咖啡厅里插剩的，被我和老板要来了。”

尚小月已经被她的厚脸皮气得没脾气了。尚小月看了看半夏那一身过于朴素的着装，想起曾经听过的关于半夏的某些传言。

于是她微微带着点儿迟疑问道：“你……你真的每天晚上都在打工吗？不只是体验生活什么的？”

“当然，谁没事累死累活地体验生活？”半夏不以为意地说，从背包里翻出几本笔记本，“喏，这几天的笔记。平时都是抄你的，这几天我特意没上课睡觉，认真记了。”

尚小月接过那几本抄写得工工整整的笔记，低着头捏在手指间慢慢地摩挲了一会儿，终于自己和自己和解了。

“学院杯的比赛一共有三场，要准备三首曲目，你想好上报什么曲子了吗？”尚小月抬起头来问。

“嗯，还没有，我要和老郁讨论一下。”半夏突然说道，“但初赛，我想拉你拉的那首曲子。”

“我拉的曲子？《柴小协》？你为什么要拉《柴小协》？”

“因为你拉得很好。”半夏坐直了身子，笑嘻嘻的脸看起来神色慎重了许多，“你拉得那么好，使我不得不正视这首曲子。我不想回避，也想用自己的风格挑战一下。”

尚小月看着半夏，那个她一直以为懒懒散散、漫不经心的劲敌，眼眸其实是这样清亮，眼里有着不愿随便屈服的光，也有着她的身影。

尚小月认真地回望着那双眼眸："用这首曲子参加初赛，你要是输了，我可是要生气的。"

半夏转了半天手指，弹了弹衣服站起身来："听班长的，我全力以赴。"

她走到门口的时候，尚小月突然又喊住了她："半夏。"

半夏扭过头："啥？"

"我说你这身衣服。"尚小月伸手比画了一下，"选拔赛就算了，正式比赛的时候，要准备一身好一点儿的礼服，印象分也是很重要的。"

"可是我没礼服，"半夏耍赖道，"要不小月你的衣服借一件给我？"

"你……你明知道我比你矮那么多。"尚小月气得拿枕头丢她，"去找潘雪梅。"

半夏离开之后，尚小月愣愣地看了一会儿半夏带来的向日葵。她找了个花瓶装了点儿水，把那些花枝插了进去。

蔫蔫的花朵喝饱了水之后，很快又精神了起来，肆意张扬、炙热如火地开在床头柜上。

向日葵不愧是开在夏日的野花，生命力就是强大。尚小月伸手戳了戳那些颜色艳丽的花瓣。

门外又响起了敲门声，父亲尚程远一脸严肃地站在门旁。

"如果身体好了，就到琴房里来一趟。"

尚小月带着一点儿忐忑，跟着父亲的背影进了琴房里。她吸

了一口气站直身体，不知道父亲要和自己说些什么。

他是要批评她比赛的失利，还是要指出她技巧上的不足？

尚程远背对着她，低头拿着一把漆色偏红、被保养得十分精致的古董小提琴。

他握着那把自己收藏多年的名琴，爱怜地摩挲片刻，终于转过身来，郑重其事地把琴递到了尚小月身前。

尚小月难以置信地睁大了眼睛，抬头看面前那如同山岳一般高大的父亲。

“这是——‘女王’？所以……所以您的意思是……？”

“从今天开始，它是你的了。”长年严苛的父亲对着她点了点头，“你的琴声和你的心都已经配得上使用它了。”

父亲伸出手，微微地露出一点儿局促的神色，像尚小月小时候那样轻轻地摸了摸她的头发。

“好好爱惜它，我的月亮。”

第十一章

梦中的裙摆

周五晚上，半夏在育英琴行给学生上课。学生是一个刚刚读小学二年级的女孩儿，小名叫“甜甜”，长得白白胖胖，穿了一件精致的小裙子，很是可爱。

小提琴刚入门的阶段是很枯燥的，初学者需要反反复复拉空弦，正姿势，拉出来的声音像锯木头一样，十分难听。练得久了，小姑娘在上课的时候忍不住眯起了眼睛，脑袋一顿一顿的，有些犯困。

“是不是累了？要不要休息一下？”半夏问她。

“不用，不用。”小姑娘勉强坐直了，顺便打了个哈欠，“一会儿去上奥数课，路上可以在妈妈车上睡半个小时。”

“这么辛苦吗？接着还要去那么远的地方上课？”

“是啊。”甜甜掰着白嫩的小手指数了起来，“今天晚上上小提琴课和奥数课，明天早上上画画课和跳舞课，下午还有小主持人课和英语课。妈妈说周日可以留给我玩，但前提是必须写完学校留的作业。”

半夏眼前的小姑娘打扮精致，被父母精心安排好了生活的一切，也不知道能不能说是幸福。

半夏就问她：“甜甜，你喜欢学小提琴吗？”

小姑娘将眼珠转来转去，支支吾吾地不肯说，显然是不好意思当着自己老师的面说实话。

“那奥数、跳舞、画画……你有喜欢的吗？”

这回甜甜便毫无压力地迅速摇摇头，还冲半夏做了个鬼脸：

“没有一个喜欢，都是我妈逼着我去的。”

“那你喜欢什么东西？”

“我喜欢看小说。”

“啊，是网络小说吗？”

“对啊，小夏老师，你有喜欢的小说吗？我特别喜欢作者‘玉面人’的小说，他新连载的小说太好看啦。”小姑娘说到这个，顿时精神了，偷看了坐在隔音玻璃门外等候的母亲一眼，趴到半夏的耳边说起来，“我觉得这位作者肯定是一位气质温文尔雅、长相斯文俊秀的贵公子，隐居在深山里，不染红尘，才能写出那么‘仙气飘飘’的文字。”

现在的小朋友都这么成熟吗？半夏呃了一声。

很是不巧，这位“玉面人”她居然认识，还就住在她那间廉价出租屋的对面。

“玉面人”在现实中是一位邋里邋遢、昼夜颠倒的大汉，唯一的爱好是在连载结束之后，下楼和英姐一起搓两把麻将。

不忍心打破小姑娘美好的幻想，半夏和她打了个商量：“甜甜，你看啊，如果下一节课你能把这次教的赫利美利音阶练习熟了，我就帮你要一份‘玉面人’的手写签名，怎么样？”

“好耶！”甜甜差点儿从椅子上蹦起来，又急急忙忙地坐好了，“是真的吗？”

半夏伸手轻轻地和她击一下掌。

临下课的时候，脸蛋红扑扑的小姑娘边收拾琴盒边问半夏：“小夏老师，你是从小就这么喜欢拉小提琴，所以才能考上音乐学院的吗？”

“哪儿有，我开始也有过一段时间，和你一样觉得练琴实在是一件很枯燥的事。”半夏伸手刮了一下她的鼻子，“但是熬过这段时间，我拉得越来越好听了，可以在周围的小伙伴面前显摆，还可以……可以和一些志同道合的朋友一起享受音乐，就真心地喜欢上小提琴了。”

“嗯嗯，我想我说不定也有那么一天。”甜甜背上琴盒，用小下巴指了指窗外的楼下，“小夏老师说的朋友就是楼下那位哥哥吗？我看见他在外面转悠了一个晚上了。”

半夏奇怪地顺着她的视线朝窗外看去。琴行上课的教室在二楼，半夏透过窗户正好看见楼下马路边的一棵榕树下，一个年轻的男人在那里来回踱步。

魏志明站在马路边上，搓着手犹豫再三，拿不定主意是该上楼去找半夏，还是直接回去算了。

他觉得自己就像傻了，明明在校门口看见半夏时就想要喊住她，却不知道为什么喊不出口，一路跟到这里，白白地吹了一晚上的风。

这是一位在温室里长大的少爷，不曾体验过一丝来自荒原的风沙，被学长小小地算计了一下，导致失约丢人，就感到万分委屈。

这算得上是他人生中头等尴尬的大事了。

“你在这里干什么？”半夏的声音突然出现在他的身后。

魏志明被吓了一跳，飞快地转过身来，看见自己找了一个晚上的半夏正背着琴盒站在不远处。

“我……我就是想来向你道个歉。”第一次处理这种事的大男孩儿觉得自己委屈极了，别别扭扭地说道，“我那天本来没想要多

喝，都怪晏学长他们几个，他们偏要故意灌我酒。”

树荫下的光线很暗，站在眼前的女孩儿平静地看着他，眼眸映着城市里细碎的灯火。

“你是哪一年出生的？”半夏突然这样问。

“我？”魏志明愣了愣，“我不是和你同年吗？”

半夏叹了口气：“都到了这个年纪了，难道你连‘责任’两个字的意思还不能明白吗？”

“不是的，这不能怪我。”魏志明几乎要跳起来，“都怪学长太过分了，我后来才知道，明明他们第二天也要比赛的！”

“所以你是真的觉得抱歉，还是只想从我这里得到一句安慰你的话？”半夏看着他说，“你不就想让我温温和和地和你说，没关系的，反正我最后也赢了，还大出了风头，所以一点儿也不怪你，千万别放在心上吗？”

魏志明的脑袋低下了：“好吧，是我错了。你骂我一会儿好了。”

“这个时候怪别人没有用。既然报名参加了比赛，就应该自己约束自己。你差点儿让我和你一起错失了登台的机会，最重要的是差点儿让我损失了八千块。”半夏说完话，觉得好笑，拍拍衣服，沿着马路往前走，“行吧，我骂完了，现在不生气了。”

“你这人怎么这样啊？”魏志明追上她，不知道为什么被半夏这样直白地骂了几句后，心里的别扭感反而少了点儿，“哎，半夏，你等等我。”

半夏在前方的夜市口停下脚步：“说好的我请你吃夜宵，包子、豆浆行不行？”

“包……包子？”

从来和女生吃夜宵不是在酒店里就是在咖啡厅里的魏志明实在跟不上半夏这种思路。

“实在不行就加一份烤串，”半夏看着这位少爷，为难地叹了口气，“不能再多了。”

在路边烧烤摊前坐下的魏志明感到有些茫然。他今天上身穿着名牌外套，脚下踩着名牌鞋，却蹲在路边一张摇摇晃晃的小桌子旁，等着吃烟熏火燎的烤串。

“老板，来二十串肉串、两串白果、两串香菇、两串秋葵，还有一份茄子。”半夏点完餐，转过头来问他，“要酒吗？”

魏志明小心地问：“你还能喝酒啊？”

“也不算能喝。”半夏说，“我们家乡的人从小喝的是白酒，不过把你喝到明天晚上都弹不了琴应该没问题。”

“别别别，不要酒了。”

半夏就点了一瓶冰雪碧，给两个人各倒了一杯。

“原来路边摊还挺好吃的。”魏志明被新鲜出炉的羊肉串烫得直龇牙，“半夏，你平时很喜欢吃这些吗？”

“没有的，平时我舍不得吃这些，今天是特意感谢你。”吝啬的半夏丝毫没有身为穷人的窘迫，举杯和魏志明碰了一下，“谢谢你陪我练习了那么多天，最终没能一起合奏，有点儿遗憾。”

魏志明真被她整难过了：“知道了，我保证不会再干这样的事了。”

吃完夜宵回去的时候，魏志明执意要送半夏回家。

“我为什么要你送？”半夏不解地看着他。

“你是女孩子啊，”魏志明吃惊了，“这么晚回去，当然需要男生保护。”

“我每天都自己回家，已经很多年了，不差这一两次。”半夏看着眼前穿着一身名牌的男同学，忍不住叮嘱，“倒是你一个人回去的时候小心点儿。这年头儿男孩子出门在外，也要注意保护好自己。”

魏志明垂头丧气地跟在半夏身后：“半夏，你知不知道，你这个人其实长得挺漂亮的，但不能开口说话。你每次一说话，真的是一点儿女人味都没有，就和一个男的一样。你这样不会有男人喜欢上你的。”

前方的半夏没有回头，清瘦的肩膀披着夜市街道上阑珊的灯火。她脚上的靴子有点儿旧，她踩在灯光里的步子却很稳。

“我从十多岁的时候就开始一个人回家。那时候回家一趟不容易，要和很多满身是汗的大人一起挤上大巴，抢位子。下车以后，天已经很黑了，我还要走很远的路。”

她的声音平平淡淡的，她像在说一件习以为常的小事。

“这么多年，我都走得好好的。如今我长大了，为什么要为了让男人喜欢，反而装出弱不禁风的样子？”

魏志明顿时再说不出话来，但最终也没有离开，默默地跟着半夏，陪她走到出租屋的楼下。

灶台旁的凌冬将刚刚出炉的小米糕切成小块，整齐地摆进保温盒里。盒子的下一层是浇了牛肉汤头的豆花。

他满意地盖好盒子，欣赏了一下自己的成果，就听见窗外传来了半夏的说话声。

很快，屋子里的地板上出现了一件粉色的围裙和一套男士睡衣。

一只黑色的小守宫扒着窗帘努力地向上爬，几下爬到窗口处，探出脑袋往窗下张望。

窗外的龙眼树下，半夏的身边站着一个年轻英俊的男人，正低声和半夏交代着什么。

半夏点点头，挥手和他告别。

两个人容貌登对，年纪相仿，最重要的是，都是正常而普通的人类。

在他们的头顶上，灯光暗淡的窗口处，黑色的小怪物用细细的爪子扒着窗沿，伸着黑漆漆的脑袋，沉默地看着楼下的这一幕。

回到家里的半夏发现小莲窝在他自己的睡衣上，将尾巴绕在身边，没什么精神的样子。

她先揭开桌上保温盒的盖子，哇了一声。

“哇，有小米糕和牛肉豆花啊。”她有点儿惋惜地摸摸肚子，“但我今天吃过夜宵了，放到冰箱里明天早上吃好了。”

窝里的小莲轻轻地嗯了一声，没有再说话。

半夏收好了保温盒，洗干净水槽里来不及收拾的碗筷后，坐在床边上发了一会儿呆。

过了一会儿，她弯腰把蜷在睡衣上的小莲抱起来，托在手心里摸了摸他的脑袋。

“小莲，我今天和一个男生吃饭。”半夏的声音听起来有点儿不太服气，“那个男生告诉我，女孩子晚上回家的时候，都应该有一个男生陪着。”

难过的小莲沉默地趴在她的手心里，一点儿不想说话。

半夏接着说：“所以我觉得从明天晚上开始，应该带着你出去。”

小莲一时间愣住了："可我不是男人。"

半夏大吃一惊："你不是吗？"

小莲的瞳孔变成竖线："不，我是！"

周末的早晨，半夏稍微赖了一会儿床。

窗外清雾流淌，鸟叫虫鸣。半夏的梦里也似乎蒙着浓浓的白雾和孩子们嘻嘻哈哈的欢声笑语。

她和一群家乡的小伙伴在布满浓雾的森林里玩着过家家游戏——勇者拯救公主。

"公主被恶龙抓走了，我们需要去把她救出来，谁救了公主，就可以娶她回家。"

小半夏第一个跳起来："我要当勇者。"

小伙伴们七嘴八舌地举手。

"我要做国王。"

"我来扮演恶龙。"

"但是谁来当公主呢？"

公主当然是由长得最漂亮的人扮演。

于是衣裤最干净、容貌最俊美的小男孩儿被大家硬推了出来。大家七手八脚地给他戴上了一圈漂亮的花环。

"小莲，你在这里等着，我很快打败恶龙，就来娶你回家。"年幼的半夏拉着他的手，认认真真地对涨红了脸的男孩儿许诺。

小伙伴们挥舞着手里的小剑，呼啦一下闯进了浓雾弥漫的森林里，转眼间都不见了。

半夏的眼前是那片下着雨的竹林。

她犹豫了一会儿，伸手分开竹枝往前走，看见了竹林深处那个湿透了的人。

这一次那人没有说出拒绝的言语，只躺在青色的竹叶间，用双手捂住了脸，发出低沉而迟缓的喘息声。

半夏慢慢地靠近他，蹲下身，伸手捉住了那只被雨水打湿的苍白的脚踝。

从梦中惊醒的半夏一下坐起身，觉得自己口干舌燥，心脏怦怦乱跳。

她捂住心口，不明白自己做的都是什么乱七八糟的梦。

定了定神之后，她轻手轻脚地爬起来，先是热上了早餐，再把几件脏衣服连同小莲的睡衣一并拿去洗了。

洗净的衣服挂在窗外，滴滴答答地滴着水珠。

餐桌上，爽滑的豆花浇的是咸香麻辣的牛肉汤头，再拌入蒜泥和小葱，一勺子挖下去，白嫩的豆花露出来，又被浓郁的牛肉汤汁盖上了。半夏感觉整个人生好像都变得完美了。

一缕晨曦恰恰破开浓雾，斜照在餐桌上。

半夏的心仿佛被那温暖的阳光微微地刺了一下，涌起了一种自己也有了家的错觉。

她独自生活得过于久了，心里厚厚实实的土层下，原来还隐秘地压抑着这种对家的幼稚渴望吗？

半夏吃完了早餐，蹲到守宫的饲养盒旁看睡在阳光里的小莲。

黑色的小莲在晨曦中慢慢地苏醒，先是甩了甩那条小尾巴，然后绷紧脚趾，翻了半个身。他迷迷糊糊地睁开眼，看见了身边的半夏，于是把冰凉的小脑袋搁在半夏的手指上蹭了蹭。

直到他彻底清醒了，发现自己蹭着的温暖源居然是半夏柔软的手指，小莲的身体噌的一下坐直了。

半夏甚至感觉能从他那墨黑的肌肤上看出一点儿掩盖不住的粉红色。

“要听我练琴吗？”虽然没去学校的琴房，但半夏依旧习惯了在早上练习。

她摆好谱架，取出自己的小提琴，把小莲安置在和自己视线水平的桌面上：“我想尝试一下《柴小协》。”

“选拔赛上，班长演奏这首曲子真的惊艳到我了。她的风格凌厉干练，孤高冷傲，非常具有她的个人魅力。”半夏翻开谱子，尝试着拉了几个乐句，又带着点儿苦恼放下琴，摸着下巴琢磨，“这首曲子我虽然也练过，但总感觉还摸不准要用什么风格来表达。”

她抬头问桌上的小守宫：“小莲，你有没有听过《柴小协》？你觉得这首曲子听起来有一种什么感觉？”

虽然是对着桌上的小莲说话，但其实半夏多是一种自我问询，并没有指望小莲能真正给她回应。

谁知小莲端端正正地坐在桌上，认真地想了一会儿，回答道：“我觉得这首曲子有一种少女怀春的感觉。”

半夏疑惑：“啊？少女？”

“它的旋律听起来就像是一位陷入爱情的女孩儿面对着自己的心上人，时而因他的接近欢喜得心脏怦怦直跳，时而又因他欺负自己和善忘难过得彻夜难眠，患得患失。”

黑宝石一般的小蜥蜴蹲坐在清晨的阳光里，认认真真地阐述着自己对音乐的理解，格外可爱。

半夏想起那位俄罗斯籍的作曲大师满脸络腮胡的容貌，实在没办法将他和小莲口里描述的少女心联系到一起。

“这样的解析真是别开生面啊。”半夏夹着琴，试图演绎一下那种感觉，同时想到，“小莲，你懂得真多，你是很喜欢老柴吗？”

“老柴恰巧是我喜欢的一位音乐大师。”小莲的声音停滞了一会儿，“这位大师年轻的时候最初学的专业其实是法律。到了二十岁时，他才顶着压力放弃了大好的工作前景，进入了音乐学院改学自己挚爱的作曲。”

半夏感到一种来自学霸的碾压感。

她虽然是音乐学院的学生，但基本都是在睡觉和抄作业中混过西方音乐史课的，此刻面对侃侃而谈的小莲，顿时有一种接不上话的羞愧感。

“我读过很多老柴的书信，感觉他是一个心思特别细腻而敏感的人。他甚至会在给弟弟的信里描述自己爱人的手指。”小莲细细地介绍着心中热爱的作曲家，“他用一颗玻璃般剔透的心审视着世界，必定会把自己丰富的情感融入旋律之中，在我看来，这是一首细腻温柔、柔情似水的曲子。”

说话间，他正巧将视线落在半夏持弓的手指上。

半夏秀气修长的手指按着琴弦，在深色琴头的衬托下显得分外白皙。那指尖微微透着点儿粉色，在清晨的阳光里，肌肤上几乎泛起一层细腻的光。

他突然感到心跳有些加快，不好意思地移开了视线，心中想起了那位音乐大师百多年前在书信中留下的关于情人的句子：“那人有一双小巧精致、令人赏心悦目的手，以至那指尖触碰琴弦的时候，哪怕发出一点儿难听的声音，我都会感到无比惋惜。”

下午的时候，半夏的导师郁安国把她叫到他的家中，给她开了小灶。

进门之后，桂芳苓很亲切地和她打了招呼，给她递过来一双软绵绵的毛拖鞋。

“《柴小协》？”郁安国坐在客厅的沙发上，持着教鞭，一脸严肃地点着半夏带来的曲谱。

“当你不知道怎么表达一首曲子的时候，可以从了解作曲家入手。我来考考你，柴可夫斯基的性格、生平和这首协奏曲的创作背景是什么？”

早上已经补习了一遍的半夏咳嗽一声，挺直了脊背。

“老柴在二十岁之前是学法律的。二十岁之后，他考进圣彼得堡音乐学院。他的曲风抒情细腻，具有强烈的感情色彩。我还知道他各种感情上的八卦消息，甚至读过他写的几封信呢。”

“嗯，西方音乐史课学得还算用心。”郁安国难得满意地点点头，“你试奏一遍给我听听。”

半夏架起了自己的小提琴。拉响第一弓之前，她突然想起了小莲说的那句话：“就像是初恋的少女患得患失、怦怦直跳的心。”

初恋是什么感觉？怦怦直跳的心又是什么感觉？

半夏在茫然中脑海里闪过的画面是在那浓雾中被她握在手中的脚踝，心脏果然开始怦怦地乱跳起来。

桂芳苓在厨房里忙碌地准备着晚饭，悠扬的小提琴声传进来。

那琴声初时轻快活泼，仿佛夏日的窗前，两小无猜、头挨着头分享彼此秘密的窃窃私语，顷刻间又柔肠百转，如同摸索在漆黑的寒夜里，忧心忡忡、患得患失、四处寻寻觅觅的脚步，复而蓦然回首，失而复得，欢天喜地地捧着温热的甜粥，美滋滋地雀跃欢歌。

桂芳苓停下了手中的动作，用沾湿的手指别了一下耳边的鬓发："哎呀，这些年轻的孩子真是充满活力啊。"

客厅里的郁安国给自己倒了一杯茶，清澈的茶汤被盛在薄薄的小茶杯里，被他捏在手中闻了闻，慢悠悠地品了一口。

一曲琴音在茶香和饭菜的香味里停住了。

郁安国放下茶杯，品味了许久，啧了一声："你这个娃娃，有时候真让我不知道该怎么评价。看起来不大，身体里却像藏着一个魔鬼，好像随时随地都要爆发出一些出人意料的东西才高兴。"

同为小提琴教授的桂芳苓端了一盘切好的水果摆在客厅的茶几上，笑吟吟地道："这孩子的琴声，倒让我想起了一个人。"

郁安国思索了一会儿，拍了一下手："确实，被你一说，我也想了起来。倒是和那位大师一样狂妄不羁，肆意妄为得很。"

半夏本来笑嘻嘻的神色却在这几句话间不知不觉地变淡了。

"我就是我，我的琴声不和任何人的相同。"她一字一顿地说道。

郁安国此刻的心情很好，他没听出她语气的变化，遥遥地伸指点着她："你啊你，不知天高地厚，你知道我们说的是哪位大师吗？就随便插嘴？"

"是不一样。"桂芳苓在一边笑着说，"这孩子有自己的风格。她的琴声里多了一份赤诚。赤子之心，尤为难得。"

在半夏告辞之后，郁安国看着桂芳苓直笑："真是罕见，你这个人惯常不喜欢给别人评价，还是这么高的点评，今日倒是怎么了？"

桂芳苓收起桌上的水果盘："也不知道怎么了，这个孩子每一次来，不管拉什么曲子，琴声听起来总有一股隐隐的痛，让人心里忍不住酸涩。她年纪明明还这样小，音乐的表达却这么洞察世

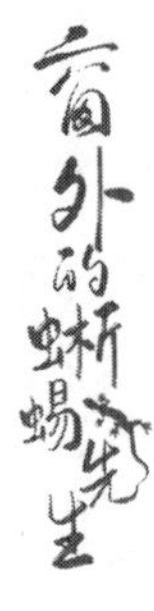

事，这么成熟，好像经历过很多事一样。”

郁安国放下手中的杯子，微微地叹口气：“确实，这孩子很不容易。但有时候我又觉得，宝石就要经过这样痛苦的打磨，才能真正地大放光彩。”

蓝草咖啡厅的后门，半夏坐在台阶上不紧不慢地拉着她的琴。

巷子里灯光暗淡，照着泥泞的路面。一辆垃圾车在巷子口停下来，保洁人员匆匆地拖着两个巨大的垃圾桶，一路蹚过那些污水赶上前去。

在隔壁酒吧里驻唱的老贺和几个男子蹲在墙根下，就着一袋水煮花生喝啤酒。

三两个妹子靠在酒吧后面铁制的台阶上，抽着细细的女士烟，相互比较着手指上新做的美甲。

半夏咿咿呀呀的小提琴声就在这样烟熏火燎的巷子里打了个转，溜到巷子外体面整洁的街道中去了。

她的大衣口袋里钻出了一只小小的黑色守宫。小守宫在口袋边缘仔细地聆听片刻后，扭动着身躯爬出来，顺着衣摆爬上了半夏的膝头。

他蹲在结实的牛仔布上抬着脑袋看半夏拉了一会儿琴后，有些不安地在她的膝头上转了两个圈，又沿着外套一路爬上半夏的肩膀。

最终他努力地稳住小小的身体，似乎凑在半夏的耳边轻轻地问了句什么。

半夏的琴声停下来，她笑着转过脸来看他：“没有，我没有心情不好。你怎么会这样觉得？”

隔着一条小巷的几个妹子用有一点儿夸张的表情嚷嚷了起来。

“哎哟，看那个人，居然养了一只蜥蜴？”

“吓死我了，我起了一身鸡皮疙瘩。”

“好恶心啊，养什么不好，养这么恶心的东西。”

半夏一下抓住了准备蹿回口袋里的小莲，把他团在自己的手心里不让他跑。

她靠着栏杆，特意把小莲托在橘黄的灯光下，当着那几个女孩儿的面，光明正大地用手指把他从头到尾来回摸了两遍。

几个有点儿怕蜥蜴的女孩儿齐齐地后退了半步。其中一个女孩儿忍不住问道：“它……不咬人吗？”

“不咬人。”半夏说，“这是蜥蜴王子，如果你亲他一下，他就会变为人形。”

酒吧里的女孩儿年纪都很小，本来是带着吵架的气势来挑衅的，却一下子被半夏带歪了思路。

“那你亲一下给我看看。”有个女孩儿居然还顺着半夏的胡扯接了下去。

“哈哈。”半夏笑了起来，终于把四肢乱蹬的小莲藏回口袋里，“不行，不能随便玷污了他。”

坐在墙边喝酒的老贺抬头问半夏：“小夏，你上次说的比赛怎么样了？”

半夏夹着琴，对他比了个“没问题”的手势。

“不错啊，好好坚持，坚持自己的梦想。”他冲半夏举了一下酒瓶，“大叔我今天是最后一天来这里。从明天开始，我就不在这干了。”

半夏便问：“你打算去哪里？”

“我回北城，去那里继续搞原创音乐。”老贺举着酒瓶，显得很兴奋，“从前的一个老兄弟开了一家音乐公司，喊我过去帮忙，我就想再回去试试。这辈子没搞出什么名堂来，终究是不甘心。”

半夏嗯了一声，没有说话，抬起弓，想了想，拉起了那首《流浪者之歌》。

风雪潇潇、颠沛流离的琴声里，夹杂着男人们碰杯送别的声音。

“贺哥这一去，必定是飞黄腾达了，将来别忘了兄弟们。”

“嗐，忘不了你们，你们来北城就找我。”

“这些年来我最佩服的人就是贺哥，贺哥为了搞音乐连个家都没有成，至今还是孤身一人。”

“贺哥是为了音乐，奉献了自己的全部啊，真男人一个。”

“其实我有一个孩子的，还是一个男孩儿，算一算现在应该已经上中学了。”老贺喝多了酒，眯着眼睛回忆往事，“当年我搞地下乐队，有个妹子是我的粉丝，特别崇拜我，天天来听我唱歌，我俩就好上了。”

别人就问：“那后来呢？”

“那时候我一心搞音乐，连自己都养不活，哪里养得了他们母子？唉。”老贺举起酒瓶，灌了自己半瓶酒，“流浪了半生，突然觉得很后悔。这次去北城，我想去找找他们。也不知道我那儿子如今过得怎么样，还……肯不肯认我？”

“没事，贺哥，找到他们，好好弥补一下就是，血浓于水，毕竟是亲父子，哪儿有不想相认的？”

“是……是吗？”

“肯定的，来，我们祝贺哥早日认回孩子，从今以后，就可以共享天伦之乐了。”

“哈哈，对，对，恭喜贺哥。”

飘荡在巷子里的小提琴声突然停了。

半夏冷冰冰的声音在台阶上响起：“别去找了，人家肯定不想见到你。”

几个喝酒的男人纷纷抬头向她看过来，其中有人怒道：“小姑娘家家的，不懂事别乱说话。什么叫不想见？这可是他亲爹。哪儿有小孩儿会不想见亲爹的？”

半夏在台阶上慢慢地站起身来，路灯的光正正地打在她清瘦而高挑儿的身影上。

她看上去居高临下，说出来的话冰冷无情。

“既然在孩子最需要父亲的年纪没有出现，就不该舰着脸再去打扰人家的生活。那个孩子想必也宁愿你不要出现。”

半夏在这条街上打工了很长一段时间，年纪不大，性格讨喜。哪怕偶尔有人刻意招惹她，她也能在谈笑中轻轻松松地化解了，很少这样冰冷带刺、不留情面地说话。

一个男人生气地砸了酒瓶：“嘿，小夏，今天是你不对了啊。你看你说的是什么话，非要给哥几个找不痛快是吧？”

另一边卖酒的女孩儿却伸手把自己手里的烟头丢了下来。

“本来就是嘛，她说得又没错。小时候不养，现在回去认什么认！”

男人火大了：“几个妞懂个屁，生养之恩大于天，天理人伦你们懂不懂？”

那些女孩儿年纪很轻，吵起架来却全都是老手，恶毒的话张口就来。

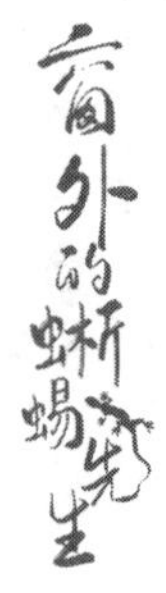

“我呸，生养之恩，养又没养，生也轮不到感谢你们。你们是十月怀胎还是进过产房里啊？难道要谢谢你们当初爽过一把？”

“就是，年轻的时候野得很，丢下人家母子不管。如今老了，怕没人给自己养老送终，眼巴巴地想要找回去，想得倒是很美哟。”

老贺在这样的嘲讽中站起身来，跌跌撞撞地往巷子外走去，几个男人急忙追上前去。台阶上的女孩儿骂舒坦了，趾高气扬地回去工作。

半夏在空荡荡的巷子里站了一会儿，重新拉起了自己的小提琴。

这一次，她拉的是柴可夫斯基的《D大调小提琴协奏曲》，曲子里听不见往日的温柔抒情，曲调干净利落，快如疾风。

一辆警车从巷子口闪着灯光经过，移动的灯光把人的影子长长地拉在墙壁上。拉琴的少女身边，一只竖着尾巴的怪物蹲在栏杆上，昂着脑袋一动不动地看着她。

夜半时分，回到家里的半夏躺在家中的床上，睁着眼睛看窗外的月亮。

“小月的风格果然不适合我，拉一遍手都快废了。”躺在黑暗中的她仿佛突然来了聊天的兴致。

“小莲，你说柴可夫斯基从前学的是法律，后来他是怎么重新进入音乐学校的？他的父母能支持他吗？”

床边的饲养盒里，黑色的小小的身影立刻坐直了，仿佛已经等着这个说话的机会很久。

“只能说老柴是一个幸运的人吧。”有一点儿类似电音的诡异嗓音在黑暗中响起，“当时他的父亲一路供他读法律，并为他安排了工作。但老柴在给父亲的信里真挚地写道，他热爱音乐，想把一生都奉献给音乐。最后他的父亲妥协了，支持他追求音乐。”

黑夜里的半夏轻轻地道：“那他的父亲可真是很爱他。”

“是的，一位好父亲，关心且理解孩子的理想，为了孩子放弃了自己的坚持。”

黑暗里再也没响起别的声音。

小莲在窝里不安地等了一会儿，最终爬了出来，沿着床单爬上床，慢慢地爬到半夏的枕头边上。

“你怎么这么聪明？”半夏笑起来，伸出一根手指，在那黑色的小脑袋上刮了一下，“我没什么事，你不用这样看着我。”

“可是你的琴声听起来好像很难过。”枕头边上的小莲这样说。

今夜是满月，银色的月光如水一般铺在床头上。

月光中黑色的小守宫蹲在她的枕头边，纹理斑驳的大眼睛里透着担忧。

半夏突然觉得自己的心里像下起了细细绵绵的雨。

那些柔和的雨水把她铸造多年的坚固外壳都泡软了，泡化了，重新露出了藏在硬壳下面伤痕累累的她。

“说起来，也都是过去的事了。”黑暗中放下防御的她缓缓地和陪伴在自己身边的小莲说起往事。

“小的时候，我没有爸爸。当然我也曾经有过那些不切实际的幻想，幻想我的爸爸有一天能突然出现在我的身边，陪着我玩耍，赶走那些欺负我和妈妈的人，给我依靠。有一次老师让我参加一场比赛，我看到一个女同学的爸爸带着她去商店里买了一条漂亮的小裙子。我也和妈妈闹，没脸没皮地闹腾。妈妈就带着我去工地上背黄土，我们俩背了三天，才换来了那条华而不实的裙子。但我因为拉伤了手臂肌肉，输了比赛。从那以后，我就知道幻想拥有一个不切实际的人来依靠是多么不值得的事。”月色里的半夏突然笑了一声，“当然，那么贵的小裙子也不值得。”

银色的月光下，墨黑的守宫安安静静地蹲在枕头边，认真地聆听，是一位合格的听众。

“小莲，你知道吗？上一次我去班长家里，出来时在门口遇到她的父亲。她的父亲显然偷听了我们的对话，特别认真地和我道了谢，还把我送到门外，说希望我和小月能成为朋友。”半夏枕着手臂，在月光里翻了一个身。

“小月总说她羡慕我，其实她不知道我也很羡慕她。她就像月亮一样，闪闪发光，穿着漂亮的小裙子，在父母的注视下走上舞台，拉出那样骄傲又漂亮的音色。她是月亮，我是野草。不过我觉得野草也没有什么不好，自由自在，还能和小蜥蜴做朋友……”

屋子里谈话的声音渐渐地小了，睡在月光中的女孩儿发出均匀的呼吸声。

片刻之后，隔壁的屋子里亮起了电脑的光。

睡梦中的半夏总感觉听见隐隐约约的音乐声。

那音乐声不知从何处而来，又轻又柔，绕在心头不散。

这一栋楼的住户都是夜猫型生物，打麻将的，搞音乐的，玩游戏的……不到凌晨基本安静不下来。半夏本来早已经习惯在各种喧闹声中迅速入睡，今晚却不知怎么了，听着那隐隐约约的音乐声，做着浑浑噩噩的梦。

她在梦里看见少年时期的自己，为了一条裙子跟着母亲去工地上背黄土。

那时的日头很晒，母亲在她的斗笠下披了一条毛巾。

刚刚从山里挖下来的土被装进箩筐里，她用瘦弱的肩膀背起沉重的箩筐，往卡车的方向走，肩膀被背带磨得生疼，被汗水浸透的毛巾搭在肩膀上火辣辣的。她难受得想哭。

“耍赖、撒娇在我们家里都是没有用的。”走在她前方的母亲说，“你没有可以依靠的人。你想要裙子，只能用自己的汗水来换。”

那之后过了没多久，母亲就住进了医院。苍白的病房里坐着苍白的母亲。

“小夏，从今以后，就真的只剩你一个人了。你想要的一切，只能靠你独自努力了。”

夜半的时候，半夏睁开眼，发现耳边的音乐声早就停了。

楼下传来英姐兴奋的哈哈大笑的声音：“游金，双游！给钱，给钱。”

楼上不知道谁正在玩策略射击类游戏，键盘被敲得噼啪响：“别捡装备了，先扶（救）老子起来。哎，你别走，哥！别走，扶我一把啊！”

半夏在这样的喧闹声中翻了一个身，感觉到胃里一阵阵地绞痛。或许是这段时间比赛过于辛苦，又或许是昨天情绪波动的影响，她发现好久没发作的胃病又犯了。

她捂住肚子，翻了个身，在一片嘈杂的黑暗中蜷起了身体。

第十二章

去找一个喜欢的人

早晨，天亮了很久，睡在窝里的小莲都醒了，却发现平时起得很早的半夏还躺在床上。

小莲顺着床单，爬上床头，发现床上的半夏蜷着身体，脸色发白，紧紧地皱着眉头。

听见床头上的动静，她睁开眼看见爬上来的小莲，伸出手来摸了一下他的脑袋。

“我胃有点儿疼，多躺一会儿。”

“胃疼？有药吗？”枕头边的小莲问。

“在抽屉里。”半夏咬着牙勉强地回答了一句。

小莲在枕头边转了个圈，沿着床单滑下去，匆匆忙忙地爬过地砖，又顺着桌腿爬上桌面，用尽全力把桌子边缘不算很沉的抽屉顶开一条缝，让自己掉进抽屉里。

过了一会儿，他从抽屉里钻出来，嘴上叼着一整板的药片。

这是一种很常见的胃药，生产的厂家很多，价格不一。贵的一板七粒，售价一百四十元；便宜的一大盒不过二十来元，当然服用以后效果也差了许多。

半夏抽屉里的显然是那种最便宜的药。

小莲叼着那一板药，很艰难地从抽屉里爬了出来，中途药掉了数次，又被他重新叼起来。

爬上床头的时候，他却发现以自己现在的模样，无论如何也没办法给半夏端来一杯吃药的水。

半夏皱着眉头，惨白的脸上却露出笑来：“我们小莲真好啊，

还会给我拿药。”

她接过小莲叼着的药，捂着自己的腹部，脸色发白地坐起身来，到灶台旁倒了杯温水，就着水把药吞了，然后又挪到了桌子旁，给自己盛了半碗粥。

“太好了，这个时候还有热热的东西喝。”

半夏皱着眉头，一小口一小口地勉强自己喝了几口后就实在咽不下去了，满头冷汗地在桌边坐了一会儿，又慢吞吞地坐回到床边，拿起了她的小提琴。

在她做这些事的时候，小莲一直跟在她的身边，陪着她在小小的屋子里从这里走到那里。

直到看见半夏拿起了琴，他才忍不住开口说话：“你应该休息。”

“你不知道，这是我中学时候落下的老毛病了。”半夏和他解释，“休息时反而更难受，只有拉琴还能让我忘记一点儿痛苦。”

琴弓滑过琴弦，旋律在屋子中响起。

半夏夹着琴托的下巴一片惨白，她紧紧地皱着眉，冷汗从额头上渗出，顺着脸颊流下来。她明明显得那样痛苦，但她的琴声仿佛比以往更为澎湃动人。

身体的痛苦勾起她心灵深处某种倔性，以至她身体明明痛得好像快要死去，精神却异常亢奋，深深地沉浸在音乐中，用灵魂拉出细腻的乐章来。

窗外的太阳已经升得很高，灼目的阳光探进屋子里，照在半夏的琴弦上。

她在阳光中流着汗拉了多久的琴，小莲就蹲在她的身边一动不动地看了多久。

他从很早以前就知道了，自己的目光离不开眼前这个太阳一般明亮的人。

他被她的坚韧强大所吸引，被她的温暖炙热所吸引。到了今日，他却发现哪怕是她的脆弱和痛苦，她的每一种面貌，都能对自己产生这样致命的吸引力，使自己忍不住用这样丑陋又弱小的身躯向她靠近，甚至产生了永远待在她身旁的念想。

这样的自己又是多么弱小而无力，在她生病的时候，不能为她去买一点儿药，甚至连一杯温热的水都无力端到她的床头上。

拉完曲子的半夏瘫在床上，半点儿都不想动了。她用仅余的力气抬起手指头，有一搭没一搭地摸着身边小莲冰冰凉凉的皮肤。

“有小莲在真是好啊。从前我生病的时候，这个屋子里都是静悄悄的，一个人都没有。”半夏躺在床上有气无力地说。

小小的守宫正叼着被子的一角，很努力地想要拖过被子，盖到半夏身上，却因为体形过小而徒劳无功。

“别忙活了，你别看我现在很惨，一会儿就‘满血复活’了。你就陪我说说话吧，或者唱个歌也行。”

“唱歌？”

“嗯，我生病了不是吗？就想听别人唱歌，哄一哄我睡觉。”

小莲想了一会儿，挨在她枕边，开口唱起歌来。那声音低哑而诡异，却不显难听，反而有一种十分别致的韵味。

歌词像一个童话，前期浪漫欢快，轻轻地抚慰着半夏的心，直到结尾却改了风格，带起一抹难以言喻的悲伤。

“这是什么歌？你是从哪里听来的？”

“歌曲的名字来自一个童话。”

“确实就像童话一样，太阳的裙子、月亮的裙子、星星的裙

子，真好听啊。”

…………

太阳落山以后，半夏才感觉自己好了许多，从床上爬起来，套上外套出门买药。

她慢腾腾地走出屋门的时候，正巧隔壁的房门也被推开了，住在隔壁的学长一副急匆匆的模样，略微显得有些衣冠不整。

但是看见病恹恹的她，学长还是顺口问了一句：“你怎么了？”

半夏规规矩矩地向学长点头打招呼：“学长好。我的胃有点儿不舒服，我下楼买药。”

“我这里刚好有胃药，你先拿去用吧。”凌冬这样说完，转身从屋子里拿出了一个塑料袋，不由分说地塞进半夏的手中，关门又回去了。

半夏拿着药在门口愣了半天，翻开手里的袋子，发现里面放着的正是自己平时一直不太舍得吃的胃药，一百多元七粒的那种。

袋子里有一张小小的外送单，半夏拿出来一看，发现这盒药是由外卖配送的，送达的时间居然是不久之前。

“这么巧吗？原来学长的胃也不太好。”半夏眨了眨眼。

夜晚的女生宿舍里，女孩儿被手机里的提示音吵醒，眯着眼点开屏幕，瞬间精神了，坐起身来喊自己的室友。

“快来，你最喜欢的赤莲开直播了。”

RES 的写字楼内，有人抱着笔记本电脑在小萧的面前晃了一圈。正忙着的音乐制作人小萧一把推开他：“别烦，忙着呢。”

“不看就算了，难得赤莲首次直播，我还以为你会感兴趣。”

“等……等……啥？你说是谁？”小萧连忙拉住了他。

夜半三更，月明如霜。

许多分散在不同地区的人在同一时刻面对着手机或电脑屏幕，点开了红橘子网站上那一场被奉为经典、反复观看的赤莲直播首秀。

屏幕里的摄像头正对着一扇窗户，窗外的月光倾泻在一台摆放在窗前的陈旧的电子钢琴上。

一点点微弱的灯光照亮了琴键，有一个人逆光而坐，昏暗的屏幕中只能看见那个比夜色更深的身影和琴键上那双苍白的手。

修长的手指在琴键上随意地按下了一个和弦，伴着琴音，似乎有人在黑暗中轻轻地笑了一声。

那声音响在幽深的世界里，像是寒冬中的一声叹息，像是夜空里落下的一片雪花，又像是冰下呜咽而过的一汪泉水，自幽暗而来，清冷神秘。

“好吧，”那个声音这样说，“第一首曲子《雨中的怪物》。”

屋内的世界昏暗而神秘，封闭的玻璃窗、陈旧的电子钢琴和那窗前看不清容貌的演奏者。

琴台一点点的光下，苍白的手在琴键上缓缓地弹奏，伴着琴声，黑暗中有人在低低地吟唱。

窗外的月亮似乎离这里很远，幽暗的角落里，像有一个神秘的怪物坐在属于他的世界里自弹自唱。

一个在屏幕前看直播的女孩儿握住了同伴的手：“怎么办？我感觉他好帅。”

“啊，这啥都看不见，就看见一双手，你就觉得他帅了？”

“不是的，不是的。”女孩儿急忙解释，“我们学钢琴的有时候

只看这手在琴键上落下的姿势就知道厉害了。这绝对是一双被天使吻过的手，太强大了。”

另一个同伴说：“我也喜欢他，比我想象中的赤莲好多了，至少应该不是个大胖子。哈哈。”

“他看起来有一点儿消瘦，但骨架和体态都让人感觉很美。这样不露脸的话，反而更有神秘感了。就是皮肤是不是太苍白了点儿？”

“别说了，他的声音这么好听，我都为他心动了，来，水果篮子刷起来。”

RES的写字楼里，小萧的同事咦了一声：“以前被赤莲的编曲能力惊艳了，居然忽略了他的唱功，没想到他的声音这么好听，现场演唱得也很不错。这样的人才，你说他到底是为什么不愿意来我们公司发展？”

小萧咬住了手指，满怀幽怨地嘤嘤嘤起来：“呜呜呜，他宁愿开直播挣钱，都看不上我的邀请。”

赤莲的观众不多，但基本每一位都热情洋溢。直播开了之后，直播间内的讨论逐渐热烈，各色水果从天而降。

可惜的是，不管屏幕上刷起了什么话题，屏幕中的演奏者仿佛只活在自己的小小世界里。他坐在黑暗里，没有任何多余的言语，只是一首又一首地弹完了自己发布在红橘子上的几首曲子：青涩撩人的《雨中的怪物》、求而不得的《一墙之隔》、阴郁暗黑的《迷雾森林》。

三曲完结之后，屏幕里果然冒出了“承包你的水果园”的特效，下起了漫天的水果雨。

那一点点灯光下的双手在琴键上空停滞了一会儿，那道清冷的嗓音又一次响起："有一首新作的曲子，还没有完成，但特别想在今晚让所有人听见。"

他的指尖落下，在琴键上按下第一个音符。悠扬的前奏响起，听起来像是童话一般清新而动人。

"曲名……《人鱼》。"

观众听说还有新曲，迅速刷起话题。

"有新曲！"

"这一次的风格好像和之前的又不相同，前奏清新愉快，像童话故事一样。"

"人鱼？童话故事，期待期待。"

"先别被曲名骗了，《雨中的怪物》说的是怪物吗？我感觉叫《雨中的欲望》还差不多。"

"哈哈哈，都别吵，认真听吧，赤莲要开始唱了。"

"沼泽中的人鱼，爱上了美丽的公主。他愿意倾尽所有，为公主做三条最美的衣裙：第一条用阳光织就，碎碎金辉；第二条用月华裁剪，盈盈如水；第三条点缀上星辰，璨璨似仙。亲手为公主披上华裳，送她去那舞台上，眼见她艳如朝阳，眼见她戴上皇冠，眼见她遇到英俊的王子，眼见她在月下对影成双。直到太阳升起，人鱼终究化为泡影，三魂归于九幽，一魄粘在她的心头。"

当那歌声唱到"月下对影成双"的时候，琴键上苍白的手突然停住了，窗前的人影离开了座位，消失在镜头前。

片刻安静之后，一种经由变声器修改之后的诡异声音响起，将整首温柔的曲调骤然拔到了高潮。

宛若从肺腑中掏出的沙哑喉音，回响在空无一人的钢琴旁。

"直到太阳升起，人鱼终究化为泡影。三魂归于九幽，一魄粘

在她的心头。”

或许是因为白天休息了一天睡得有点儿多，一向睡得很沉的半夏破天荒地在午夜时醒了。

屋里没有开灯，但灶台上亮着火光，有一个人背对着她站在炉火旁。

她从床头的角度看过去，只能看见他一小半的背影。

那人穿着一套柔软的睡衣，将衣袖整整齐齐地折到了手肘上，露出一截儿线条流畅漂亮的手臂。那人手持着一支长柄锅勺，正轻轻地在砂锅里搅拌着。

锅里不知煮着什么，发出咕嘟咕嘟的微响，温暖的火光染在那个人的衣襟上和手臂上，安逸得像是一个美好的梦。

不忍打破这样美好的画面，半夏躺在床上悄悄地看着那个背影，看着那套自己买的睡衣和那条带子被系在腰后的粉红色围裙。

看着看着，半夏突然思路拐了个弯：小莲刚刚来的那几天，是不是只穿着这条围裙站在灶台旁？如果那时候她半夜醒来，不知道会不会看到什么奇妙的画面？

想到这里的半夏忍不住扑哧笑了一声。灶台旁那人的脊背一下就僵硬了。他愣在那里，小臂的肌肉绷紧，握住汤勺的手一动不动。

“没事，没事，你慢慢煮。我不偷看。”半夏在床上翻了个身，把脸朝向墙壁，还是没忍住咬着被子发出两声嘿嘿的轻笑。

灶台旁的人呆立了好一会儿，半夏才听见他的脚步声移动到餐桌旁，随后是摆放碗筷的声音。

“既然醒了，就起来吃点儿东西。”小莲的说话声在身后响起。

半夏转过身来，看见桌面上摆放着一锅滚烫的粥和碗筷。

桌角旁一套睡衣堆在地面上，小小的黑色守宫正从里面钻出来，努力地叼着衣角往旁边拖。

“我来吧。”半夏从床上爬起来，先把小莲抱起来，捧到桌上，再把那套睡衣整齐地叠好，摆放在饲养盒的旁边，然后才在桌边坐下。

桌上的砂锅里装着的是刚刚煮好的小米粥，粥里加了切成小块的苹果和冰糖。

煮熟的苹果吃起来绵绵软软的，味道有一点儿酸，混着冰糖的甜味，酸酸甜甜的，是一道和中养胃的膳食。

半夏喝了一碗，感觉胃里暖烘烘的，口齿余香，顿时好了伤疤忘了疼。

“明天吃之前煮过的鱼片粥好不好？薄薄嫩嫩的鱼片，再浇上爆香的葱头油，我想念得很。”她讨好地和蹲在桌上的小莲商量。

小莲无奈地道：“那是深海鱼，你现在不适合吃。”

“不然吃牛尾巴汤，放黄油再加上胡萝卜和芹菜的那种。你看我都病了两天了，嘴巴里没味道。”

小莲叹了口气，摇摇头。

中午吃饭的时候，半夏打开自己的保温饭盒，发现里面装着一罐猴头菇水鸭汤，鸭汤的油脂被细心地撇去了，棕黄色的清汤里溢出猴头菇独有的香味。

“这是好东西，很养胃的。”潘雪梅识货地看了一眼，“就是做起来有点儿麻烦，光是泡发就得三四个小时。”

最近，她是不是让小莲太辛苦了？

半夏捧着汤，美滋滋地享用了。

下午半夏有一节选修课——当代流行音乐编曲。

这门课程平时没作业，只要学生在期末的时候能提交一首原创歌曲，不论是否是胡编乱造，基本都可以过关，这门课程是混学分的一大利器。

没有多少课余时间的半夏一开学就选了这门课。

教授在讲台上讲课，半夏坐在后排赶其他课必须交的作业，偶尔也抬头顺手在笔记本上记上几笔，以示尊重。

教授很年轻，从海外留学归来，对当今世界流行音乐的趋势有自己的一套见解。

“我发现有些同学以为写一首歌就是写个歌词，谱个旋律，把它看作一件很容易的事。”

底下的学生抱怨道：“哪里，能作词、作曲已经很厉害了好吧？”

教授点着投影仪上的标题：“所以我们这门课要学的是音乐创作中非常重要的一个技巧——编曲。一首流行乐曲想要成功，除了作词、作曲，更重要的还在于它的编曲。一位编曲师需要掌握的知识涵盖乐理学、配器学、和声学等，还需要精通曲式结构和各种电子音乐的制作软件。编曲是一门高深的学问。”

学生中响起一点儿稀稀拉拉的回应声。

在座的学生有钢琴系的、管弦系的、声乐系的，每个人的专业课程都很满，除了作曲系，没有几个人对流行音乐编曲真正感兴趣，大半都是为了混个学分来的。

教授看着台下兴致不高的学生们，默默地叹口气。

其实他也知道，短短几节选修课，最多是简单地让学生们接触一下编曲的基本知识而已，不可能让学生们真正深入地学到什么，不过也有例外，曾经那位钢琴系的天才学生凌冬就对他的课程表现出极大的兴趣，甚至求知若渴地时常在课后联系他，认真地和他请教并相互探讨了编曲的相关技巧和知识。这曾让这位教授十分高兴。

可惜那孩子如今不知道忙什么去了。

“当然，在词曲、录音、编曲的创作之后，还需要混音师、母带工程师、音乐制作人等的加入。所以说一首歌曲从制作到发行，是有着很庞大的工作量的。”

教授在讲台上对着一众昏昏欲睡的学生继续授课。

“这也是为什么现在优秀的独立音乐人越来越少，而我们的音乐市场基本被只追求流量和金钱，忽略了音乐的个性和品质的大型音乐公司所垄断。”

半夏手里哗哗地写着思政实践课作业，一心二用地听了一耳朵，在心里想：原来作曲还是一件挺辛苦的事，凌冬学长不容易。

“但是坚持不懈、热爱音乐的原创音乐人还有很多，其中也不乏才华横溢者。老师前几天在网络上听到一位独立音乐人所作的曲子。他这首曲子的编曲我觉得就非常有意思。”教授说到这里，似乎有些兴奋，点开了多媒体教室的音频播放，“我去掉曲子中的人声，让我们来单独听里面的旋律和伴奏，理解一下编曲的工作。”

教室里响起了一段旋律特殊的音乐，半夏写作业的手顿了一下，她只感觉这旋律似乎在哪里听过。

她停下笔仔细地聆听，那旋律优美且富有特色，但她居然怎么也想不起来。

半夏摇了摇头，或许是在梦里听过吧。

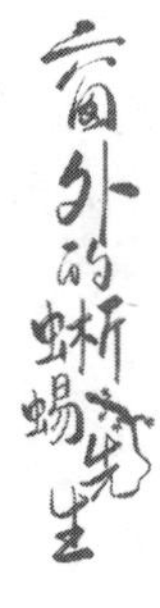

“你们在这首曲子里听出了什么？”教授在讲台上提问。

一位钢琴系的学生马上说：“哇，这伴奏里的钢琴技巧好厉害。”

还有人说：“一个人精通这么多配器，太牛了。”

教授摆摆手：“不是问你们这些。”

有一位作曲系的学生举手回答：“这首曲子在听感上很丰富，不仅铺了一些电子音乐的低音鼓和贝斯，还混合了一点儿古典音乐的曲式结构，让人觉得色彩十分多样化，带着一种浓郁的情感，像是一首情歌。”

还有人说道：“我感觉最厉害的地方在于它的曲调不是单一的调式，而是在大小调之间来回切换。这真的需要很丰富的音乐理论知识才可以驾驭。”

教授赞许地点点头：“所以这首曲子能很巧妙地给人一种情绪上的大起大落之感。有一种每当触手可及之时，却又差了一步之遥的距离感。那种对爱人的渴望、求而不得的辗转反侧都被这位编曲家表达得淋漓尽致。曲子的名字叫《一墙之隔》，在编曲的技巧上非常厉害且有灵气，值得大家好好学习。”

教室里响起了议论声。

“确实啊，单听这个旋律就让我有了想要恋爱的感觉。”

“求而不得的初恋情人，老夫的少女心乱窜。”

“《一墙之隔》？老师从哪里找来的小众音乐？我怎么没听说过？”

半夏手中的笔悬在作业本上已经许久没有动过。

回荡在教室中的旋律宛如隔着一堵墙悠悠地传到她的耳边。

这是她明明不曾听过，却仿佛曾在午夜寂静之时萦绕在她的梦境中的声音。

那旋律里有着甜蜜的喜悦，又包含着酸涩，时而欢欣，时又落寞，求而不得，患得患失。

这首曲子里似乎就有小莲说过的那种少女怀春、心脏怦怦直跳的情绪？

晚上，半夏在南湖湖畔拉琴的时候，脑海里还一直回荡着这首曲子的旋律。

少女怀春的心情？

别人怎么就能这么好地理解这种情绪，并且能这么完美地用音乐表达出来了呢？

她反复地在自己的《柴小协》中找这种情感，却感觉在表达上总差那么点儿意思。

“半夏。”这时候有一个人喊了她的名字。

半夏抬头一看，高兴了：“班长，这么巧，你怎么也来这里？来逛街吗？”

背着琴盒的尚小月看着半夏：“不是巧合，我曾经在这条街上见过你。那天你拉的一首《歌剧魅影》彻底地震撼到了我。”

“是吗？我经常来这里拉琴。”半夏笑起来，“班长，你想不想也来试试？”

“我……我吗？在这里？”尚小月精致的小脸微微有些红了，她看了地上摆着的琴盒和那个收款二维码一眼，感觉有点儿想要尝试，却又拉不下面子，踌躇地踢着脚边的一块石头。

“体验一下，或许感觉还不错。”半夏给她让出位置，“我们还可以比赛，一人演奏几首，看谁挣的钱多。”

听到“比赛”两个字，尚小月一下就不羞怯了，二话不说地

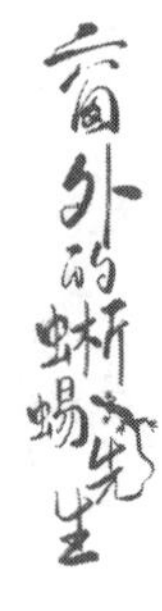

取出自己的琴，接替了半夏的位置。

尚小月铆足了劲，拉的全是帕格尼尼的曲子、《恰空》一类难度极高，演奏起来十分炫技的曲目。

而半夏并不受她影响，走的依旧是自己独特的风格，哪怕是一首普普通通的曲子，到了半夏手上也能处理得情感细腻，音色动人。

两个人比试了一阵后，最后干脆不比了，合奏了一遍《柴小协》。

两个同样年轻的女孩儿，两道绝美的音色，既彼此相争，又彼此相伴，响彻南湖湖畔。

合奏到后来，两个人都累了，挨着头一道蹲在地上数钱。

“辛苦了一个晚上，才这么一点儿！”不识人间烟火的月亮简直不敢相信小提琴系的两大天才在街边卖艺，居然才得了这么一点儿微不足道的收入，“连一顿夜宵钱都不够。”

“怎么不够了？走，我用这钱带你吃好吃的去。”

半夏带着尚小月七拐八绕，在小巷子里找到一家虽然门面很小，但排队的客人不少的小店。

“能吃香菜吗？”半夏问她。

“吃的。”尚小月点头。

半夏就对着窗子里喊：“阿婆，来两份薄饼，要加海苔和香菜，再来两碗扁食，要葱和咸姜。”

窗口里白发苍苍的老婆婆闻言抬头响亮地应了一句：“好嘞！”

两卷白白胖胖的薄饼和两碗加了小葱的扁食汤很快被端了上来。

尚小月犹豫着尝了一口，眼睛亮了起来：“还真的挺好吃的，开在这种地方，难为你发现得了。”

“好吃吧？我这几天肚子不太舒服，下次我带你去吃一家土笋冻和冰冻章鱼，那个更好吃。”半夏回头喊了一声，“阿婆，再打包两个薄饼，我带回去。”

尚小月觉得奇怪，问道：“你带回去给谁吃？”

半夏不好意思地摸头：“喂宠物，喂宠物。”

两个人吃夜宵吃得开心，回学校就晚了，校门已经关了，半夏就带着尚小月从自己熟悉的墙头爬过去：“我送你进去，再从另外一头出去，也比较顺路。”

一直是老师和家长眼中三好学生的尚小月从小到大干过的出格的事大概都没有今天晚上加起来多。

尚小月看着眼前的土墙，咬咬牙，提起裙子拉住半夏从墙头上伸下来的手，努力地爬了上去。

等尚小月好不容易从墙头上跳下来，两个人都弄脏了衣裙和脸。

尚小月尝到了初次干坏事的新鲜刺激感，半夏心里涌起一种带坏了好学生的得意。

两个人彼此看了一眼，都笑了。

夜晚的校园里，云月相伴，草色朦胧。

半夏和尚小月并肩走在月色下。

“说实话，我感觉你这首《柴小协》的细节还是没有到位，”尚小月说，“没有发挥出你全部的实力。要是当初选拔赛你拉的是这一首，我可不一定会输给你。”

半夏道：“我也是这样觉得呢。”

“我父亲告诉我，作为一名演奏家，除了技巧，更重要的是一

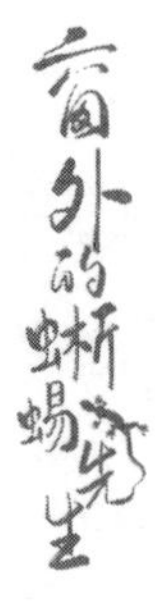

份对人生的感悟。能将这份感悟用音乐表达出来，才能找到真正属于自己的音乐。或许，你还没有找到对这首曲子的感悟。”

“人生的体验吗？”半夏有些为难地想。

她们翻墙进来的地方有一片竹林，竹林间有一条垂满紫藤花蔓的长长走廊。这走廊是校园里最僻静的角落，也是学校里情侣幽会的绝佳场地。

半路上尚小月突然拉了半夏一把，拉着她在竹林旁蹲下。

在那影影绰绰的竹枝后，紫藤花蔓条的遮挡下，幽暗的长廊尽头有一对相拥的情侣。

两个人之中的男孩儿似乎比较腼腆，面孔通红，背靠着藤条手脚都没地方摆，女孩儿反而比较大胆，轻言浅笑，伸手把人圈在墙角里。

半夏和尚小月捂住彼此的嘴，猫着腰蹑手蹑脚地从那一对忘乎所以的情侣附近穿过。

摇摇晃晃的竹叶间，男孩儿的衣摆即将被撩起，空气里传来一声甜腻的浅笑。

冲过那段距离，半夏和尚小月长长地吁了一口气，看到了彼此涨红的脸。

“我突然觉得，”尚小月喘了口气，对半夏说，“你像她那样，去找一个喜欢的男人，按在墙上亲下去，没准儿就能找到曲子的感觉了。”

正在搓麻将的英姐看见同桌的牌友朝她挤了挤眼睛。

她扭头一看，是住在三楼的那个男孩子下楼了，正站在门外暖黄色的路灯灯光里。

他依旧穿着那件柔软的衬衣，搭着那件深色的羊绒外套，他将视线落在远方，仿佛在眺望村路的尽头。

“小冬，这是要出去啊？”英姐冲他打了个招呼。

年轻的男人转头看了过来，嘴角带起一点儿浅浅的笑，他冲她们点点头，迈开步子沿着村路慢慢地走了。

看着那个渐渐融进夜色中的背影，牌桌上的女人们议论起来。

“他还冲我们笑呢。哎呀，我要是年轻个二十岁……”

“少来，打你的牌吧，你就是年轻个三十岁也轮不到你。”

“小冬人是老好，就是不晓得为什么这么闷，住了这么久，除了拿外卖的时候，天天关在家里。这好像还是我第一次看见他出门走走。”

村子里的道路狭窄，路灯明暗不定，一侧是稀疏的楼房，另一侧是草木丛生的荒地。

虽然天才黑了一会儿，但夜晚的风吹在他的肌肤上，依旧带来一阵寒意。

凌冬伸手，紧了紧自己的外套。他已经很久没有以人类的模样走到户外。不知道为什么，这几天他突然觉得自己也应该出来走走。

道路两旁的劲草在寒风里发出细密连绵的响动，精神抖擞地在暗夜里招摇。

再过个把小时，就会有一个人骑着自行车一阵风似的从这条路上卷过，然后笑嘻嘻地三步并作两步地跑上楼去。

哪怕她前天还满头冷汗地躺在小小的出租屋内，独自熬过病痛。

曾经的凌冬不知道，这个世界上还有一种人即便生在严苛艰

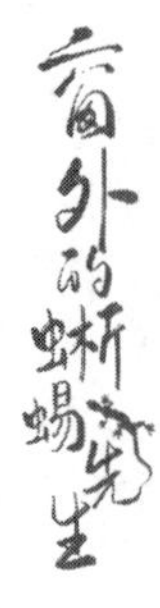

难的寒冬里，依旧能让自己活得那样生机勃勃。

他哪怕只是待在她的身边，受她的笑容影响，也会觉得这个世界仿佛充满阳光，不该只是暗淡的黑。

凌冬迈着脚步，慢慢地走在村道上，道路两旁是暖黄的路灯和一栋栋亮着灯的房屋。

吱呀一声，路边一栋老宅子的大门被拉开，一位年迈的女士拄着拐杖从门内出来。

她穿着厚实的大衣，裹着一条干干净净的格子围巾，鼻梁上架着一副老式的眼镜，看起来像是一位有文化的老太太。

老太太慢吞吞地带上门，拄着拐杖慢慢地从凌冬身边走过，手间捏着两张一元的纸币。

她佝偻着脊背在风里走了几步，转过头来看见身后穿着薄薄的外套的年轻人。

“小伙子，你是不是要去村口？帮我带一支牙膏回来好不好？”

村子的路口离这里不到五百米，抬起头就可以看见路口亮着广告牌的公交车站和站台旁那间小小的杂货店。

但这样的距离对一位耄耋之年的老者来说，确实已经显得很远。

夜色中站在路灯下的年轻人似乎呆立了一会儿，最终还是伸出手，从老人满是皱纹的手指间接过两元钱。

凌冬在杂货店里给自己挑了一包面粉、一双拖鞋、几个衣架，还抱了一盆万年青，但找不到售价两元的牙膏。

“哦，那种小支的刚好断货了。”老板看了眼前衣着体面的年轻男人一眼，心中觉得有些奇怪，一般那样廉价的牙膏，只有村子里独居的老人才会买。

他从货架上取了另外一支："买这个吧，同一个牌子的，量大更合算，七元钱。"

凌冬一只手抱着花盆，提着塑料袋，另外一只手单拿着那支牙膏，他回到那栋老旧宅院的门前，站在门外把牙膏递给坐在门槛上等他的老人。

村子里的房子大部分都被翻建了，钢筋水泥现代化结构，但也有一些老房子依旧留着斑驳的红墙、古式的瓦片，就像眼前这一栋。

"哎呀，这样的可不止两元，不行，我得补你钱。"老人不接凌冬手里的东西，支着拐杖扶着门框站起来，踮着脚往屋里走，"你等一会儿，等我一会儿啊。"

凌冬把牙膏向前递了递，没能拦住她。

他想把东西直接放下，但看着那个慌慌忙忙地往屋里赶的瘦小背影，不知为什么又在门旁站住了。

从大门口看进去，老人住的老宅子是用红砖砌的围墙，正中一个小小的院子。

院子的地面被扫得干干净净的，墙边两个阶梯的花架上摆着大大小小的花盆，即便是在冬季，也有几朵红色的花开在夜色中。

院子更里边是两三间屋子，屋子的窗户是老式的木框玻璃窗，边框都已经掉了漆。

凌冬站在寒冷的夜色里，突然想起了童年时的那些夏天。

那时候他坐在外公的屋子里弹琴，外公家也是这样陈旧的院子，红色的围墙，满院子开着花。

过不了多久，一个小小的脑袋就会从墙的那一边冒出来，那人趴在墙头上对自己招手喊：“小莲，来。”

老人从屋子里赶出来，看见门口的凌冬没有走，心里松了口气。越是到了这把年纪，她越觉得自己固执了起来，很不愿意看见别人同情的目光，尤其不愿接受别人金钱上的施舍。

那位站在门槛处的年轻人初见时面色苍白，没什么生气，走在路上，像冬季里冰雪堆成的人一样。

但这会儿，静静地站在门外等着她的年轻人不知为什么看起来仿佛接了地气一般，眉目之间都温和了起来。

老人就笑了，高高兴兴地将手里捏着的五元钱和一袋小小的饼干硬塞进他的手中。

“真是谢谢你啦，小伙子。”

“您……一个人住在这里吗？”凌冬这样问。

“本来有个老伴，两年前走了。孩子们去了国外，很难得才回来一趟。”老人笑着说完，推了推鼻梁上老旧的眼镜，露出眼尾深深的褶子。

门外昏黄的路灯灯光照着她稀疏的头发和沟壑丛生的皮肤。她实在显得过于苍老，接近枯萎的身躯艰难地站在空荡荡的院子里。

但她又笑得很有活力，身后是在冬季里依旧盛开的花。

“老啦，老怪物一样的年纪喽。”老人站在门里，突然起了一点儿聊兴，“别人都说我这样的人日子也差不多该到头了，但我就是舍不得嘛，要努力多活几年，多看看这漂亮的世界、漂亮的花花草草。”

凌冬回到家里，把怀里那盆万年青摆在窗台上，坐在窗边开始弹他的那架二手电子钢琴，足底轻踩着脚踏，指腹在琴键上发力，琴声便像水银一般，从跳跃的手指下流淌出来，满溢在幽暗的屋子内。

从前他使用的钢琴都是琴行里由他代言的价格不菲的顶级钢琴，现在他手下的这台电子钢琴对他来说几乎像是玩具一样，难以全面地展现他的技巧。

但这一刻他仿佛回到最初触摸到琴键的年纪，心中能够不再想那些多余的烦恼，只因为琴键之间发出的美好音符而感动。

他把手机摆在钢琴上，屏幕在黑暗的屋子里发出幽幽的荧光。

发布在红橘子上的几首曲子这几日的浏览量在不断地攀升，屏幕上显示的是大量听友在听过曲子之后给他的留言。

“嘿，兄弟，你的歌真不错。”

“大佬，我想请教一下，《一墙之隔》里鼓的 EQ（均衡器）是怎么调整的？为什么听起来空间感那么好？”

“我喜欢你的《迷雾森林》，这首曲子唱到我的心里去了，你知道吗？我常常觉得自己就是一个怪物，活在一片迷茫的森林中。”

“哥哥，我今天心情不好，听完《雨中的怪物》，想起了一些美好的事，又有了活下去的勇气。谢谢你。”

“什么时候还能再直播一次呢？那一首《人鱼》把我听哭了。”

虽然这些人并不认识他，他也不认识这些人，但分散在陌生的城市里的他们，喜欢他所创作的音乐。

哪怕他是一只怪物，但他心中的音乐是被人喜欢的，这个世界上还有人认可他的心。

凌冬闭上眼，脚踩踏板，开始肆意地弹奏着钢琴。

窗台上的那株植物生机勃勃，是绿色的。

窗外的世界也不再只是纯粹的黑，时而是一片瑰丽的紫红，时而又是神秘的钴绿。

哪怕那里有在暗夜中游行的魔鬼，有扭曲丛生的荆棘，有张牙舞爪的怪物，依旧有无数的生命在色彩斑斓的窗外开出花，生长出茂密的枝叶，顽强而倔强地活着。

屋子里的他被熟悉的音符包裹着，发着光的屏幕为他传递来天南地北的声音。

还有隔壁小小的屋子里，那里有一个让他可以安眠的小窝。

枯萎的灵魂被音乐托起，苦涩的心仿佛也有了归依之处。

半夏回来的时候，隔壁还响着钢琴声。

学长的音乐真是越来越强大了，跑着上楼的半夏停下脚步，在楼道里听了好一会儿，觉得自己从前必定是聋了，才会觉得凌冬的钢琴表达苍白无趣。

她推开房门，屋子里小莲不在，桌上的保温壶里装着一小碗热腾腾的猪肚莲子汤。

莲子软糯，猪肚脆爽，乳白的汤汁香醇无比，没有一丝内脏的异味。

喝了小半碗汤后，半夏摸了摸暖烘烘的肚子，已经彻底察觉不到生过一场病的痕迹，感觉自己又生龙活虎了。

小莲似乎有他自己的活动规律，最近每天晚上都会溜出门去，接近天亮才会回来。

即便如此，在半夏生病的这几天里，他还是变着法子给她准备了各种容易消化又兼顾口味的膳食，不仅仅是夜宵和早餐，时常连她第二天带去学校的伙食都一并提前装好了。

半夏不知道他在寂静的深夜里默默地为自己费了多少功夫。

半夏瘫在床上，胃里暖烘烘的，心也像被泡在温泉里一般，温暖又安逸。

多少年来她都是一个人过日子，什么时候被别人这样照顾过?

小莲明明是黑色的，却像是一个小太阳一样，无时无刻不温暖着她的心。

一墙之隔的琴声悠悠地传来，半夏在琴声中闭上了眼，叮叮咚咚的琴声仿佛潮水一般覆盖了她。

楼道里一切嘈杂喧闹都不见了。她沉没在海底，头顶上的海水一会儿是玫红的，一会儿是蓝绿的。

五彩斑斓，生活美得像童话。

清晨，天色未明之时，半夏睁开了眼，恰巧看见小莲扒着窗帘落下地面。他似乎很疲惫，几乎是一滚到窝里，就抱着他的小毛巾呼呼地睡着了。

他睡得这么沉，果然是这几天为了照顾她太辛苦了。

半夏躺在床上，在黑暗中看睡在角落里的那只小小的守宫。

睡在窝里的小守宫用四只小爪子紧紧地抓着他的小毛巾，半翻着身体，露出一点儿白色的小肚皮。

此刻的窗外，风露行云，星月未消，天色将明未明，最是万物界限模糊之时。

昏暗的墙角，黑色的小守宫不知道什么时候消失了，取而代之的是背对着她沉睡在地板上的年轻男人。

半夏的眼睛瞬间睁圆了。

微微的天光从防盗窗外透进来，栅格一般横竖交错的光斑打

在年轻男人苍白的脊背上和那双修长的腿上。

他的脖颈白皙，弧线漂亮的肩头留着一道已经结痂的伤痕。这让他看起来就像是童话里落难的王子，又像是被囚禁在光影中的囚徒。

半夏的耳边莫名地响起了尚小月昨夜和她说过的那句话。

她发觉自己鬼使神差地站起身来，缓缓地向墙角那人走去。

那人的脸埋在阴影里，披散的黑发遮住了他的容颜，唯独露出一点儿瓷白的下颌和那线条迷人的双唇。

半夏觉得自己的心跳开始加速。

在这样朦胧寂静的清晨，在狭窄而昏暗的角落里，她的心里仿佛有什么连她自己都不曾了解的东西在野蛮地生长，使她突然和平日里的彬彬有礼、斯文克制不同，变得“面目邪恶”、“色令智昏”起来。

她想要扳着那人的肩头让他转过脸来，再捏住他的下颌，迫使他无处躲避，最后撩开他的黑发，让他乖乖地在她面前露出容颜，或许……还会做一点儿更过分的事。

屋子里静得很，半夏只能听见那人清晰的呼吸声和自己怦怦作响的心跳声。

她咬咬下唇，向着那白皙的肩头伸出手。

就在这时候，清晨的第一缕阳光跳过窗外的树林，不合时宜地照进了屋子里，晒在了半夏的指尖上。

指尖的前方，那即将到手的光洁的肩头不见了。

温暖的晨曦中，只有一只呼呼大睡、茫然不知发生了何事的小小的蜥蜴。

第十三章 凌冬

半夏下楼的时候，险些和一位提着豆浆、油条上楼的邻居撞上。

“起得真早，大作家。”半夏打了一声招呼，伸手撑一下楼梯扶手，从他身边的台阶上跃下去。

“这么有活力吗？”那位熬了一个通宵、顶着两个黑眼圈的网络写手羡慕地看着消失在楼道口的一抹衣角，“早什么啊，我这是还没睡呢。”

她到了楼下，跨上自行车，骑行在乡间晨露未消的小道上。

被大清早凉凉的风一吹，半夏才彻底清醒过来，想不明白自己刚刚是犯了什么浑。

天色还很早，淡淡的晨曦透过树叶的间隙照在小道上。黄鹂隔叶歌唱，鸡鸣犬吠相闻，整个村子开始在早晨的阳光里缓缓地苏醒。

一栋老房子的大门被打开，退休独居的老婆婆弯着腰在院子里浇花。

二楼的露台上，一位年轻的妈妈背着小孩儿在晾衣服，同时回头喊自己另一个上小学的孩子准备起床。

再过去的一栋楼，家里的女主人正忙忙碌碌地准备全家人的早餐。

半夏骑着自行车到路口的杂货店前，停下来买了一瓶水。

店门口的公交站站台上，两位准备去上班的女孩儿化着精致的眼妆，穿着毛呢小裙子，挨在一起说话，语调温柔，举止娇俏，

秀美可爱，就是半夏看了都感觉赏心悦目。

半夏是喜欢这种可爱的妹子的。但有时她也会想，这些女孩儿表现在外的娇柔软绵或许并不是她们的本性，只是这个时代中女性被普遍认为的更吸引异性的模样而已。

在半夏成长的岁月里，成年男性的角色是缺失的，正常的异性亲密关系该如何形成于她是个模糊不清的概念。

但有时候，有一种本能无须言传身教，就像让一条去了鳞的鲜鱼平躺在山猫的面前，让一只漂亮的麋鹿在雪豹前露出它柔软的脖子，天性在那一刻自然会不可抑制地表露出来。

在那朦朦胧胧的屋子角落里，半夏很清楚地知道，自己心里生出一股隐秘的愿望，想要一口咬住那雪白的脖子，把他叼回自己的巢穴里，让他无处逃逸，让他成为自己的所有物。

半夏昂起头，咕噜咕噜地喝掉了半瓶凉水，喘口气，继续向学校的方向骑去。

学期过去了大半，抢琴房的人数开始激增，没能早起的潘雪梅没抢到钥匙，只好赖到半夏的琴房里写作业，顺便等她一起去上早课。

半夏今天的琴拉得很投入，细腻到了极致的琴声勾在人心头，莫名有一种让人心跳加快、面红耳赤的感觉。

“你这个风格被老郁听见，难道他不会砍死你吗？”挤在小桌子前写作业的潘雪梅咬着笔头笑，“这可以叫作少女心吗？我听了怎么像是秘密花园的感觉？”

“哈哈，没事的。老郁虽然每次一副要发脾气的样子，其实他们夫妻二人都是真正理解音乐的人，没有你想象中的那么顽固。”半夏笑着说，“每一个少女都不一样，每一颗少女心当然也不一样。”

“是吗？你大概是我们班唯一不怕他的人了。”

“雪梅，”半夏停下琴弓，趴到桌上问她的好朋友，“你会喜欢什么样的男孩子？”

潘雪梅写着作业，随口说道：“当然喜欢那种极具男性魅力，对我又非常专一的类型。”

半夏想了想：“富有男性魅力的一般都久经情场，阅历丰富，这种类型其实很难兼顾专一。”

潘雪梅用笔头绕了绕头发：“那就要那种能保护我，给我安全感，上下车会为我开门，节假日送各种礼物，特别绅士的类型。”

“可是，”半夏摊手，“雪梅，你家里经济条件很好，自己也优秀，又不是开不动车门，买不起礼物，这辈子也几乎不会遇到抢劫之类的小概率事件，为什么会想要一个保护你的男朋友？”

潘雪梅停下笔，转过脸来瞪她：“你今天这是抬什么杠？电视剧不都是这样演的吗？英俊帅气的男主角把楚楚可怜的女主角往身后一挡，大吼一声‘别怕，一切有我在’，女孩儿就可以轻轻松松地脱离困境，多爽的情节。”

潘雪梅伸手比画了一下：“于是大家都觉得女孩子只要表现得柔弱温顺一点儿，便会一辈子得到男朋友的疼惜怜爱。谁不想有人护着哄着，活得轻松一点儿呢？这样的情节看着看着就信了，反正我也没谈过恋爱。”

“原来你也一直单身，看来我是白问了。”半夏失望地说道。

“说得好像你有经验一样，音乐系有几个人能挤出时间谈恋爱啊？”潘雪梅问半夏，“那你的理想型又是什么样的？”

“我吗？”半夏掰着手指认真地思考，“我喜欢会做饭，爱干净，能收拾家里，和我有共同语言，喜欢听我拉琴的男孩子，还要性格腼腆一点儿，容易害羞的那种。嘿嘿，最好还能有一双大长腿，皮肤还要白……”

“停停停停，你这都是从哪里找的参照物？我那算是幻想，你这完全叫不切实际。”潘雪梅打断了她的话，“这个世界上根本没有那种男人，或者说那种叫作‘男妈妈’的生物。”

“也不能说没有吧，”半夏遗憾地嘟嘴，“世界这么大，本该什么性格的人都有，只是大家都被条条框框限制住了，才会觉得不该有这样的‘男人’，或者不该有那样的‘女人’。”

下楼的时候，两个人在手机里看见班级群里的通知，明天晚上学校礼堂内有一场演出，要求全班学生作为观众到场，不得缺席。

晚会的起因是国内一家知名钢琴厂家给榕音赞助了一批专业级别的中高档钢琴，学校特意举办了这个晚会作为回报，并为此邀请了电视台和媒体为赞助商做宣传。

半夏不太喜欢这种活动，因为不得不给兼职的地方打电话请假。

潘雪梅却有些兴奋：“嘿，听说这个赞助是冲着凌冬学长来的。凌冬的爸爸还签了他们品牌的全国总代理，你说明天凌冬学长有没有可能出席？”

凌冬学长吗？

半夏想起了那位住在自己隔壁的神秘邻居。

半夏在英姐的楼里住了那么久，对左邻右舍都还算熟悉，只有那位和自己一墙之隔的学长，反而见得最少。

她虽然天天都能听见他的琴声，对他的音乐可以说算是非常熟悉，但真正在楼里碰面的次数——她掰着手指算起来——不超过三次。

这样想想，那位学长明明家境富裕，自己也声名在外，事业有成，为什么会跑来租她隔壁的屋子，住在那样嘈杂的环境里呢？为什么他还把自己天天关在房间里？

天才的世界真是让人难以理解啊。

此刻，在英姐出租房的三楼，一直拉着窗帘的屋子里，桌面上手机的屏幕亮着，显示正在通话状态。

一位女士温温和和的声音正从屏幕的那一端传来："实在是很为难，这是当初在合约里写好的。

"如果你连一面都没有露，那么家里要赔一大笔违约金给人家。你也知道，你爸爸的琴行这一年的收入不太高。

"你能不能出来一趟？只需要简单地露个脸，演奏一首曲子就行。如果你小心一些，是不是也可以？

"我听你的老师说，前几天在学校里见到你了。

"就这一次，以后，应该也没有别的事了。

"小冬，你在听妈妈说话吗？"

在那手机的屏幕前蹲着一只黑色的小小怪物，手机的微光照在他纹理斑斓的眼球上，他看着屏幕上那冷冰冰地跳动的通话时长。

过了片刻，黑暗中响起一声轻轻的回答："可以。"

通话中的屏幕持续地亮着，那边响起松了一大口气的说话声："你从家里搬出去，怎么也不告诉我们一声？那个，妈妈给你发过

一次短信，你有看到吗？”

在持续没有回应的寂静中，屏幕那一端的声音也渐渐地弱下去了。

最终，那位女士的语气中带上了一点儿歉疚。

“对不起，小冬……妈妈是个软弱的人。”

晚上，回家的半夏听见三楼的楼道间里回响着一首简简单单的钢琴曲。

这首曲子是电影《菊次郎的夏天》里的配乐，曲调轻松悠扬，带着一种夏天海边的爽朗舒畅感。

只是不知道为什么，此刻那悠悠的钢琴声听起来让人心里隐隐地泛起一股难言的伤感。

半夏扶着楼梯的扶手，在琴声中慢慢地向楼上走去。伴随着琴声，她不禁想起那部经典电影中的画面，想起两位主角对各自的母亲矛盾而复杂的情感。

那位住在她对门的以写文章为生的作家顶着一头乱发推开门，耷拉着眉毛，一脸愁苦地向外走去。

这位作家笔名叫“玉面人”，真名倒是很实在，就叫林石。他从名不见经传时起就住在这里，挣钱了之后也不曾挪窝。

其实他如今已经是一位小有名气、一连出版了好几本书的作家，市场评价也很不错。

“这是怎么了，林石？”半夏问他。

“读者说我文笔不行，只配写给小学生看。”林石穿着肥大的睡衣，穿着拖鞋垂头丧气地说，“本来心里就难过得很，又听到这首曲子，不知道为什么，就觉得世界一片灰暗，彻底写不下去了。”

“别……别，网络上出现几句差评不是很正常吗？”半夏开解他，“喜欢你的人可多了。我认识的一个妹妹就很爱看你的小说，特别崇拜你，还和我要你的签名呢。她说她想要签名和寄语。”

“真的吗？行。”林石瞬间被哄好了，蹦着回屋里，特意取出一本样书和签名笔，“要签什么内容？她叫什么名字？小妹妹漂亮吗？多大年纪了？”

“你就写‘致甜甜’，她超可爱的，今年读二年级了。”

林石抬起黑眼圈严重的双眼看她。

半夏不解地眨了眨眼。

林石嘤了一声，丢下半夏啪的一声关门进屋里去了。

“果然别人说得没错。我只有小学生的文笔，我的书只有小学生愿意看，呜呜呜。”屋内躺在地板上的他发出呜呜声。

过了一会儿，他重新跑出来，把手里那本签好的书恨恨地丢进半夏的怀里。

半夏翻开一看，这位邋里邋遢的男人倒写了一手工整娟秀的小字。

可爱的甜甜小妹妹：要好好学习，天天向上，约好了哟！

他在署名处画了一个笑嘻嘻的简笔小人。

在半夏和林石说话的时候，楼道里的琴声不知何时停了。

半夏进屋以后，看见她的小蜥蜴蹲坐在窗台上，看着窗外的夜色。

窗外是黑得深浅不一的小树林，树林的那一边有着别墅区照

出的点点灯光。

小莲的眼眸深沉，藏着细细的暗金纹路，像那童话故事中最神秘的宝石。

他的视线越过层层叠叠的树冠，落在那远方的灯火上。

黑色的夜晚衬着他黑色的身躯，让他看起来就像窗边的一笔浓墨，比窗外的夜色还要暗淡，仿佛只要人一个错眼，他就会彻底融入这黑夜之中，再也找寻不见。

半夏突然想起了第一次遇到小莲的那天。那天大雨瓢泼，电闪雷鸣，出现在窗口处的小莲满身泥泞，伤痕累累。

这一刻，窗外月朗星疏，小莲的身体明明也干干净净、光洁健康，但是不知为什么，半夏有一种他受伤了的感觉。

小莲刚刚来的那段时间里，半夏是看不懂他的情绪变化的。如果他不开口说话，不论悲喜，在半夏眼中都是黑黝黝的脑袋加一对圆溜溜的眼睛。

一天天地相处下来，半夏好像也渐渐地能从那非人类的五官和身躯中读出一点儿他不愿说出口的喜怒哀乐。

“小莲，看我今天带回了什么？”半夏这样说着，从书包里取出她带饭用的保温饭盒。平日里，小莲经常会在这个饭盒里装满香气四溢的食物，让她带到学校去吃。

这一会儿半夏打开盖子，里面装的却是她从酒吧一条街特意打包回来的食物。

第一层的盒子里装的是半只红糟鸭。

鲜嫩多汁的鸭肉被玫红的酒糟浸透，和桂皮、八角、姜片一道在砂锅里被焖得酥烂，一开盖子，酒香四逸。

第二层是一小盅小鲍鱼炖排骨汤，清清爽爽的，汤汁鲜美。

“天天做饭也太累了。晚上歇一歇，吃我带回来的外卖吧。”半夏把温热的保温饭盒打开，给小莲看。

黑色的小莲从窗台上爬下来。

这两道菜的价格对半夏来说不便宜，半夏自己舍不得吃，单给他买了一份。

“这家店里除了瓦罐汤，单做这道红糟鸭，生意好得很，我排了半个小时的队呢。”半夏说，“你一会儿记得多吃一些，我早上看你好像太瘦了点儿。”

她嘴巴说快了，险些将自己早上把小莲给看光了的事给说秃噜了，急忙胡乱找补了一句。

“我的意思是，你这几天辛苦了，应该多吃点儿，哈，哈哈。”

为了让小莲能在自己睡着以后安心地吃饭，半夏早早地收拾完毕，钻到被子里。

她看见小小的小莲蹲在床边的地板上昂头看她，又忍不住把手臂从被子里伸出来。

“要不要上来？”她说。

屋子里别的灯都熄了，只开着一盏蒙蒙亮的夜灯。灯光从床脚照在小莲身上，在他身后拖出一道长长的影子。那影子打在墙壁上，仿佛一只在黑暗中挣扎的怪物。

黑色的影子在灯光中犹豫片刻，终于抬起了脚，踩上公主的手心，被公主抱上了她的小床。

半夏把小莲放在枕头边上，趴在枕头上和他说话。

“我们说说话吧，小莲，你今天是不是有点儿不开心？”

小莲顿时抬起眼来看她，半夏知道自己猜对了。

“平时总是你听我各种抱怨，如果小莲有什么不开心的事，也

可以和我说。”

小莲不太爱说话，但半夏是个活跃气氛的能手，特别是在想要哄自己喜欢的人的时候。

她很快打开了话匣子，一会儿说起自己童年时候的趣事，一会儿说起打工时的一些见闻，引得她的那只怏怏不乐的小蜥蜴眸色渐渐地亮了起来。

“昨天蓝草咖啡厅里有一个男人捧着玫瑰花和女伴求婚，还点我拉一首《爱的礼赞》，问题是这已经是我第三次看到他求婚了，每次的女孩儿都不一样。你知道吗？在我小时候，村子里的男孩子如果喜欢上哪个女孩子，不会送花花草草，反而特别喜欢捉弄她，会专门喜欢抓一些毛毛虫啊，小青蛙啊，去吓唬人家。隔壁的小翠就被半糊糊吓哭过，还是我去帮她揍了我表弟一顿，哈哈。”

黑色小守宫蹲在枕头边听半夏有一搭没一搭地逗自己开心，幽幽的眼眸映着近在咫尺的面容。他们彼此靠得这样近，床单之上独属于她的气息是那般清晰地笼罩着他。

小莲突然觉得心里有一道锁被解开了。

人的本性便是贪婪的，哪怕作为一只怪物也一样。

最初，他只想借一块歇息之地取暖，度过那个寒夜。

后来他便想着住到她的附近，以怪物之身留在她的身边，时时见着她，听着她的音乐，便觉得安逸幸福。

如今，他却发现，自己心里还有着一种更深的渴望，那种按了这边翘起那边的贪婪，想压也压不住，想管也管不了。

第二天的演出，凌冬到场得很晚。他到场以后表现得很谦逊，只肯坐在贵宾席最边上的一个位子。

聚光灯下的白衣男子清隽秀美，瘦腰长腿，气质冰冷。

到场的学生们大多对学校的赞助活动没什么太大的兴趣，顿时将注意力全集中在这位很少露面的传奇人物身上。

“学长的气质看起来好冷。”

“他好像向来都是这样，对任何事都不怎么感兴趣，冷冷淡淡的。”

“天才嘛，总归要和别人不一样的。”

“好羡慕他，连校领导都和他握手。我什么时候也能像他那样站在聚光灯下？”

在纷纷的议论声中，凌冬低垂着睫毛平静地坐着，淡漠的面容上不起一丝波澜，他冷得像冬季里的一块冰、一片雪，不着一丝人间的烟火气。

仿佛在任何时候，他都保持着那一份古井无波，没有任何事能勾起他一丝情绪的变化。

主持人请他第一个上台，他便在灯光中走上舞台，对着观众微微鞠个躬，在舞台正中的钢琴后坐下，抬手演奏起他在国际大赛中获奖时演奏过的那首《钟》。

钢琴演奏家李斯特创作的这首钢琴曲本身是一首难度极高的炫技曲，凌冬的琴声克制而严谨，教科书一般不差分毫，他用高超的技巧模拟出铃铛一般清脆密集的钟声。

那声音清冷，机械而规整，嘀嘀嗒嘀嘀嗒……演奏者的双手在键盘上快得几乎化为了残影，雨点般的钟声敲打在空中。

台下的学弟学妹们，无一不为这样的神乎其技折服。

观众席中的半夏抬头看着舞台上灯光之中的演奏者。

奇怪，学长的琴声应该不是这样的。

半夏和凌冬相处得不多，但隔着一道墙壁，他们经常听见对方的演奏，她对他的琴声极为熟悉。

学长的琴声明明十分特殊，拥有丰富而浓烈的情感，她每每听到都感到心灵受到震撼。

他也并不是一个真正冰冷刻板的人，会主动为他人提供帮助，会在请求她协助配乐的时候涨红了耳朵，和舞台上这个仿佛戴了面具一般的人看起来完全不同。

偏偏在这个舞台上，他显得如此克制，仿佛故意控制着自己的情绪，不让它们随意流泻在外。

舞台上，钢琴前演奏者冰凉的目光从台上落下，向人群中看了一眼。半夏突然有了一种错觉，觉得仿佛他看见了她。

就在那一眼之后，钢琴的曲风顿时为之一变。

巨大的舞台上仿佛出现了无数的时间之钟，身披黑袍的时间之神于空中伸出苍白的双手，拨动一个个摇摆的钟铃，加快它们的节奏。

时间在加速流逝，所剩无多，密集的钟铃声如脚步一般踩在人的心头。闻者心中惶惶，感到紧迫焦急，慌张得难以呼吸。

一曲结束，余音绕梁。交错摇摆的时钟、黑色的神明全部消失。钢琴前的演奏者身着白衣，微闭双目，仿佛下一刻便会随风消散在这一片璀璨的灯光之中。

半夏坐在台下看着灯光中的他，无数的观众都在那一刻看着灯光中的那个人。

掌声先是稀稀拉拉地响起，渐渐地如同潮水一般，层层叠叠，汹涌澎湃，一波又一波地响了起来。

“好奇妙啊，第一次听这样的《钟》。”

“明明是很轻松的曲调，听着却莫名有种害怕的感觉，惶恐于时间的流逝，好像一切都要来不及了。”

“我的心揪得好紧，仿佛有什么令人绝望的事即将发生，时间却又一点一滴无可奈何地溜走，我简直就要在琴声里窒息了。太强大了。”

“学长就是学长，当之无愧的钢琴王子。”

电视台的记者和受邀请前来的音乐评论家们也在纷纷交换彼此的意见。

“凌冬好像又有所突破了。”

“无与伦比的演出，在我看来比他曾经的任何一场演奏都要厉害，一定要好好录下来，拿到电视台去播放。”

“凌冬的人生真是被神灵眷顾，一路坦途，前途无量啊！”

然而在众人不断的掌声中走下舞台的凌冬在进入后台之后，再也没有返场露面，就这样一言不发地提前离开了演出的会场。

一直到整场晚会结束，半夏都没能留意后半场的节目，彻底地沉浸在开场这一首《钟》的旋律中，以至骑车回家的路上，忍不住几次停下来，在脑中思考着怎么用小提琴来诠释这一首曲目。

“到底怎么做才能在炫技的同时表现出那样令人窒息的紧迫、焦虑和不安呢？”半夏站在路边，空手模拟出拉琴的姿势，在脑海中思考着音乐表达的方式。

这里离学校已经很远，接近她居住的村子，路边杂草丛生，一盏盏昏黄的路灯的灯光打在寂静的草叶上。路边的灌木里微微发出细碎的动静，半夏警惕地后退半步。

她仔细一看，在乱草枯枝中站着一个人，正是开场后就离开

了舞台的凌冬。

她也不知发生了什么事，凌冬明明离开得那么早，到现在却才走到这里。

他站在一片乱草丛中，正低着头看自己的手，路灯灯光斜照在他修长的身躯上，把他的影子长长地投在树林间，在暗枝乱影之间，宛若藏着一只狰狞而扭曲的巨大怪物。

此刻的凌冬衣衫不整，滚了一身的枯叶杂草，连头发上都还呆愣地插着两片叶子，就像是刚刚在草地上摔了一跤。

哪怕摔上一跤也很难弄成他这副模样，事实上他看上去简直就像是被人拖进小树林中来回揉搓了好几遍。

他到底是怎么弄的啊？

半夏迟疑地喊了他一声，凌冬这才回过神来，骤然抬头向她看来。

在这一瞬间，有一阵微风拂过，吹乱了凌冬的衣襟和额发。

他站在草叶间盯着半夏，那双眼眸黑得惊人，眸中的潋潋粼光让人心中微颤。

你可还记得，我幼年的时候也居住在那开着花的院子里，在倾泻着日光的窗前弹奏钢琴？

曾经的一切都宛如一场光怪陆离的大梦，梦醒之后，他却不是故事中的王子，而是那形容诡异的怪物。

“怎么了，学长？你怎么一个人在这里？”半夏小心地喊他，顺手拍了拍自行车后座，“是不是摔倒了？要不我送你回去吧？”

凌冬的嘴唇微微动了动，最终他还是收回目光，垂下眼睫，伸手接过半夏自行车的车把。

“我载你。”他这样说。

今天的夜空中没有星辰，也没有月亮。

半夏坐在自行车的后座上，路灯的灯光从骑车的二人身上滑动过去。

自行车驶过一段下坡的道路，夜风掀起骑车那人的衣角，隐约露出腰部一点儿苍白的光泽和紧实纤瘦的线条。

从半夏的位置，她正好看见他握着车把的手，那手指苍白而修长，薄薄的肌肤覆盖在骨骼上，隐隐地鼓起青色的血管。

奇怪，学长的手看起来好像有些眼熟呢。

到家之后，凌冬没再说话，只是冷淡地和半夏点点头，推开他的屋门自己进去了。

他的样子看上去似乎十分疲惫。

半夏进屋之后发现从窗外回来的小莲看起来似乎也很疲惫。

“怎么搞得一身土腥味？跑哪儿去了？”半夏抱起小莲，仔细地看了看，拿了一条温热的毛巾，帮他擦干净手脚。她擦到尾巴的时候，被他不好意思地避开了。

被擦干净手脚的小莲钻进了自己的饲养盒里，很快闭上眼，好像历经了长途跋涉一般。

第二天早上起来时，半夏突然发现小莲出状况了。

本来小莲的后背上均匀地覆盖着极细小柔软的鳞片，呈现出黑宝石一般非常漂亮的光泽。

今天早上她起来一看，发现那种黑色突然变淡了，他的全身仿佛蒙上了一层白雾般的浅白。

那层薄薄的白色像薄膜一般，正从他的身体上脱落。小莲似乎很急躁，用嘴叼着那层白色的外皮，扭动着尾巴想要将它彻底

地从身体上扯下来。或许是他的动作过于急躁，反而不太顺利。

那层被他强力拉扯的死皮七零八落地黏附在身体各处，若是看不习惯的人一眼见到了，不免觉得有些难看。

挣扎中的小莲突然发现半夏不知道什么时候已经起来了，正蹲在他的饲养盒旁，担忧地看着他。

小莲扭了一下尾巴，拖着那不太好看的身体，钻到了窝里的毛巾底下，用那条小小的毛巾严严实实地盖住了自己。

“不用担心，没什么大事。”毛巾下传来他独特的低沉嗓音，“我很快就好了，你出门去吧。”

那声音听起来很沉稳镇定，仿佛他真的一点儿事情都没有。

但是半夏这回没有听他的，伸手揭开毛巾，把躲在毛巾里那只蜕皮没蜕顺畅，显得丑兮兮的小莲抓到了手上，仔细地看他。

小莲的模样看起来不太好，那本来漂亮黝黑的肌肤上到处粘着残破的白色薄膜。

白色薄膜像一块块破碎的塑料布，左一块右一块地卡在他的脚趾缝间、尾巴上、脖颈上和眼睛上。

因为这个，他细小的脚趾间有些发红，一边的眼睛也被卡住了，睁不太开。

他在半夏的注视中侧过了脸，特别不想让半夏看到自己这副模样。

半夏和平时一样将他捧在手心里，她的手心很柔软。她仔细打量他的双眸像一汪泉水，里面没有嫌弃、厌恶，反而带着点儿担忧。

小莲知道半夏对自己的那份温柔怜惜。

自己第一天进入这间屋子里时，她就把自己焐在手心里，带着自己求医问药，一边替自己上药，一边轻轻地叹息：“怎么搞成这个样子的？”

他从那样的寒冬里活过来了，心却逐渐变得贪婪，总是奢望着半夏看着自己的目光里除了怜爱还能有一点儿别的情绪，一种以自己如今这副模样本不该奢想的目光。

他其实很喜欢以凌冬的样子见到半夏：他们在楼道里偶遇，半夏那样笑吟吟地喊他“学长”；他们在灯光中共同演奏，灵魂于音乐中共鸣；半夏在舞台上转过身来，又惊又喜地看着钢琴前的他，眼睛里有着欣赏、赞叹的光。

因为想要她用这样的目光看着自己，在昨天的舞台上，哪怕凌冬再三告诫自己控制好情绪，不让心绪波动，可是当他看见观众席中的半夏之时，还是忍不住打开自己，放纵地用琴声传递了内心深处的声音。

凌冬匆匆地退场之后，还没等走到半途，就在路边的灌木丛里掉落了衣物，变了身形。等到状态稳定，他羞耻地借着草木遮蔽穿好弄脏了的衣物时，却遇到了骑车归来的半夏。

“怎么了，学长？你怎么一个人在这里？是不是摔倒了？要不我送你回去吧？”

那一刻她的眼中看着的是一个男人，一个让她欣赏的，能够平等直视，可以并肩行走的男人。

他骑着单车回家，后座上载着她。

她一定不知道他的手是费了多大的力气，才能勉强保持着单车的平稳。

她也不知道，因为后座上坐着她，他脊背的肌肤一阵阵地发烫。即便是冬夜的冷风，也吹不散那股炙热的气息。

他真希望道路能有无限长，而自己能以男人的模样永远载着她。

半夏看着自己手心里的小莲怏怏不乐，心里更紧张了。她拿出手机连拍了几张照，点开一个微信头像，将照片发过去询问。

这是一位当时在宠物医院追着她加微信的爬友，昵称叫“小小龙”。

半夏虽然没有满足过他“借小莲出来营业”的愿望，但这段时间会偶尔通过手机向他请教如何照顾守宫的问题。

小小龙看了半天照片，回复了信息。

“这是蜕皮没蜕好，卡住了，脚趾和眼睛看起来有点儿红。”

“也不用慌，守宫蜕皮是很常见的，基本每个月都要来一次。”

“你给它泡一下温水，辅助它一下。”

“我发一个视频给你看看，动作温柔点儿，帮它一把很快就好了。”

半夏反复看了几遍视频，参考着视频里播放的内容。

她先给小莲泡了一个温水澡，再把他抓在手心里，捏住一片白色薄膜的边缘，小心翼翼地往外拉扯。

她生怕弄疼了他，手都有点儿抖。

“疼的话你就说啊。”

她的脸靠得那样近，温热的呼吸吹拂在他刚刚泡过热水的肌肤上。小莲在她的手里张了张嘴，僵住四肢不动了。

一层薄薄的膜慢慢地从细嫩的脚趾缝隙间脱离，半夏感觉出了一背的汗，伸手摸了摸那只嫩嫩的小脚，确定没出什么差错，才按照视频里教的给他涂了点儿消炎药，又小心地把卡在眼皮上的一点儿死皮剥落，给那只红肿的眼睛也上了药，最后抬头看手机里同步播放的视频。

视频里的声音这样说着："帮守宫蜕皮，到了尾巴的时候，为了防止断尾，要像这样抓好你的守宫。"

守宫的腹部都是白色的，外表看上去一片光洁，没有任何奇怪的外部器官，因而半夏也就没有多想。

半夏眼里看着视频，手中照着示范把小莲翻过来，掐着他的腰腹，开始处理他尾巴上的问题。

小莲明显地在她手中挣扎了一下，半夏眼下只顾盯着视频，口里抱怨："别乱动，我还没开始呢。"

直到她开始小心地搓那条尾巴，手中的小莲终于发出一点儿低哑的喉音："不要这样……放……开我。"

那语调和他平时说话的语调大为不同，完全跑了腔调，似乎在喉咙里压抑着难耐的痛苦，但又好像十分欢愉享受。

半夏才感觉到有所不妥，偏偏这时候视频里响起一段语音。

"处理尾巴蜕皮的时候一定要小心，如若不慎发生感染，或者出现枯尾现象，就需要及时切断守宫的尾巴，以保全它们的生命。下面讲一下必要的时候怎么安全地切断守宫的尾巴。"

半夏和小莲都同时被这段话吓住了。

半夏如履薄冰，动作温柔再温柔，小莲紧紧地闭着嘴，忍耐再忍耐。

待到终于处理完这次惊悚的卡皮事件后，半夏才松手，小莲就一下从她的手上蹿了出去，一头钻进了窝里的毛巾底下，仅仅露出一点点尾巴尖在空气中不受控制地抖动。

半夏忍不住给小小龙发了一句话："你知道守宫一直抖尾巴是代表什么意思吗？"

小小龙的信息回得非常快："恭喜你，雄性摆尾的话就是发情了。"

他在这句话后接了一个极为兴奋的表情，随后立刻发来一个短短的小视频。视频中一排漂亮的爬柜里，各种肤色的守宫应有尽有。

"快看，我这里有各种大眼细腰的美人，把你家的小哥哥借出来营业一次，价钱好说。"

到了晚上，回到家的半夏噔噔噔地往楼上跑，在楼道里碰到了外出归来的凌冬。

这位学长的皮肤本来就十分白皙，今天也不知道是不是灯光的缘故，他的皮肤如同新剥了壳的鸡蛋，白皙细嫩到了发光的程度。

只是他的右眼不知有了什么问题，似乎涂过药，用一块方形的白纱布遮着。

半夏还来不及和他打声招呼，他便有些刻意地避开了视线，直接推门进他的屋子里去了。

她也不知道是不是错觉，那闪身进屋的背影从耳垂到脖颈仿佛都泛起了一层粉红色。

半夏回到自己的屋子里。桌上依旧摆着温热的夜宵，小莲却没在家。

小莲没在屋子里是常事，但往常只要是半夏回家的时间段，他通常都会很快地从窗外出现，蹲在他的小窝里，听半夏拉一会儿琴，两个人再说说话，聊一会儿天。大部分时候是半夏说，他倾听。他们两个一个蹲在窗边的小窝里，另一个趴在床尾上，熄着灯，就着窗外的月色，天南地北地聊着，直到半夏进入梦乡。

可是今天，半夏在屋子里左等右等，也没有等到小莲回来。

她靠着墙，百无聊赖地坐在床上。

偏偏今天连这堵墙都安静得很，隔壁屋子里的学长没有发出一点儿声音，连一首钢琴曲都没有演奏。

没有音乐让半夏那颗有一点儿烦闷的心分一分神。

半夏拿起自己的小提琴，信手拨弦，漫不经心地随手演奏着。

那旋律听起来像在下雨，雨中沾着点儿情欲，欲中透着点儿惊惶，惊惶中又带出隐秘的欢愉。

半夏拉了半天，才突然发觉自己演奏的是当初凌冬请自己帮忙录的那一段旋律。

不知道为什么，这段旋律此时此地拉起来，感觉特别符合自己的心境。

小莲是在躲着我吗？

半夏咬咬嘴唇，心里的声音顺着指腹和琴弦流淌在小小的屋子内。

她不知道，有一个身影只隔着薄薄的一道墙，在她的身后，坐在黑暗中，静静地听着这首曲子。

身着白衣的男人手边，手机屏幕在黑暗中微微亮着光。

屏幕上开着计时器，时间一分一秒毫不留情地跳动着。

第五十分钟的时候，黑暗里，靠着墙壁的男人闭上了眼睛，轻叹一声。

“果然，时间又变得更短了。”

小提琴悠悠的鸣响中，那件雪白而柔软的衬衣垮落在地上，从里面爬出了一只小小的黑色守宫。

第十四章 你就教教我

早晨，桌上的早餐精致得有些过分。

现烤的舒芙蕾松饼，松松软软白白胖胖的，上面浇了一点儿炼乳，还撒过糖霜，搭配一碗熬出胶质的银耳红枣汤，另外还有一碟洗净的丹东草莓，一个个红艳艳的，簇拥在瓷白的小碗中。这像是一位想要哄家里人开心的丈夫刻意耗费精力准备的爱心早餐。

做早餐的人却不在屋子里。

事实上，半夏这两天都没怎么见到小莲。

她晚上回来的时候，桌上摆着热腾腾的夜宵。

她早上起来的时候，桌上放着精致可口的早餐。

但那只小小的黑色身影，始终没有出现在她的视野里。

半夏只好独自吃完早餐，骑着车去学校。

她骑行到半途，突然刹住了车，终于想明白一件事。

难道他……是在躲着我吗？

晚上到育英琴行上课的时候，半夏把林石签了名的书递给甜甜。小姑娘兴奋地搂着她的手臂，又蹦又跳，小心翼翼地将那本书藏进书包的最里层。

她从书包里拿出一张小照片给半夏看，那是一只她饲养了多年最心爱的宠物猫。

“老师，我告诉你一个秘密，这不是普通的猫咪哟。我妈妈说，它是一位来自猫星的公主，所以我每天都抱着它，把它打扮得漂漂亮亮的。”

半夏于是也把手机里小莲的照片给她看：“老师家里也有呢，漂亮吧？这不是普通的蜥蜴，是一位蜥蜴王子。”

“王子吗？”小姑娘有一点儿失望，“可惜了，是王子的话，我就不能随便摸他了。”

“为什么？”半夏不明白。

“因为他光溜溜的啊，而且又是男生。”小姑娘摆出一副“这你都不懂”的表情。

半夏啊了一声。

小莲刚来家里的时候，一直维持着蜥蜴的模样。

半夏带着他看病，带着他出门，把他藏在口袋里，握在手中，摸来摸去都习惯了。

她虽然后来在小树林里见到他人形的模样，但也并没有意识到这个问题。

如今被小朋友一句话点破，她回想起自己对小莲做过的诸多动作，一时间感觉整个人快要裂开了。

下课之后，甜甜的母亲特意找到了半夏。

那位衣着体面，对孩子教育十分重视的女士笑吟吟的。

“不知道老师用了什么好办法，这孩子最近练琴肯吃苦了许多。真是要谢谢小夏老师。”

半夏此刻脑子里一片闹腾，都没能听清她说了些什么。

回家的地铁上，半夏握着车厢内的扶手，低头打开手机上的守宫论坛。

一条条关于守宫的信息顺着手指的滑动在屏幕上滑过。

守宫的“某种器官”是藏在体内的，大约在腹部和尾巴交界的位置，平日从外面是看不见的。

半夏看了那些示范照片一眼，想到自己昨天是怎么把小莲翻过来按在手里的，深深地倒吸了口气。

“雄性守宫快速抖动尾巴代表什么？”

“当然代表它发情了，已经控制不住自己体内的信息素啦。”

“守宫很多地方都是很敏感的，头部、脖颈和尾巴都是它们的敏感区域。”

“除非想要欺负它们，不然不要随意触摸。”

车窗外，一个个广告灯箱在飞快地后退。

半夏伸手捂住了脸，心想：我都对小莲干了啥？

地铁到了站，她改骑自行车。车轮骨碌碌地滚在乡村的小路上。

整个村庄披着夜色，暖暖的灯火点缀着路边。

和过往的每一天一样，年轻的妈妈在给孩子洗澡换衣服，辅导功课。

年长一点儿的女主人忙着收拾碗筷，拖地洗衣服。

年迈的杜婆婆寡居在空荡荡的老宅里，孩子们远在外地。

这个村子和半夏成长的家乡风俗类似，女性大多勤劳而辛苦，承担起家庭生活中几乎全部的繁重工作，却被视为理所当然。

半夏从小没见过父亲，却见过太多这样为了丈夫和子女付出一切的女性。

哪怕是半夏那位十分尖酸刻薄的舅妈，每天下班回家的时候，也需要买菜煮饭，伺候完全家人吃饭之后，还要拖地洗衣。直忙到晚上八九点钟，她或许才能抽出空到隔壁她们家闹腾一场，说几句酸溜溜的闲话。

而半夏的舅舅在大部分时间里只在吃完饭后，将脚放在茶几上看看电视，因为不打老婆，也不去外面吃喝嫖赌，还被村里村外冠以“好丈夫”的称号。

半夏曾觉得自己这一辈子，或许都不会产生和异性一起生活的期待。

当年，听到半夏说这句话的时候，妈妈正站在院子里晾晒洗好的床单。她哗的一下将一大块格子纹的棉布床单抖开，对着阳光扯直了，转过头来笑着看半夏。

“一个人过日子终究有点儿孤单。如果能遇到一个从心灵到身体都吸引你的人，相互陪伴着过日子，而不是一方不平等地付出，那么还是一件很美好的事情。只是人海茫茫，想遇到一个这样的人实在不容易。若是为了结婚，随便和一个人凑合，倒也确实没必要。”

“呸呸呸，别把你那一套灌输给孩子。”奶奶在这时候过来了，“我们夏夏将来一定会找一个好男人。这人哪，过日子没个伴儿不行。”

半夏当时蹲在葡萄架下，看着一排排晾晒在阳光中的衣物，心中对这些话很不以为然，觉得既然妈妈可以一个人过日子，自己当然也是可以的，何必要去找那么一个人，天天为他洗衣做饭，消耗自己的人生？

但如果那个人是小莲呢？陪着她聊音乐的小莲，听她拉琴的小莲，给她做饭的小莲，她生病了在她的床边忙前忙后的小莲，可爱的小莲，声音低沉的小莲，还有那月色下赤身裸体的小莲……

半夏的耳边好像响起了母亲站在漫天飞舞的床单中说的那句

话："如果能遇到一个从心灵到身体都吸引你的人……"

这个人就是他了。

半夏咬了咬嘴唇，加快车速，让夜晚的冷风把自己发烫的头脑吹得清醒一些。

只是她回到家里以后，屋子里依旧没有人。

在那简陋的小床上，平放着一件极为漂亮的礼服。

那或许是一件所有女孩儿看了都会为之心动的裙子：薄纱朦胧，裙摆如烟，简约大气的领口宛若被夜色染黑，神秘的黑色一路向下，层层渐变，其间坠满了闪闪发光的万千星辰。若是有人将它披在身上，便有如携璀璨星辰同游，行走举动之间，会是那夜晚优雅的女神。

半夏把那条纱裙捧起来，轻轻地用手摸了摸，放在颊边蹭了蹭，裙摆柔软的面料滑过肌肤。

她从来没给自己买过这样的小裙子，也从来没有人给她买过这样的小裙子。

"小莲。"半夏抱着裙子，抬起头朝窗外唤了一声。

漆黑的窗外没有人回应她。

在另一间没有亮灯的屋子内，却有一个人听见了这声呼唤。

那人在黑暗中一下抬起头，向着墙的方向迈了一步，最终却只是伸出手，抵着那道薄薄的墙壁，将身体和额头都靠在了冰冷的墙壁上，靠在那最贴近她的位置上。

第二天的西方音乐史课开始之前，阶梯教室里还处于一片乱糟糟的状态。

大课的教室里人多，大家三五成群地坐在一起聊天。

“期末演出的礼服你买了吗？”

“还没有呢，正头痛要买什么款式。”

“听说威廉大师明年会来旅游，可能会开几场钢琴演奏会。”

“天哪，我好迷他的，一定要去听一次。”

“好像姜临也要回国了。不知道有没有机会听到这位大师的小提琴演奏？”

“他也是我们榕音的校友吧？成名之后出国了。”

“红橘子上有一个新人，最近势头很猛，几首曲子都不错，有一首已经冲上排行榜前十名了。”

“是吗？我看看叫什么名字。看到了，最佳新人，名字叫赤莲。”

乔欣听见了这个，便问坐在身边的尚小月。

“红橘子是什么？”

“一个比较小众的音乐网站，上面有不少很有个性的原创音乐人。有机会你可以去听听。”

“是吗？那我也下一个。他们刚刚在说的是什么曲子？《人鱼》？我找找看。”

乔欣很快跟着手机里的旋律哼哼起来。

“第一条用阳光织就……第二条用月华裁剪……第三条点缀上星辰……”

坐在窗边的半夏抬起头来，乔欣口里哼的歌，正是半夏生病那天，小莲唱给她听的歌曲。

他为我唱歌，还给我准备歌里的小裙子，明明对我那么好。

半夏看着窗外阳光中的树叶，忍不住托着腮叹了口气。

“到底为什么要躲着我啊？”

身边的潘雪梅听见了，边埋头写着手里的作业边随口问了句：“什么躲着你？”

“我喜欢上一个男孩子，”半夏说，“可他这几天好像总是在躲着我。”

潘雪梅手里的笔在作业纸上拖了长长一条线，抄了半页的纸就这样废了，但她顾不得这个，抓着半夏的手臂摇晃。

“什么男孩子？你什么时候有喜欢的人了？”

坐在前排的尚小月和乔欣一下坐直了脊背，竖起耳朵。乔欣拿起水杯喝了一大口，借以掩饰自己偷听八卦消息的行为。

“不是我们学校的，是住在我那栋出租房里的人。”半夏含糊了一下用词，将两个人已经同居的事实蒙混过去。

“那人长得怎么样，帅吗？”潘雪梅是轻度颜控。

“嗯……大长腿，腰细，脖子很漂亮，皮肤特别白。”

总不能告诉你，我还没见过小莲的脸吧？

潘雪梅听着半夏的描述，表情微妙：“你……你们这是进行到啥程度了？还有他为什么躲着你？哎，他凭啥躲着你？”

“啥程度都没到，我这还没挑明呢。”半夏难得地有点儿不好意思，“就……前几天，我不小心把人给看光了，还上手摸了一把。”

前排的乔欣扑哧一声把口里的水都喷了。

“别啊，我真不是故意的。”半夏沮丧地说，“我又不是老色鬼，那真的是意外，是意外。”

“那他为什么躲着你？”尚小月已经忍不住了，从前排转过身来，“他那是不好意思，还是……？”

半夏知道班长尚小月想问的是什么，这个问题也困扰了她好

几天。

在讨论这种话题的时候，她欠缺了一点儿少女本该有的羞涩之情。事实上她也不太知道一个女孩儿在想要询问这些话题时，“本该”是什么状态。

她唯一想要的是能够将自己脑海中连着几天乱成一团的思路给理顺了。

“我觉得……他应该不是不喜欢我。”半夏说出了自己的结论。

前后三个脑袋一起向她聚拢过来，一个个眼睛瞪得贼亮。

“他虽然躲着我，但昨天又特意送了我一条漂亮的小裙子，还每天按时给我准备各种好吃的。”半夏掰着手指回想。

潘雪梅差点儿跳起来，掐住半夏的脖子来回摇晃：“原来你每天这么多好吃的都是那个人给你送的。你居然瞒着我这么久！夏啊，想不到你是这样的人，啊啊啊。”

半夏被她摇得连声哎呀：“别摇了，别摇了，我不是都分给你吃了吗？”

“既然这样，那他想必只是害羞了。你先忍一忍，晾他一段时间。”乔欣这样说，“我们女孩子不能太主动，一主动在男人心里就没价值了。你得等着他主动来找你。”

“我不这样觉得。”尚小月持另外一种观点，“既然他害羞，你就该主动点儿，直接找个机会说个清楚明白，省得牵肠挂肚，难受死了。人生不管什么时候，主动权都应该掌握在自己手里。”

半夏又看潘雪梅。

潘雪梅摊手：“看我没用啊。我没经验，怎么给你意见？”

半夏于是满怀希望地转向乔欣和尚小月：“你们俩肯定是过来人，对吧？”

尚小月和乔欣对视了一下，莫名扭捏了起来。

“也没有，其实都是纸上谈兵。”

“太……太忙了，实在没空谈恋爱。”

三个人却一齐说：“其实我们现在唯一想知道的是，你那位腿长腰细、肤白貌美、能做饭能烤饼干的男人到底长啥样？”

“快交出来给我看看是什么样子的？”

“对，交出来。”

从前的半夏一直以为自己是一个性格坚韧、行事果断的人，长这么大，才第一次知道自己也有这样犹豫不决、烦躁难安、磨磨叽叽的一天。

小的时候，半夏想要学小提琴。尽管听到这个要求之后，家里从奶奶到母亲全都表示极力反对，但小小的她拿定主意，天天爬墙到隔壁慕爷爷家里赖着旁听。

直到慕爷爷亲自牵着她的手找上门来，做母亲的思想工作。

“这个孩子拥有绝对音感，是一个非常有音乐天赋的孩子。不让她接触小提琴，当真是可惜了。”

母亲思虑了许久之后，终于长长地叹了口气，卖掉了自己唯一的戒指，给她买了一把便宜的小提琴。

到了初二那年，妈妈因病离世。周围的亲戚轮番劝说她放弃音乐。

“你娘没了，你哪儿还能学音乐这么烧钱的东西？谁家供得起你？我告诉你，你别想着你舅舅口袋里那仨瓜俩枣，那可都是我们夫妻俩的血汗钱。”舅妈当时就这样嚷嚷出来。

虽然舅妈说得刻薄，但半夏其实并不恼恨舅妈。她也觉得，母亲没了，这个世界上也就再也没有人有义务为她付出什么。

只是她从骨子里就倔，硬是咬着牙自己半工半读，在奶奶的一点点帮助下，考上了音乐学院。

有时候半夏觉得自己就像自己的名字一样，是夏季里一种长在地里的野生植物，又野又倔，骨子里还带着点儿毒，只要是自己想要的东西，她从来不曾迟疑后退过半步。

她真的只有这么一回，算是折在那只又软又娇的小蜥蜴身上了，对他当真是拿又拿不起，放也放不下，想直接逮住他问个干脆问个明白吧，又怕他对自己只是友情，想索性不管他吧，却着实舍不得。

她思来想去地折腾了好几天，居然还拿不定主意，一颗心哪，像是被人放在小火上灼烤，躁动不安，这也太难受了。

下午，上郁安国一对一的专业课的时候，半夏将满腹愁思都付诸琴声。

她初见他之时，欢喜雀跃。

她于林中偶得他时，心头小鹿乱撞。

她见不着他时，心里患得患失，辗转反侧。

她第一次品到这般滋味，细细尝来，甜中带酸，酸里带涩，涩中回过甘美滋味。

一首《柴小协》拉得是婉转柔肠，曲调幽幽，满是少女怀春之心。

郁安国十分惊喜："这一次的情绪太到位了。"

"无论是第一乐章奏鸣曲的华丽，还是第二乐章的抒情，第三乐章回旋奏鸣曲的节奏感，情感都表达得细腻丝滑。"严厉的老教授哈哈笑了起来，"不错，确实不错。哈哈，这一版的《柴小协》

有意思得很。”

“原来他说的是这种心情，”半夏收起了琴，咬牙呢喃一句，“如今倒算是真正理解了，可真是叫人恼恨。”

“等一下，半夏，你有没有比赛穿的礼服？”郁安国喊住了准备离开的她。

他还记得这个学生在选拔赛的时候随便套了件日常穿的大衣就直接上台了，配上王子一般风度翩翩的凌冬，直接在校园论坛上被戏称为“榕音版灰姑娘”。

“你师娘衣柜里收着很多她年轻时候穿过的礼服。她让我告诉你，如果有需要，就去家里挑一挑。”

这大概是郁安国第一次遇到还需要自己给学生考虑登台演出服的情况。

可是这位小姑娘听完这句话后，似乎显得更沮丧了。

“谢谢老师，谢谢师娘。我现在已经有小裙子了。”

她和老师鞠躬道谢后，萎靡不振地背着琴离开。

他送我那么漂亮的小裙子，又吊着我的胃口一句话都不说清楚，到底是几个意思？半夏满肚子的怨气。

“我是不是不该同意她走这种风格？”老教授看着她垂头丧气的背影，有点儿开始怀疑自己的教学方式，“好好的小姑娘拉一首《柴小协》怎么搞成了这种鬼样子？早知道让她老老实实地按着谱子走得了。”

今天晚上，半夏不需要打工，却有些不太想回家，于是坐地铁到了南湖湖畔，在地铁口往日习惯的位置上站着拉琴。

寒冬冷夜，湖畔琴声郁郁，凄婉动人，令闻者心酸。

一个年轻的男人拿着一朵红玫瑰穿过马路跑过来，把那沾着

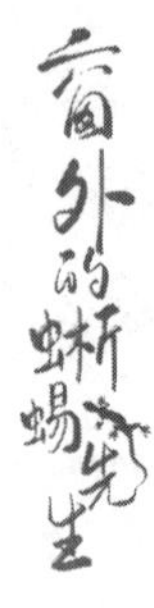

水滴的鲜花放进了半夏收钱的琴盒里。

南湖岸边是酒吧一条街，夜里街上往来的都是年轻人。卖花的人多，送花的人也很多，就是半夏也偶尔能收到一两束来自异性的花朵。

“我……我经常在这里听你的演奏。我真的很喜欢你的琴声。”

年轻的男人涨红了脸，磕磕巴巴地说了一句后，把花留下，转身就跑。

他说常常在这里听半夏拉琴，可惜的是半夏每一次演奏时都专注在自己的琴声里，并没有注意到这个人，对他毫无印象。

男人的面孔因为紧张和兴奋涨得通红，那样的粉色甚至顺着脖颈蔓延进紧扣的衣领之中。他跑过人行道时甚至在台阶上绊了一下，险些摔了一跤。

原来和一个人表明心意需要这样鼓起勇气。

这份心意如若只是一厢情愿，对方完全不知道，也当真是令人难过。

半夏低头在湖畔拉琴，粼粼碧波聆听着她心中的歌声。

街道上车水马龙，热闹非凡，往来的每一个人都在笑，仿佛这个世界上就没有人有着不开心的事。

她骤然停下琴声，心想：这也太不是滋味了，难过也好，难堪也摆，总要弄个清楚明白，才能活得舒畅不是？

一辆跑车在半夏身边停下，来人摇下车窗，一脸惊讶。

“半夏，你怎么会在这里？”说话的人是魏志明。

半夏看了坐在车里的他一眼，指了指脚边散着一些零钱和一朵玫瑰花的琴盒。

“打工呢。”

魏志明真是没在身边见过像半夏这么穷的人，偏偏这么穷的半夏每次还都能让他感到自己才是弱小的一方，这就很气人了。

“收一收，我请你吃夜宵吧。上次你请的客，让我也回请一次。”

魏志明请的夜宵规格当然不会太差，雅致的环境、彬彬有礼的服务员、讲究的摆盘……

杧果布蕾、牛肉刺身、香煎鹅肝、拿破仑千层、微醺气泡水……一道道地被摆上来。

美食填进肚子里，半夏顿时将满腹的伤春悲秋给稀释了。

餐厅里的灯光调得很暗，房间内响着柔和的旋律。服务员举止温柔，用餐的顾客斯文有礼地低声细语。

半夏坐在这样的环境里，面对着被一扫而空的桌面，转着手里的气泡水，难得地露出一点儿羞涩的表情，好几次欲言又止。

魏志明看见她微微红起来的脸色，心就忍不住地跳了一下——

不会吧，难道半夏对我有那种意思？

这个想法让他一时之间得意又雀跃。

没错，我果然是个很有魅力的男人，就连这么厉害的小提琴手都会被我吸引。

要是她现在和我表白，我要怎么回答？我该不该答应呢？哎呀，我好为难啊。

其实仔细想想半夏也挺可爱的，至少比较直爽，相处起来像兄弟一样。

我还没和这样性格的女孩儿交往过，要不就……

“是这样的，有一件为难的事，想和你请教一下。”半夏扭捏

一会儿，干脆直说了，“我看中了一个男人，想和他表明心意，又不知道该怎么做才不至于吓到他。你知道的，我身边的朋友都没有这方面的经验，也就数你经验丰富，只好问问你。”

魏志明心头的一腔热血顿时被一盆冷水浇灭，他张口结舌了半天，酸溜溜地问道：“是谁啊，居然还要你主动开口？”

“他很优秀的，我特别稀罕他。”半夏脸皮厚起来的时候比谁都厚。

他能有多优秀啊？这个没见过世面的家伙，魏志明不屑地想：这个世界上优秀的男人多了去，总不至于比得上那天给你伴奏的凌冬吧。

“问我也没用。我只勾搭过妹子，哪里知道怎么和男人表白？”

“都一样，左右都是人嘛。”半夏虚心求教，“你就教教我。”

魏志明抚额：“行吧，我就说我的经验，搞砸了别怪我。”

半夏洗耳恭听。

魏志明左右看看，向前倾了倾身体，压低了声音。

“你要知道，人其实不是很理性的生物，大部分时候感官的刺激比语言更容易说服一个人。你想要拿下他，根本不用说太多废话，只要气氛到了，就该直接下手。”他骈指成刀，做了个下手的动作，悄悄地和半夏说，“如果他半推半就，没有明确拒绝，你就趁热打铁，当场盖棺论定，然后甜言蜜语哄一哄，再硬的汉子也被你拿下了。”

半夏想了想，认真地点点头，心里觉得魏志明这个人渣归人渣了点儿，给的办法至少比妹子们迂回曲折的方式实用，而且也比较符合她的性格不是？

凌冬卷着袖子，在那位老人的庭院中，帮她将一盆月季从花盆里移植到土地里。

他站在墙角，握着锄头培土，白皙的手指上沾满了黑泥。

作为一个以职业钢琴演奏家为目标的人，他从小便被老师耳提面命不能干过于粗重的活，已经养成习惯，随时小心地保护自己价值不菲的双手。

但在晚上路过这间庭院大门外的时候，他看见那红砖青石的老旧庭院，院子里的老人弯着腰，在慢腾腾地移植院子中的花。

他不知道自己为什么就走了进去，接过了老人手上的锄头。

这个老旧的庭院给他一种熟悉之感。

冬夜的黑色仿佛都在这里褪去，他又回到那个阳光灼灼的夏日，回到了外公的院子中。

不敢和半夏见面的这几日，他感到一种快要窒息的难受。

到了这里才让他有一种从溺水的憋闷感中缓过来的感觉。

杜婆婆捶着后背，拄着拐杖，站在一旁看凌冬锄地，皱纹满布的面孔上笑开了花。

“真是谢谢你啊，我一个人干这个确实有些为难了。只是到了我这个年纪，日子是过一天少一天了，我便想着把这些花移到地里去，有阳光厚土管着它们，哪怕哪天我突然不在了，它们也还能活下去。”

凌冬握着锄头的手顿了一瞬，他没有看那位苍老的老人，低着头把最后一点儿泥土盖好。

“您……会感到害怕吗？”

这样的耄耋之年，时日无多，无常将至。

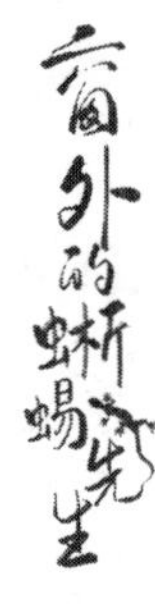

一个人住在空荡荡的宅院里，无依无伴。

“唉，怕又有什么用呢？这人哪，时间越是不多，越应该好好珍惜不是吗？”历经了岁月沧桑的老者，满是皱纹的笑容里却有着智慧的阳光。

“重要的是，趁着还有时间，得把自己想做的事都做一做，把想说的话都说一说，把能活着的每一天、每一秒都尽量给过好了。你说对吧，小伙子？”

凌冬微长的额发遮住了眉眼，他握紧了苍白的手指。片刻之后，他松开锄头，默默地抬起一旁的水壶，给种好的花浇了一点儿定根水。

一辆漂亮的跑车从门前的村路上开过，停在了龙眼树林旁的那栋出租房楼下。

半夏背着琴盒从车上跳下来，手上拈着一枝红色的玫瑰花。

花瓣颜色娇艳，在暗夜的路灯灯光里，明晃晃地刺了一下凌冬的眼睛。

开车的男人从另一边走下车来，样貌英俊，衣着时尚。

他一手斜支着车门，侧身低头和半夏说了句什么，半夏的眼睛就亮了，面色也微微地红了红。

男人笑了起来，似乎伸手想拍拍半夏的肩膀，那手在半途又顿住了，讪讪地从空中收回。

没有人发现不远处的凌冬，他站在树木的阴影里，在那一瞬间身侧的双手紧紧地握成了拳头。

跑车扬起尘土，在凌冬的面前扬长而过，半夏的背影看起来很兴奋，她三两步迈进楼里去。

他远远地就可以听见她一路跑着上楼的脚步声。

三楼的那间窗户很快亮起了暖黄色的灯光。

凌冬走到楼下，抬头看着龙眼树林旁那扇亮着灯的窗户。

那窗内有一个人影，伸手将一枝火红的玫瑰插到靠窗的桌子上的瓶子里，拿起了自己的小提琴。

琴声在夜色中悠扬地响起，演奏的曲目正是她即将参加比赛的柴可夫斯基的《D大调小提琴协奏曲》。

显然窗内的那位演奏者已经找到了属于自己的表达方式，曲子的旋律被她几经打磨，表达得非常成熟。

动人的琴声仿佛带着灵魂，从窗口倾泻下来，像一首诗，在灯光中被诵读，又像一位少女在夜幕里娓娓细说，倾诉着自己初次萌动的爱慕之心。

凌冬站在树林旁，始终抬着头聆听着那从窗口飘下的音乐。

他曾经觉得自己是一个理智的人。

对于自己的现状，他已经冷静地思考了无数次。

他身为怪物，能够安静地待在半夏身边，有一个温暖的窝，有抚慰自己灵魂的琴声，就已经十分幸运。

他甚至想过很遥远之后的事。

那时候的半夏会和一个陌生的男人结婚，有自己的家庭。兴许他也早已彻底不再是人类，但或许还能依仗着半夏对自己的一点儿怜悯和帮助，像一只真正的蜥蜴那样勉强活着。

他本该觉得庆幸，本该满足。

在这样的夜晚，他的心里却住进了一只魔鬼。

那恶魔在他百孔千疮的心头，点燃了一簇名为“妒”的火焰。火焰既毒又辣，熊熊火苗舔着他的心脏，甚至要撕开他的胸膛钻出来，直到将他整个人烧得面目全非。

屋子里的半夏练完了琴，用一块绒布仔仔细细地擦拭自己陈旧的小提琴。

她花了很长时间，非常耐心、里里外外地将琴身上的灰尘和掉落的松香都细细地抹去，最后低头轻轻地吻了一下这把陪伴自己多年的朋友。

每一次，当她想要做一件对自己来说十分重要的事情之前，她都会习惯这样。

这些动作让她沉稳下来，心变得更坚定，不再畏惧退缩。

十二点之前，半夏准时关灯上床。她每天都要在早晨六点起床，睡眠时间很少，故而大部分的时候都睡得非常沉。

今日的她也和往常任何时候一样，在楼栋无比嘈杂的喧闹声中，安静地躺在了床上，很快地闭上了眼睛，呼吸变得平缓。

过了不知多久，喧闹的楼房渐渐地安静，只偶有一些细碎的声音，和着一楼麻将的碰撞声还在深夜中持续。

似乎有一点儿轻微的动静在窗口处响起，随后窗帘被人轻轻地拉上，屋子里的光线更暗了。

一个男性的身影捡起地上的睡衣穿在身上。他慢慢地扣好扣子，转头向床榻上看去。

黑暗的世界里，他的视力却和寻常的人类的视力不同，他甚至不需要开灯，就能清晰地看见屋内的一切。

床上的半夏正闭着眼安静地睡在枕头上，空气里传来她平稳的呼吸声。

男人的目光变得温柔起来，他转过身，赤着脚走到桌旁。

桌角的矿泉水瓶里斜斜地插着一枝玫瑰花，即便是在这样暗色的夜里，那花也依旧红得刺目。

那人看了花一会儿，刚刚想要伸手，突然，他的手腕被一只从身后伸出来的手捉住！

那只手肌肤柔软，手心滚烫，用力地握住他的手腕，把他的手肘别到身后，逼得他整个人不得不靠近餐桌的边缘，让他没有机会逃跑。

“我想看一看你，小莲。”

黑暗中半夏的声音在他的身后响起。

在那一瞬间，他觉得自己的心跳几乎停止了。

半夏在黑暗中抓住了小莲的手臂。

屋子里黑得很，一点点天光透过窗帘的间隙照进来。

她只能看见一个属于男人的简单轮廓。

小莲生得很高，半夏在女生中已经不算矮了，依旧比他矮了一大截儿。

背对着她的身躯脖颈秀美，直角肩，后腰在被她抓住手臂的那一瞬间就绷紧了。

他的手腕有些消瘦，小臂的肌肉却十分紧实，并不缺乏力量。

如果只是对比身体强度，这样的男性肯定是胜过半夏的。

他想要挣脱半夏一只手握着的力度，可以说轻而易举。

但除了在最开始的一瞬间紧紧地绷住了身体，那个人并没有做出一丝抵触的举动。

他顺从了她。

半夏的眼睛亮了，她捏着那只手臂，一点点地将背对着自己的那个人转过来。

那被自己握住的手臂上的肌肉一块块紧紧地绷起，绷得几乎像是铁块一样硬。

但他没有将一丝力道用于反抗，顺着半夏的力度慢慢地转过身来。

半夏屏住呼吸，向前走了一步，小莲的腰就向下软上一寸。

他整个人跌坐在餐桌旁小小的椅子上，后背抵着桌子边缘，几乎无处安放修长笔直的双腿。

他最终在半夏逐渐逼近的视线里偏过了头。

屋子里实在太黑了，半夏其实什么也看不清，只能隐约地看见黑暗里有一双眼睛。

那双眼睛里带着一点儿流转的光泽，在面对她的时候，羞涩地避开了她的视线。

他的眼眸之下，鼻梁的轮廓看起来很挺拔，他似乎抿住了双唇。

从窗帘缝隙里透进来的一点儿微光偏偏打在他那修长的脖颈上，她可以看得见他那镀着微光的喉结在夜色里上下滑动。

狭窄而黑暗的屋子里，混着楼栋间细碎的动静和两个人如擂鼓般的心跳声。

两颗心一般地剧烈跳动，一般地不受控制。

屋子的角角落落里，仿佛有无数诡异的东西在黑暗中滋生。

半夏的心里似乎也有一只怪物在破土而出。

她被鬼迷了心窍一般，她的脑袋此刻已经不能再理智地思考。

她尝试着再往前靠近，将膝盖抵上了那小小的椅面，蹬高了自己的身体，用纤细的手臂撑住桌面，低头看被自己逼到了悬崖边的男人。

那人近在咫尺，在黑暗中微微开启薄薄的双唇，炙热而急促的呼吸落在了半夏的皮肤上。

世界一片混沌黑暗，他们面对面都很难看清彼此的面目。

这样的黑似乎壮人胆色，她白日里不敢说的话、不敢做的事，在这样的黑暗中便什么都敢了。

半夏慢慢地俯下身，靠近男人那带着一点儿光泽的唇。在即将触碰到的最后关头，她勉强恢复了一点儿仅存的理智。

“我……可以吗？”她哑着声音问询。

半夏发现自己的声音在这个时候听起来十分奇怪，像是一声叹息在黑暗中缥缥缈缈地浮动，任凭谁都听不懂才对。

我可以吻你吗？可以爱你吗？可以和你一起做这样快乐的事情吗？

我喜欢你，不介意你的其他，想和你这般在黑暗里亲近。

你呢？你是否也和我一样？

然而人类的感官比言语快捷百倍。

这般复杂的情绪和疑问在这样的时刻根本无须付诸言语。

她只要再靠近一寸，再那么一低头，一切的答案便都有了定论。

黑夜里，被她框在桌面上的那个男人闭上了眼睛。

他伸出自己的手臂，摸到半夏的后脑勺儿，冰凉的指尖微微发力，轻轻地将半夏的脑袋向下按了按。

这便是一个邀请。

接到明确信号的半夏几乎在那一瞬间听见了烟花绽放的声响。

世界上的快乐有无数种，眼下的她心花怒放，快乐至极。

她心心念念、翻来覆去想要的东西如今摆在眼前，任凭采撷。

从她心里破土而出的那只怪兽便在一瞬间膨胀了，像暗夜里张牙舞爪的黑色野兽，蹲在她的心头露出獠牙，带起一点儿欺负人的恶意。

她先用一点儿舌尖轻轻地舔他在紧张中变得冰凉的唇。

她满意地察觉到小莲产生一点儿轻微的颤抖，于是两次三次这样吻他，勾得他紧张，又不肯干脆地吻实了，只是细细地将他折磨。

直到他忍受不住，按在她脑后的手指突然用力，将她彻底按向他。

半夏这才肯罢休，结结实实地吻了下去，给他盖实了属于自己的印章，深深地吻他，把他弄得神魂颠倒。

小莲的脖颈深深地后扬，他打翻了桌面上的矿泉水瓶，鲜红的花瓣和一瓶的凉水顿时落了一地。

没人在这个时候顾得上这些，半夏不耐烦地挥手把那花和矿泉水瓶一起扫到了地上。

他们靠得太近，身体的气味在空气中混杂到了一起。半夏甚至在这个时候闻到小莲身上有一点儿泥土的气息和月季的清香。

我也太会了。半夏在彼此粗重的呼吸声中这样想。

她走了半秒钟的神，回想起自己在童年时期养过的那些春蚕。

那种从未有父母教导的生物，天生就能为自己编织出极为复杂而稳定的屋子。

“这就是属于生物的本能。”当时母亲对年幼的她说，“不用任何人教，自己便会了。”

半夏觉得自己也有着这样的本能，不用学习，天然就知道自己想要的是什么、怎么样才最快乐。

她摘到了那朵娇嫩的莲花，将其心满意足地圈在自己的手中，细细地尝他，吻他的脖颈，直到那白皙的脖颈上浮起成片黑色的鳞甲。

意乱情迷中的小莲突然清醒过来，推开半夏，挣扎着想要逃走。

半夏拉了一把他的衣服，慌乱中的两个人一起跌在了地上。

夜风在这个时候撩起窗帘，一点儿朦胧的月色淌进屋内。

如水的月华中，倒在地上的男人身后的衣物被什么东西掀起，伸出了一条漆黑的尾巴。

第十五章 镰刀下的吻

屋子里椅子翻倒了，地上滚着矿泉水瓶，水洒到地上，红色的玫瑰花掉落在水中，半夏和小莲都摔在地上，简直是一片凌乱。

半夏晕头转向地爬起来，发现趴在前方的小莲比她更为狼狈。

他半趴在污水中，双膝着地，额头抵着地面，在他的身后，一条长长的黑色尾巴生长出来拖到了地面上。他艰难地用一只手肘支撑着身体，用另一只手死死地抓住自己快要被尾巴挤掉的裤子。

那黑色的尾巴尖就在半夏的手边，不自觉地轻拍着地面上的积水和那些残破的花瓣，一点儿水珠溅到了半夏的手背上。

半夏觉得手背的皮肤有点儿痒，很想伸手捋一把那动个不停甩着水珠的尾巴尖。

她的手还没伸出去呢，趴在她前方的小莲猛地一下转过身来，黑暗中那双暗金色的瞳孔变成竖线。

小莲只有在受到惊吓和生气的时候才会露出这样的瞳孔。

小莲平时就总不让她碰尾巴。

小莲的尾巴特别敏感。

半夏连忙退了半步，靠到窗台上，举起双手以示清白："没……没……我啥都没想干。"

窗帘在风中起落，抚在她的身侧，一点儿光斑打在屋内亮起又暗去，暗去又亮起。

人类的身躯、异化的瞳孔、黑色的尾巴。一地的狼藉中，苍

白的手指死死地抓住裤头。光影交错里，那被尾巴撩起的衣物下露出一小截儿白色的肌肤。

半夏感到自己的脸颊被火烧一样地热起来。

这个时候见着了光，被凉风一吹，她也终于知道了害羞，匆忙地避开视线，连说话都结巴了。

“我……我知道你不喜欢别人碰你。你别紧张，我什么也不做了，也不看着你，你慢慢来，慢慢起来。”

小莲瞳孔中的暗金色褪去，眼眸却盯着掉在地上的那朵红色玫瑰。

他突然伸出手拾起了那朵花，握在指间凝望许久，手指发力，揉碎了那些红色的花瓣，白皙的指尖顿时染上了红色的花汁。

然后他一下站起身来，背对着半夏，用那染着红色残花的手指抹了一下嘴角，伸手一颗颗地解开上衣的扣子，柔软的上衣掉落在他的脚边。

昏暗的屋子里，玉石一样白皙的脊背暴露在寒冷的空气中，雪白的脖颈上和脸颊上覆着一点儿漆黑的鳞片，后背漂亮的肩胛骨舒展了一下，牵动了瘦削的腰，再下面是一条长长的黑色尾巴，黑亮的鳞甲微微泛着光泽，垂落到地上，弯在赤着的脚踝边。裤子当然还被他紧紧地抓在手中，只是因为尾巴的存在，免不了露出一点儿令人脸红的可疑弧线。这样半隐半现反倒比裤子全掉了更引人遐想。

他好像一朵开在泥潭中心的白莲，从黑泥里长出来，开在夜色中。洁白莹嫩的花瓣偏偏被粘上了几点纯黑的泥，又纯又欲，男色惑人。

“我……给不了你别的，”站在黑暗中的男人这样说，“只要你不觉得我恶心，你可以……对我做任何你想做的事。”

半夏看着眼前背对着她的高挑儿漂亮的男人，呆住了。

娇嫩、羞涩、“贤惠”的小莲居然还有这样的一面吗？

她不自觉地伸手，握住小莲垂在身边的手指。

那手指上粘着残破的花瓣，没有一丝温度，手指微微地带着点儿颤抖。半夏抬起头来，黑暗里，那暗金瞳孔里没有一丝的兴奋和欲望，带着一点儿淡淡的流光。

他简直像一个自认时日无多之人，主动将自己献上祭坛。

唉，这个小莲。半夏不知道该怎么说他。

她牵着他的手向前走了一步，再走一步便到了床边。他身后带着尾巴，也不方便坐下，于是她让他趴在床上。

“我刚刚那不是怪你的意思，”半夏背靠着床沿，坐到了地上，“你不要这样为难自己，也不要什么事都顺着我。”

“不是的……”

小莲想要出声解释，又被半夏接下来的话打断了。

“反正，我们以后的时间还长着呢。”半夏笑着说，“嘿嘿，我们可以慢慢地相处。”

她身后的人反而沉默了，最终把自己的脸埋进了枕头中。

黑暗中一地狼藉，半夏坐在地上，想起自己刚刚胆大妄为把人按在桌上做的那些事，脸又不可抑制地红了起来。

幸好现在屋子里很黑，她的脸再烧得慌小莲也看不见。

“我今天很开心，”半夏在黑暗中说，“我原来以为小莲你……可能不喜欢我。”

她转头向后看，身后的那人微微地动了动，他的脖颈和耳朵是不是也红了？

黑灯瞎火的，可真是不方便。半夏想要伸手按开墙上电灯的开关。从床上伸来一只光着的手臂，他的手一下就握住了她的手腕。

那白色的手腕覆盖着半圈黑色的鳞甲，这个时候倒显出力量来，紧握着半夏，让她的手一寸也前进不得。

“不要开灯。”藏在黑暗中的人这样说，停顿了一会儿，语气转为恳求，“不开灯行吗？我不想开灯。”

哎呀，小莲终于肯好好和我说话了。半夏总算松了一口气。

她也不知道为什么，小莲变成人形的时候，是从不和她说话的。

有时候她半夜醒来，看见他在灶台旁的背影，喊他，他在变回蜥蜴前，也必定不肯开口回答。

哪怕在刚刚，她将他亲得意乱情迷，也只听见他在实在按捺不住的时候泄露出一点点的喉音，害得半夏心中忐忑不安，怀疑他是不愿意。

这会儿，他以这半人半蜥蜴之身开口，嗓音听起来和守宫模样的时候又有不同，似乎在异化的低哑中混合了一点儿人类的嗓音，变得更温和柔软了。

她决定暂时放过开不开灯的问题，以免刺激这个过度害羞的家伙。

在黑暗中两个人不知道聊了多久，床上的人消失了，小小的守宫爬了过来。

看见自己日常熟悉的小蜥蜴的模样，半夏顿时脸也不红，心也不慌了，把小莲捧在手心里，一出溜地爬上了床。

她躲进被子里，将棉被拱成一个大窝和一个小窝，让小莲窝在自己的身边。

“只要情绪平稳，就可以这样顺畅自由地变换，不会卡在半人形的样子是吗？”

“嗯。”这是小蜥蜴平日里低沉独特的嗓音了。

“每天能够变成人类的时间到底有多长？”

“不是特别久。”小莲的声音变低了。

“原来是为了节约时间，才每天晚上变来变去的。这样是不是太辛苦？要不然以后你别做饭了，我买回来给你吃呀。”

“我……喜欢。”小莲的声音羞涩了。

“你刚刚那样会不会很疼？”

刚才，半夏亲眼看见那些黑色的鳞片像潮水一样覆盖上白色的肌肤，长长的尾巴蜿蜒着从身体里钻出来。

她想想都觉得或许很难受。

“最开始的那段时间，感觉像被凌迟。”小莲的声音在黑暗中响起，“但是后来，每天……每个夜里都要这样来上几次，身体好像就慢慢地适应了。我也渐渐地学会控制身体的变化，现在已经感觉不到多少疼痛。”

半夏，最开始的时候，我真的很疼。小莲在心里说，我痛得快要失去知觉，冷得像被关到冰库里，身体却一点儿都不能动。我只能躺在那里，眼睁睁地等着全身的骨头一块块开裂，四肢被巨大的力量来回拉扯，全身血液都结成冰。我在痛苦的时候想大声尖叫，却怎么也喊不出声音来，也没有人会听见。那时候并没有一个人像你这样，把我捧在手心里，放在温暖的口袋里。

半夏转过头，只能看见那趴在床上的小蜥蜴，看不见他轻描淡写地说出的那些惊惧痛苦。

“我一直很想问，你为什么会变成这样？”

“有一天早晨，”小莲说，“那天的光线很明亮，我在床上醒来，发现床铺好像变得特别大。我顺着床单爬了下来，就发觉整个世界都已经变了。”

“啊，你当时是不是很害怕？”

“当时？”

黑暗中的小莲有一点儿茫然。

他已经有一点儿记得不是那么清晰了。

明明也没有过去太漫长的时间，但他怎么觉得事情仿佛已经过去了很久，久到那些过往已在记忆中变得模糊，让他觉得自己宛如身在一场混沌的大梦中？

有时候他在白日的阳光中醒来，甚至会有一点儿恍惚，怀疑自己并没有真的身为一个人类存在过，其实自己根本就是一只在做梦的真正的蜥蜴。

小莲想起最初发现自己变成怪物的时候，那时候的身体好像并不疼痛，心里也并没有多少惊惧害怕，反倒有一种莫名的释然和放松，绷在心中那条名为规则的弦突然断了。

既然自己是一只怪物，也就终于可以放下一切，不用再背负那么多人的期望，不用再说着那永无止境的谎言，不用在灯光下像木偶一样演奏着不属于自己内心的虚伪的音乐。

他变得很渺小，视角不一样，整个世界就变得完全不同，毛茸茸的地毯像是一片草原，桌子、椅子和钢琴是森林中高大的树木。他在充满阳光的屋子里长途跋涉，再也不用去考虑还有几场记者会，或者还有多少场比赛和商业演出。

“那你的家人呢，你有没有父母亲人？”

"家人……"小莲这一次停顿了很久，才慢慢地回答，"我的母亲第一次看见我这样的时候，打翻了手里的盘子，站在门口大声地尖叫起来。我不得不躲到床底下，躲进她看不见的角落里，努力地轻声安慰她。但她瘫软在门口，依旧持续地尖叫着，那个声音不知道叫了多久。后来……后来父亲就来了。总之，他们无法接受这件事。"

他简短地收住了这个话题，不想再就此继续说下去。

半夏突然凑过来，在他小小的脑袋上亲了一下。

"我们这样，你就算是我男朋友了对吧？"

小莲用小小的爪子抓住了床单，哪怕屋里这么暗，半夏也感觉他的脸一定是红了。

"要不晚上，你就睡在这里，别挪动了？"半夏正经不了几分钟，"嘿嘿，就是怕我睡相不好，压到你了。"

小莲无语。

"哎，我说，你刚刚的那句话是认真的吗？"

"什么话？"

半夏用被子捂住脸，小声地说道："任何事都随便我……的那句。"

黑暗中的小蜥蜴慌不择路地从她的被窝里爬了出去，她怎么叫也叫不回来。

他一路爬下床，一头钻进了他自己的小窝里。

半夏本以为自己今夜会做一个甜美无比的梦。奇怪的是，睡着以后她似乎一直隐隐约约地听见隔壁传来连续不断的钟声。

那钟声听起来清脆动人，有一点儿像钢琴发出来的声音。

声声钟响中，半夏发现自己站在一片充满迷雾的森林前。

一只兔子抱着一个奇怪的钟从她面前跑过，一边跑一边喊：“糟了糟了，时间已经来不及了。”

嘿，这是要开始半夏梦游仙境吗？

梦中的半夏跟着那只兔子跑进森林中。

这是一片十分古怪的森林，树木不像是树木，黑漆漆、光溜溜的，下细上粗，倒像是一根根巨大的桌子腿、椅子腿。

阳光不知道从什么地方照进来，斜斜地照在柔软的草地上。

森林的半空中悬浮着一个个大小不一的时钟，那些时钟的分秒针在不停地转动，发出嘀嘀嗒，嘀嘀嗒的声响。

钟声清越，明明并不急促，但不知道为什么带给人一种心慌意乱之感，让人无端感觉到时间紧迫，已经快要不够用了。

在这个森林里，她一路走来，除了那些不断走动的时钟，一个活着的生物也没有见到。

只是在森林的边缘，灰色的天幕上，时不时有巨大而恐怖的黑色身影咆哮着走过。

这里是一个怪异又扭曲的世界。

扛着镰刀的死神缓步走在天边，那陶瓷一般的面容俊美而冷肃。

巨大的史前怪兽的黑色身影爬过森林边缘。它昂首咆哮，像是被灯光打在天幕上的影子。

一具被砍掉四肢的傀儡可怜兮兮地被吊在空中任人摆布，神色呆滞，无喜无悲。

突然间，有个巨大的女人在森林边缘出现，穿着华丽的丝绸睡衣，脸上涂满舞台剧演员才会用到的浓重油彩。她先是仿佛看见什么一般，夸张而扭曲地发出歇斯底里的尖叫。随后她推开那些黑色的林木，大踏步地向着半夏的方向冲来。

平静的森林被她的尖叫声震动，变得烟尘滚滚，视野不清。

半夏捂住双耳，为了躲开那个“女巨人”，匆匆地向着森林深处跑去。

一只黑色的蜥蜴从森林中钻了出来，出现在她的面前。

“小莲？”半夏急忙喊他，“小莲，你怎么会在这里？这是什么地方？”

只是小莲什么时候变得这样巨大了？

他几乎和她一般大。巨大化的小莲直立着脖颈，站在斜阳的光辉中看着半夏，暗金色的眼睛纹理斑驳，看起来似乎十分悲伤。

他抬头看了悬浮在半空中的时钟一眼，开口说道：“快一点儿，要把该做的都做了，时间已经来不及了。”

随后，他便转身钻入了森林之中。

“小莲，别跑那么快。”半夏急忙追在他的身后。

小莲跑得很快，黑色的巨大尾巴在前方的森林中游走。

半夏跟在他的身后一路狂追：“哎，等一等我啊，你跑那么快做什么，小莲？”

她的眼前豁然开朗，出现了一个墨黑色的高台。

那烤漆的高台上站着一个身着白衣的男人，看起来应该是小莲人形的模样。

半夏刚刚想要松一口气，那背对着她的男人侧过脸来看了她一眼，伸出被花汁染红的手指，开始一颗一颗地解自己的衣扣。

柔软的衣服掉落在他的脚下，玉石般的肌肤暴露在空气中，

莹白的肩头上披着斜阳温暖的金辉。

他看上去像是一个正常的男人，肌肤纯白而美丽，没有那些黑色的鳞甲，也没有长长的巨大尾巴。

半夏站在高台旁昂着头看呆了。

台上的男人抬头看向半空中的时钟，轻轻地叹息一声：“已经没有时间了。”

悬浮在半空中的时钟的背后，出现了一位神灵的虚影。神灵手持巨大的镰刀，神色淡漠，无喜无悲。

小莲收回视线，不再看那高高在上的恐怖神灵，而是走到高台的边缘，跪下来，俯身伸出双臂来捧起半夏的脸。

半夏逆着阳光，斜阳的金辉里，她的视野模模糊糊的，她感觉看清了他的面孔，又似乎什么也没看见。

在小莲的身后，面无表情的死神举起了如月的镰刀，刀尖亮起一点儿金芒，朝着小莲缓缓地落下。

半夏想要尖叫，想动手推他，喊他赶快躲开。但不知为什么，无论心中多么焦急，梦中的她怎么也张不开口，喊不出声音来，一点儿力气也使不出来。

小莲背对着从空中落下来的巨大镰刀，低下头来，虔诚地吻她的双唇。

他吻得虔诚而温柔，冰冷的嘴唇微微带着点儿颤抖。

但半夏只能僵硬地站在那里，睁大了眼睛，眼睁睁地看着时钟下的镰刀缓慢而毫不留情地落下。

森林里所有的时钟在这个时候共同响起肃穆悲怆的声音。

…………

半夏被闹钟的铃声吵醒。她一下从床上坐了起来，捂住了胸口，不知道为什么心里难受得很。

她抬头向窗边看去。

在窗前的加热垫上，小莲抱着他的小毛巾，在斜斜照进窗户的晨曦里睡得正香。

半夏松了口气，搓了一把脸，缓缓地平复被噩梦吓醒的心绪。

幸好刚刚的事只是个梦，只是一个无关紧要的梦而已。

小莲这不是好好的吗？

昨天夜里，她和小莲互通了心意，一直聊到很晚，度过了一个混乱、好笑又令人心动、难忘的夜。

这么好的时候，她怎么会做如此奇怪的噩梦呢？

半夏轻手轻脚地爬下床，蹲在小莲的身边，在他的小脑袋上轻轻地落下一个吻，看着他在睡梦中翻了一个身，微微地抖了抖小尾巴。

收拾好东西从家里出来的半夏发现对面林石的屋子没关门。

路过一看，那位大作家正抱着一只犬形的玩偶躺在地毯上哭红了眼睛，满地丢着他擦过鼻涕的纸巾。

半夏好笑地伸手敲了敲门框："林石头，你又怎么了？又被读者骂了吗？"

林石抬头看见是她，便继续赖在地上，抽了一张面巾纸狠狠地擤了一把鼻涕，答非所问地说："半夏，你知道你隔壁住的那位是谁吗？"

半夏啊了一声，考虑到凌冬学长不太喜欢亲近人的性格，没有立刻把话说实了："知道啊，是我们学校钢琴系的一位学长。"

"是钢琴系的吗？我还以为他会是一位作曲家。"林石抱着毛绒玩偶说，"他的音乐太有东西了，每一次都能够直达人心深处。

我听完他昨天的新曲子，就觉得自己实在过于渺小，徒有虚名，其实不过是一个垃圾而已。”

半夏又好气又好笑：“你就为了这个哭的？现在已经开始流行这样跨行业竞争了吗？”

“你不懂，艺术都是共通的。”林石嫌弃地看着她说道，“不论是作家、画家，还是音乐家，大家其实都只是在用不同的方式表达自己的内心世界而已。”

半夏受不了他的这个文艺范，做了个甘拜下风的手势。

林石不满意她的态度：“难道昨天晚上，你没有听见隔壁的那首曲子吗？你一点儿感触都没有吗？”

“什么曲子？”半夏眨眨眼，“我睡着了，应该没有听见，我每天晚上都睡得很早。”

莫非她昨天做了一晚上那样奇怪的梦并不是因为小莲，而是潜意识里受了学长新曲的影响？

林石露出为她惋惜的神色：“有机会你一定要认真地听一次，那是一首凄美至极的曲子，一首在绝境之中奋不顾身奔向爱情的曲子。我本来不喜欢这样的曲子，可是它实在太特别了。”

随后他又幽幽地道：“听完这首曲子，我突然觉得自己或许也该去谈一次恋爱，我的读者总说我写的感情戏不行，把女主角写得像是‘纸片人’。或许只有体会过爱情的人，才能写出真正深刻的作品。”

“这倒是啊，”半夏带着点儿得意笑了一声，“没有真正感情经历的人，光靠想象是很难知道那其中的滋味有多美好的。”

林石红肿的眼睛立刻瞪圆了，他一下从地上坐起来：“不可能，说得好像你体验过一样。”

他和半夏对着门住了一年多，知道这个女孩儿是一个和自己一样不谈恋爱的“修炼狂魔”。

半夏清了清喉咙，眼角透着得意：“当然，我现在已经是有男朋友的人了。”

“连你都有男朋友了？”林石浮肿的脸更加难看了，他憋了半天，才萎靡不振地叹了口气，“其实半夏，你的琴声也很动人，我有时候卡文卡得焦头烂额，听到你的琴声，很快就能顺过来了。可惜你学的是古典音乐，我接触了解得少，才相对没那么容易产生共鸣。”

“别，还是别共鸣了，我可不希望我一拉琴，对门的邻居就号啕大哭。”半夏从自己的口袋里摸出一颗巧克力，留在门旁的地板上，冲屋子里的人挥挥手，“这是我男朋友为我做的，勉强分你一点儿，吃完趁早振作起来。”

她下到二楼的时候，英姐的女儿乐乐已经醒了，穿着睡衣一个人坐在楼道边的拐角沙发上玩。

一个租住在楼上的男租客一只手夹着上班用的公文包，另一只手拿着一支粉红色的棒棒糖正在逗她。

那个男人大概在附近的文创园上班，穿着夹克衬衫，打扮得很正经。

他手里的棒棒糖是粉色小熊形状的，小熊穿着蓬蓬的裙子，甜腻的粉色糖果被捏在那个男人的手指中转来转去，让人觉得有些不舒服。

半夏走上前去，把乐乐从沙发上抱了起来，不太客气地审视着那个男人。

那个男人大概想不到这么早就有人出门了，讪讪地摸了摸鼻

子，什么话也没说，自行下楼去了。

半夏掂了掂怀里的小姑娘，交代她：“我们女孩子都是小公主，不能随便吃别人的东西，特别是那些叔叔、哥哥、伯伯给的，我们一律不要，好不好？”

小姑娘点点头：“乐乐知道的。”

“真乖。”半夏随手给她梳了两个小辫子，“乐乐最近在看什么书啊？”

乐乐把自己手里的画册翻给半夏看。

那画册画的是一个寓言故事。

一个旅人吊在悬崖边缘，后有猛虎，下有巨蛇，偏偏还有黑白两只硕鼠在啃咬他抓在手中的那条救命的藤蔓。

那个人却在这样危急的时刻闭上了眼睛，专心致志地去舔树枝上的一滴蜜糖。

“小夏姐姐，你看这个人好傻呀，”小姑娘笑了起来，“在这种时候，居然还有心情先吃蜜糖，简直和我们小朋友一样贪吃。”

“是啊，他真是好傻。”半夏伸手摸了摸她的头顶。

早上的前两节课是思想政治理论课。

上课前，教室里的一个男生问他的同伴：“赤莲发布的新曲你听了吗？”

“他又有新曲了？这个人发曲的速度是不是太快了点儿？他一个月内都发了几首曲子了？”同伴打开手机，看了软件上的曲名一眼，“《镰刀下的蜜糖》？这是什么曲子？天哪，他的人气现在这么高了？”

“赤莲发新曲了吗？”乔欣听到了他们的话，打开自己的手机，戴起耳机的一边，顺便将另外一边递给坐在一起的尚小月，“小月要不要一起听？”

尚小月和乔欣挨着脑袋，坐在窗边听那首不久之前才被发布的曲子。

清晨教室里很冷，响着嗡嗡的说话声，还没彻底睡醒的同学坐在位子上打着哈欠，刚刚赶到教室的人不断地从门外进来。

窗外的鸟雀隔着树叶歌唱。

一滴眼泪不知不觉地在阳光中亮了一下，滴在了尚小月的手背上。

她抹了一把脸颊，骤然从曲子的余韵中惊醒，抬头看乔欣。乔欣几乎和她一样，两个人都张了张嘴，却几乎说不出话来。

“很……很震撼。”乔欣捂住自己的胸口，“我从没听过这样的曲子，听完这首曲子胸口闷闷地难受。”

“他真的很厉害，是一位作曲的天才。”尚小月长长地吁出一口气，“我好像在这首曲子里亲眼看见了死神，看见了时间的逼近、神魔的降临和那镰刀下义无反顾的吻。”

“小月啊，你说赤莲的曲风明明这样时尚又独特，但不知道为什么，我总能从他的曲子里面听出点儿古典音乐的感觉。你说他会不会和我们一样，也是学古典音乐出身的？”

“确实，虽然曲子用了很多电子音乐的配器，但骨子里有一点儿李斯特钢琴曲的那种感觉。话说前几天，凌冬学长演奏的《钟》，好像也有一点儿异曲同工的感觉。”

“哇，我真的好想看看赤莲长什么样。”乔欣兴奋起来，“要是他是我认识的人就好了。我一定会亲自跑到他面前，大声地告诉他我有多喜欢他的音乐。”

尚小月认真地想了想："奇怪，被你这样一说，我突然感觉好像听过赤莲这个人的声音。"

乔欣几乎要摇她的肩膀了："真的吗？小月，你耳朵那么灵敏，快好好想想，到底在哪里听过？赤莲这个人一直很神秘的。现在全网都搜不到半点儿关于他的信息呢。"

尚小月咬着手指，皱眉思索："应该就在不久之前，但是到底是谁呢？我怎么也想不起来。"

乔欣一时感到有些郁闷。

但声音这种东西，如果不是特别熟悉的人，是很难光从歌声中就分辨出来的。

她突然想起了半夏。

半夏的耳朵是连郁安国都承认过的，比班长的还要灵敏。

但她很快想到自己的好朋友不久之前刚刚在比赛中输给了半夏，为了不伤到小月的心，咬了咬牙，愣是忍住了没有回头去问就坐在她们身后的半夏。

算了，不可能那么巧的，赤莲总不至于是我们学校的学生。

就算让半夏听，她也未必能听出来是谁。

坐在她身后的半夏并没有留意到前排几个人的动静。

她正在赶着写思政实践课的作业。写着写着，她咬着笔头，莫名其妙地笑了两声。她如此反复几回，身边的潘雪梅终于忍无可忍，伸手推她。

"干什么，干什么？单相思导致抽风了吗？"

"谁单相思了？"半夏白她一眼，压低声音说道，"我昨天晚上，已经搞定啦。"

她完全按捺不住自己一颗甜蜜到想要显摆的心。

潘雪梅惊呼一声，把前排的尚小月和乔欣一道吸引了过来。

“你……你……你……一个晚上就搞定了？”

“怎么搞定的？快快老实交代。”

“我说，我说。”半夏禁不住被三个人围攻，举手投降。

“我就是按班长说的，把他按住，然后就……”半夏脸一红，“然后他就点头同意了嘛。”

“噢噢噢！”

三个女孩儿听完她小声描绘的过程，齐齐发出惊呼声。

眼见着吸引了四面同学的注意，她们又连忙压低了声音，把脑袋聚到了一起。

“所以，难得这么好的氛围，你就亲了他一下而已？后续只是盖着棉被纯聊天？浪费了，浪费了啊。”潘雪梅小声地尖叫。

“那……那还能怎么样？他很害羞的，”半夏的脸越发红了，“而且我也不知道还能做点儿啥。”

“当然是趁势把他这样那样，让他被你摆布得吱哇乱叫。”恋爱都没谈过的潘雪梅开始乱出主意。

半夏就笑了起来，伸出舌尖舔了舔嘴唇。

“可是，我觉得如果这样，是不是不太好？”乔欣犹犹豫豫地道，“我妈妈说，女孩子在恋爱的时候，不能太主动。如果一开始是你主动，等劲头过了，男人会觉得你不值得被珍惜。”

潘雪梅不爱听这个：“不珍惜你，那是因为你主动吗？难道不只是劲头过了以后的借口吗？如果一个男人只是因为你曾经主动对他表达了爱意就不珍惜你，那趁早发现了他的这种破性格，及时止损也好。”

乔欣还想说点儿什么。

“乔乔，”尚小月揽住了她的腰，“大家都只听说过女孩儿不该主动，为什么从不曾听说过男生不该主动？其实并不只男人有权利选择女性，我们女孩儿手中一样被赋予了主动选择的权利。我觉得潘子说得没错，如果遇到优秀的人，就该主动地抓住机会。若是过程中发现他不堪，应该唾弃他、放弃他，而不是寻思自己做错了什么。”

“是……是……这样的吗？”乔欣有些将信将疑。

她和许多女孩儿一样，从小被母亲和长辈这般教导，心里一直觉得女性就应该保守恬静，精致美丽地打扮好自己，在和同性的竞争中脱颖而出，等待着遇到良人，被从花枝上摘取的那一天。

她今日听到几个朋友的言论，不免觉得她们过于放纵大胆，应该是不太对的。

女孩子怎么能这样呢？

女孩子主动表白，率先亲吻，这听起来也太令人羞涩了。

但眼前的半夏看起来那样志得意满，放肆又张扬，好像幸福快乐得很。

半夏得到了自己想要的东西。

她其实一直是这样一个从不拘着自己、让人有些羡慕又嫉妒的女孩儿。

乔欣心里那种根深蒂固的意识终于有了一丝丝动摇。

“我们其实是很幸福的。如今生活的时代真的是最好的时代。过去任何时代的女孩儿都不曾和我们一样，拥有着读书、工作、展现自我的权利，还能把握自己的婚姻。”尚小月最后这样说，“手里明明拥有这种权利却不敢用，那才是可惜了。我支持你主动点儿，半夏。”

半夏伸手拍了一下尚小月的肩膀，开了句玩笑：“不愧是我命中注定的敌人，三观一致。”

“对对对，没错，班长深得我的心。”潘雪梅握住半夏的手摇晃：“夏啊，你加油！我也支持你主动追求那个男人，得到自己的幸福。就是到底什么时候才能把他带出来给我们看看啊？”

（未完待续）